काली सलवार
तथा अन्य कहानियाँ

मंटो

प्रभाकर प्रकाशन

ISBN: 978-93-56826-43-4
eISBN: 978-93-56829-03-9

© प्रकाशकाधीन

प्रकाशक: प्रभाकर प्रकाशन
प्लॉट नं.-55, मेन मदर डेयरी रोड
पांडव नगर, ईस्ट दिल्ली-110092
फोन: 011-40395855
वॉट्सऐप: +91 9319228272
ई-मेल: sales@pharosbooks.in
वेबसाइट: www.prabhakarprakashan.com

प्रथम संस्करण: 2023

मुद्रक: सुषमा बुक बाइंडिंग हाउस ओखला इंडस्ट्रियल एरिया फेस-II, नई दिल्ली-110020

काली सलवार तथा अन्य कहानियाँ
सआदत हसन मंटो

अनुक्रम

1. तमाशा — 7

2. सन् 1919 की एक बात — 13

3. स्वराज्य के लिए — 22

4. एक ख़त — 51

5. दो कौमें — 61

6. सवेरे जो कल मेरी आँख खुली — 69

7. किर्चें और किर्चियाँ — 75

8. योमे-इस्तकलाल — 83

9. नारा — 87

10. सड़क के किनारे — 99

11. नया क़ानून — 105

12. हतक — 117

13. ख़ुशिया — 138

14. काली सलवार — 146

तमाशा

दो-तीन रोज़ से हवाई जहाज़ सियाह उक़ाबों की तरह पर फैलाए ख़ामोश फ़िज़ा में मँडरा रहे थे, जैसे वे किसी शिकार की तलाश में हों, सुर्ख़ आँधियाँ वक़्त-बेवक़्त किसी आने वाले ख़ूनी हादसे का पैग़ाम ला रही थीं, सुनसान बाज़ारों में सशस्त्र पुलिस की गश्त एक अजीब भयावह समा पेश कर रही थी, वे बाज़ार, जो आज से कुछ अरसा पहले लोगों के हुजूम से भरे हुआ करते थे, अब किसी नामालूम ख़ौफ़ की वजह से सूने पड़े थे–शहर की फ़िज़ा पर एक रहस्यमयी ख़ामोशी छायी हुई थी और भयानक ख़ौफ़ राज कर रहा था।

ख़ालिद घर की ख़ामोश और स्तब्ध फ़िज़ा से सहमा हुआ अपने वालिद के क़रीब बैठा बातें कर रहा था, "अब्बा, आप मुझे स्कूल क्यों नहीं जाने देते?"

"बेटा, आज, स्कूल में छुट्टी है।"

"मास्टर साहब ने तो हमें बताया ही नहीं, वह तो कल कह रहे थे कि जो लड़का आज स्कूल का काम ख़त्म करके अपनी कॉपी नहीं दिखलाएगा, उसे सख़्त सज़ा दी जाएगी।"

"वह बतलाना भूल गए होंगे।"

"आपके दफ़्तर में भी छुट्टी होगी?"

"हाँ, हमारा दफ़्तर भी आज बंद है।"

"चलो अच्छा हुआ, आज आपसे कोई अच्छी-सी कहानी सुनूँगा।"

यह बातें हो रही थीं कि तीन-चार जहाज़ चीख़ते हुए उनके सिर पर से गुज़र गए। ख़ालिद उनको देखकर बहुत भयभीत हो गया। वह तीन-चार रोज़ से इन जहाज़ों को गौर से देख रहा था, मगर किसी नतीजे पर नहीं पहुँच सका। वह हैरान था कि ये जहाज़ सारा दिन धूप में क्यों चक्कर लगाते रहते हैं। वह उनकी रोज़ाना की गतिविधि से सख़्त तंग आकर बोला, "अब्बा, मुझे इन जहाज़ों से सख़्त ख़ौफ़ मालूम हो रहा है। आप इनके चलाने वालों से पहले कह दें कि वे हमारे घर पर से न गुज़रा करें।"

"ख़ौफ़? कहीं पागल तो नहीं हो गए ख़ालिद!"

"अब्बा, ये जहाज़ बहुत ख़ौफ़नाक हैं। आप नहीं जानते ये किसी-न-किसी दिन हमारे घर पर गोला फेंक देंगे। कल सुबह मामा अम्मीजान से कह रही थीं कि इन जहाज़ वालों के पास बहुत-से गोले हैं। अब्बा, अगर उन्होंने इस क़िस्म की कोई शरारत की तो याद रखें, मेरे पास भी एक बंदूक है, वही जो आपने मुझे पिछली ईद पर लाकर दी थी।"

ख़ालिद के अब्बा ने अपने लड़के के गैरमामूली साहस पर हँसते हुए कहा, "मामा तो पागल है, मैं उनसे दरयाफ़्त करूँगा कि वह घर में ऐसी बात क्यों करती हैं। इत्मीनान रखो, वे ऐसी बात कभी नहीं करेंगी।"

अपने वालिद से रुख़्सत होकर ख़ालिद अपने कमरे में चला गया और हवाई बंदूक निकालकर निशाने लगाने का अभ्यास करने लगा ताकि उस रोज़, हवाई जहाज़ वाले गोले फेंकें, तो उसका निशाना न चूक जाए और वह पूरी तरह बदला ले सके। काश! प्रतिशोध का यही नन्हा जज़्बा हर शख़्स में पैदा हो जाए।

उसी अर्से में जबकि एक नन्हा बच्चा अपनी बदला लेने की फ़िक्र में डूबा हुआ तरह-तरह से मनसूबे बाँध रहा था, घर के दूसरे हिस्से में ख़ालिद का अब्बा अपनी बीवी के पास बैठा हुआ मामा को हिदायत कर रहा था कि वह आगे से घर में इस क़िस्म की कोई बात न करें जिससे ख़ालिद को दहशत हो। मामा को और बीवी को इस क़िस्म की ताक़ीद करके वह अभी बड़े दरवाज़े से बाहर जा रहा था कि ख़ादिम एक भयानक ख़बर लाया कि शहर के लोग बादशाह के मना करने पर भी शाम के क़रीब एक आम जलसा करने वाले हैं। और यह आशा की जाती है कि कोई-न-कोई दुर्घटना ज़रूर पेश आकर रहेगी।

ख़ालिद का अब्बा यह ख़बर सुनकर बहुत ख़ौफ़ज़दा हुआ। अब उसे यक़ीन हो गया कि माहौल का गैरमामूली सुकून, जहाज़ों की उड़ान, बाजारों में सशस्त्र पुलिस की गश्त, लोगों के चेहरों पर उदासी का आलम और ख़ूनी आँधियों की आमद किसी ख़ौफ़नाक हादसे के आसार थे। वह हादसा किस क़िस्म का होगा यह ख़ालिद के अब्बा की तरह किसी को भी मालूम नहीं था। मगर फिर भी सारा शहर किसी नामालूम ख़ौफ़ से लिपटा हुआ था।

बाज़ार जाने के ख़याल को तर्क करके ख़ालिद का अब्बा अभी कपड़े भी नहीं बदल पाया था कि जहाज़ों का शोर बुलंद हुआ। वह सहम गया। उसे लगा, जैसे सैकड़ों इनसान एक-सी आवाज़ में दर्द की शिद्दत से कराह रहे हैं। ख़ालिद जहाज़ों का शोरगुल सुनकर अपनी हवाई बंदूक सँभालता हुआ कमरे से बाहर दौड़ आया और उन्हें गौर से देखने लगा, ताकि वे जिस वक़्त गोला फेंकने लगें, तो वह अपनी हवाई बंदूक की मदद से उन्हें नीचे गिरा दे। इस वक़्त इस छह साल के बच्चे के चेहरे पर मज़बूत इरादे और दृढ़ निश्चय के लक्षण प्रकट थे जो कम हक़ीक़त बंदूक का खिलौना हाथ में थामे एक वीर सिपाही को शर्मिंदा कर रहा था। मालूम होता था कि वह आज इस चीज़ को, जो उसे अरसे से ख़ौफ़ज़दा कर रही थी, मिटाने पर तुला हुआ है। ख़ालिद के देखते-देखते एक जहाज़ से कुछ चीज गिरी, जो काग़ज़ के छोटे-छोटे टुकड़ों के समान थी–गिरते ही वे टुकड़े हवा में पतंगों की तरह उड़ने लगे। इनमें से–चंद ख़ालिद के मकान की छत पर भी गिरे। ख़ालिद भागता हुआ ऊपर गया और काग़ज़ उठाकर अपने वालिद के पास ले गया।

"अब्बाजी! मामा सचमुच झूठ बक रही थी, जहाज़ वालों ने तो गोलों की बजाय ये काग़ज़ फेंके हैं।"

ख़ालिद के बाप ने वह काग़ज़ लेकर पढ़ना शुरू किया तो रंग ज़र्द हो गया–होने वाले हादसे की तस्वीर अब उसे साफ तौर पर नज़र आने लगी। उस इश्तिहार में साफ लिखा था कि बादशाह किसी को जलसा करने की इजाज़त नहीं देता और अगर उसकी मर्ज़ी के ख़िलाफ़ कोई जलसा किया गया तो अंजाम की जिम्मेदार स्वयं जनता होगी। अपने वालिद को इश्तिहार पढ़ने के बाद इस क़दर हैरान देखकर ख़ालिद ने घबराते हुए पूछा, "इस काग़ज़ में यह तो नहीं लिखा कि वे हमारे घर पर गोले फेंकेंगे?"

"ख़ालिद, इस वक़्त तुम जाओ...जाओ, अपनी बंदूक के साथ खेलो।"

"मगर इसमें लिखा क्या है?"

"लिखा है, आज शाम को एक तमाशा होगा।"

ख़ालिद के बाप ने गुफ़्तगू को अधिक बढ़ाने के डर से झूठ बोलते हुए कहा, "तमाशा होगा।"

“फिर तो हम भी चलेंगे न?”

“क्या कहा?”

“क्या इस तमाशे में आप मुझे नहीं ले चलेंगे?”

“ले चलेंगे, अब जाओ, जाकर खेलो।”

“कहाँ खेलूँ? बाज़ार में आप मुझे जाने नहीं देते। मामा मुझसे खेलती नहीं। मेरा सहपाठी भी तो आजकल यहाँ नहीं आता। अब आप ही बताएँ, मैं खेलूँ तो किससे खेलूँ! शाम के वक़्त तमाशा देखने तो ज़रूर चलेंगे न?” किसी जवाब का इंतज़ार किए बगैर ख़ालिद कमरे से बाहर चला गया और अलग-अलग कमरों में आवारा फिरता हुआ अपने वालिद की बैठक में पहुँचा जिसकी खिड़कियाँ बाज़ार की तरफ खुलती थीं। खिड़की के क़रीब जाकर वह बाज़ार की तरफ देखने लगा तो क्या देखता है कि बाज़ार में दुकानें बंद हैं, मगर आना-जाना जारी है। लोग जलसे में शामिल होने के लिए जा रहे थे। वह सख़्त हैरान था कि दुकानें क्यों बंद रहती हैं। इस मसले के हल के लिए उसने अपने नन्हे दिमाग़ पर बहुत ज़ोर दिया, मगर कोई नतीजा न निकाल सका। बहुत सोच-विचार के बाद उसने सोचा कि लोगों ने वह तमाशा देखने की ख़ातिर, जिसके इश्तिहार जहाज़ बाँट रहे थे, दुकानें बंद कर रखी हैं। अब उसने ख़याल किया कि वह कोई निहायत ही दिलचस्प तमाशा होगा, जिसके लिए तमाम बाज़ार बंद हैं। इस ख़याल ने ख़ालिद को सख़्त बेचैन कर दिया और वह उस वक़्त का बेक़रारी से इंतज़ार करने लगा जब अब्बा उसे तमाशा दिखाने ले चलेंगे।

वक़्त गुज़रता गया...वह खूनी घड़ी क़रीबतर आती गयी।

तीसरे पहर का वक़्त था। ख़ालिद, उसका बाप और माँ सहन में चुप बैठे एक-दूसरे की तरफ ख़ामोश निगाहों से ताक रहे थे। हवा सिसकियाँ भरती हुई चल रही थी। तड़ तड़ तड़...की आवाज़ सुनते ही ख़ालिद के बाप के चेहरे का रंग काग़ज़ की तरह सफेद हो गया। ज़ुबान से मुश्किल में इतना ही कह सका, “गोली!”

ख़ालिद की माँ भयातिरेक से एक शब्द भी मुँह से न निकाल सकी। गोली का नाम सुनते ही ऐसा मालूम हुआ जैसे उसकी छाती में गोली उतर रही है। ख़ालिद इस आवाज़ को सुनते ही अपनी वालिद की अँगुली पकड़कर कहने लगा, “अब्बा जी, चलो चलें! तमाशा तो शुरू हो गया है।”

“कौन-सा तमाशा?” ख़ालिद के बाप ने अपने ख़ौफ़ को छुपाते हुए कहा।

“वही तमाशा, जिसके इश्तिहार आज सुबह जहाज़ बाँट रहे थे...खेल शुरू हो गया है, तभी तो इतने पटाखों की आवाज़ सुनाई दे रही है।”

“अभी बहुत वक़्त बाकी है। तुम शोर मत करो–“अब जाओ, मामा के पास जाकर खेलो।” ख़ालिद यह सुनते ही बावर्चीख़ाने की तरफ रवाना हो गया मगर वहाँ मामा को न पाकर अपने वालिद की बैठक में जाकर खिड़की से बाज़ार की तरफ देखने लगा। बाज़ार आमदोरफ़्त बंद हो जाने की वजह से साँय-साँय कर रहा था। दूर फ़ासले से कुत्तों की दर्दनाक चीखें सुनाई दे रही थीं। कुछ क्षणों के बाद इन चीखों में इनसानों की दर्दनाक आवाज़ें शामिल हो गयीं। ख़ालिद किसी को कराहते सुनकर बहुत हैरान हुआ। अभी वह इस आवाज़ की जुस्तजू के लिए कोशिश कर ही रहा था कि चौक में उसे एक लड़का दिखाई दिया जो चीखता-चिल्लाता भागता चला आ रहा था। ख़ालिद के कमरे के ठीक सामने वह लड़का लड़खड़ाकर गिरा और गिरते ही बेहोश हो गया। उसकी पिंडली पर गहरा जख़्म था जिससे फव्वारों खून निकल रहा था। यह दृश्य देखकर ख़ालिद बहुत ख़ौफ़ज़दा हुआ। भागकर अपने वालिद के पास आया और कहने लगा, “अब्बा! अब्बा! बाज़ार में एक लड़का गिरा पड़ा है। उसकी टाँग से बहुत खून निकल रहा है।”

ख़ालिद का बाप यह सुनते ही खिड़की की तरफ गया और देखा कि वाक़ई एक नौजवान बाज़ार में औंधे मुँह पड़ा है। बादशाह के ख़ौफ़ के कारण किसी में इतना साहस नहीं था कि उस लड़के को सड़क पर से उठाकर सामने वाली दुकान के पट्टे पर लिटा दे।

“अब्बा, इस लड़के को किसी ने पीटा है?”

ख़ालिद का बाप हाँ में सिर हिलाता कमरे के बाहर चला गया।

अब ख़ालिद कमरे में अकेला रह गया। वह सोचने लगा कि इस लड़के को इतने बड़े जख़्म से कितनी तकलीफ़ हुई होगी, जबकि एक दफ़ा उसे चाकू चुभने से ही तमाम रात नींद नहीं आयी थी। उसका बाप और उसकी माँ तमाम रात उसके सिरहाने बैठे रहे थे। इस ख़याल के आते ही उसे ऐसा मालूम होने लगा कि जैसे वह जख़्म खुद उसकी पिंडली में है और उसमें बहुत तेज दर्द है। वह एकदम रोने लगा।

ख़ालिद के रोने की आवाज़ सुनकर, उसकी माँ दौड़ती-दौड़ती आयी और उसको गोद में लेकर पूछने लगी, "मेरे बच्चे रो क्यों रहे हो?"

"अम्मी, उस लड़के को किसी ने मारा है।"

"शरारत की होगी उसने।"

ख़ालिद की वालिदा अपने मियाँ की जुबानी ज़ख़्मी लड़के की दास्तान सुन चुकी थी।

"मगर स्कूल में तो छड़ी से सज़ा देते हैं। लहू तो नहीं निकालते।"

"छड़ी ज़ोर से लग गयी होगी।"

"तो फिर क्यों इस लड़के को इस क़दर मारा है। एक रोज़ जब मास्टर साहब ने मेरे कान खींचकर सुख़ कर दिए तो अब्बा जी ने हैडमास्टर के पास शिकायत की थी न!

"इस लड़के का मास्टर बहुत बड़ा आदमी है।"

"अल्लाह मियाँ से भी बड़ा?"

"नहीं, उनसे छोटा है।"

"तो, फिर वह अल्लाह मियाँ के पास शिकायत करेगा?"

"अब देर हो गयी है, चलो सोएँ।"

"अल्लाह मियाँ, मैं दुआ करता हूँ कि तू उस मास्टर को जिसने इस लड़के को पीटा है, अच्छी तरह सज़ा दे और उस छड़ी को छीन ले जिसके इस्तेमाल से खून निकल आता है...मैंने पहाड़े याद नहीं किए इसलिए मुझे डर है कि कहीं वही छड़ी मेरे उस्ताद के हाथ न आ जाए। अगर तुमने मेरी बात न मानी तो फिर मैं भी तुमसे नहीं बोलूँगा!" सोते वक़्त ख़ालिद दिल में दुआ माँग रहा था!

❑

सन् 1919 की एक बात

सन् 1919 की एक बात है, भाईजान, जब रौलेट एक्ट के ख़िलाफ़ सारे पंजाब में आंदोलन चल रहा था। अमृतसर की बात कर रहा हूँ। सर माईकल ओडावायर ने डिफ़ेंस आफ इंडिया रूल्ज़ के मातहत गांधी जी का दाख़िला पंजाब में बंद कर दिया था। वह इधर आ रहे थे कि पलवल के स्थान पर उनको रोक लिया गया और गिरफ़्तार करके वापस बंबई भेज दिया गया। जहाँ तक मैं समझता हूँ, भाईजान, अगर अंग्रेज़ यह गलती न करता तो जलियाँवाला बाग़ का हादसा उसके शासन के स्याह इतिहास में ऐसे ख़ूनी पृष्ठ की वृद्धि कभी न करता।

क्या मुसलमान, क्या हिंदू, क्या सिख–सबके दिल में गांधीजी के लिए बेहद इज़्ज़त थी। सब उन्हें महात्मा मानते थे। जब उनकी गिरफ़्तारी लाहौर पहुँची तो सारा कारोबार एकदम बंद हो गया। यहाँ से अमृतसर वालों को मालूम हुआ, चुनांचे यों चुटकियों में मुकम्मिल हड़ताल हो गयी।

कहते हैं कि नौ अप्रैल की शाम को डॉक्टर सत्यपाल और डॉक्टर किचलू की जिलावतनी के हुक्म डिप्टी-कमिश्नर को मिल गए थे। वह उनकी तामील के लिए तैयार न था। इसलिए उसके ख़याल में अमृतसर में किसी दंगे-फ़साद या हुल्लड़ का खतरा नहीं था। लोग शांतिपूर्ण ढंग से विरोध प्रकट करने के लिए जलसे वगैराह करते थे, जिनसे हिंसा का सवाल पैदा नहीं होता था। मैं अपनी आँखों देखा हाल बयान करता हूँ। नौ अप्रैल को रामनवमी थी। जुलूस निकला, मगर मजाल है जो किसी ने हाकिमों की मर्ज़ी के ख़िलाफ़ एक क़दम उठाया हो। लेकिन भाईजान, सर माईकल अजब औंधी खोपड़ी का इनसान था। उसने डिप्टी-कमिश्नर की एक न सुनी। उस पर बस यही ख़ौफ़ सवार था कि यह लीडर महात्मा गांधी के इशारे पर साम्राज्य का तख़्ता उलटने पर आमादा है। और जो हड़तालें हो रही हैं और जलसे होते हैं उनके पीछे यही साज़िश काम कर रही है।

डॉक्टर किचलू और डॉक्टर सत्यपाल की जिलावतनी की ख़बर आनन-फ़ानन में आग की तरह फैल गयी। दिल हर शख़्स का खिन्न था। हर

वक़्तधड़का-सा लगा रहता था कि कोई बहुत बड़ा हादसा होने वाला है। लेकिन भाईजान, जोश बहुत ज़्यादा था। कारोबार बंद थे। शहर क़ब्रिस्तान बना हुआ था। पर उस क़ब्रिस्तान की ख़ामोशी में भी एक शोर था। जब डॉक्टर किचलू और सत्यपाल की गिरफ़्तारी की ख़बर आयी तो लोग हज़ारों की संख्या में इकट्ठे हुए, ताकि मिलकर डिप्टी-कमिशनर बहादुर के पास जाएँ और अपने प्रिय नेताओं की जिलावतनी के हुक़्म रद्द कराने की दरख़्वास्त करें। मगर वह ज़माना, भाईजान, दरख़्वास्तें सुनने का नहीं था। सर माईकल जैसा ज़ालिम सबसे बड़ा शासक था। उसने दरख़्वास्त सुनना तो अलग, लोगों की उस भीड़ को ही गैर-क़ानूनी क़रार दे दिया।

अमृतसर—वह अमृतसर जो कभी आज़ादी के आंदोलन का सबसे बड़ा केंद्र था, जिसके सीने पर जलियाँवाला बाग़ जैसा गौरवमय जख़्म था, आज किस हालत में है? लेकिन छोड़िए इस क़िस्से को। दिल को बहुत दुख होता है। लोग कहते हैं कि इस पवित्र शहर में जो कुछ आज से पाँच बरस पहले हुआ उसके ज़िम्मेदार भी अंग्रेज़ हैं। होगा भाईजान, पर सच पूछिए तो इस लहू में जो वहाँ बहा है, हमारे अपने ही हाथ रँगे हुए नज़र आते हैं। खैर!

डिप्टी-कमिशनर साहब का बँगला सिविल लाइंस में था। हर बड़ा अफ़सर और हर बड़ा टोडी शहर के इस अलग-थलग हिस्से में रहता था। आपने अमृतसर देखा है तो आपको मालूम होगा कि शहर और सिविल लाइंस को मिलाने वाला एक पुल है जिस पर से गुज़रकर आदमी ठंडी सड़क पर पहुँचता है जहाँ हुक़्मरानों ने अपने लिए ज़मीन पर यह जन्नत बनायी थी।

भीड़ जब हाल-दरवाज़े के क़रीब पहुँची तो मालूम हुआ कि पुल पर घुड़सवार गोरों का पहरा है। भीड़ बिलकुल न रुकी और बढ़ती गयी। भाईजान, मैं उसमें शामिल था। जोश कितना था, मैं यह बयान नहीं कर सकता। लेकिन सब निहत्थे थे। किसी के पास एक मामूली छड़ी तक भी नहीं थी। असल में वे तो सिर्फ़ इस ग़रज़ से निकले थे कि सामूहिक रूप से अपनी आवाज़ शहर के हाकिम तक पहुँचाएँ और उससे निवेदन करें कि डॉक्टर किचलू और डॉक्टर सत्यपाल को बिना शर्त रिहा कर दें। भीड़ पुल की तरफ बढ़ती रही। लोग क़रीब पहुँचे तो गोरों ने गोलीबारी शुरू कर दी। उससे भगदड़ मच गयी। वे गिनती में सिर्फ़ बीस-पच्चीस थे और भीड़ में सैकड़ों थे। लेकिन

भाईजान, गोली की दहशत बहुत होती है। ऐसी आपाधापी फैली कि तौबा! कुछ गोलियों से घायल हुए और कुछ भगदड़ में ज़ख़्मी हुए।

दाहिने हाथ को गंदा नाला था। धक्का लगा तो मैं उसमें गिर पड़ा। गोलियाँ चलना बंद हुई तो मैंने उठकर देखा भीड़ तितर-बितर हो चुकी थी। घायल सड़क पर पड़े थे और पुल पर गोरे खड़े हँस रहे थे। भाईजान, मुझे बिलकुल याद नहीं कि उस समय मेरी दिमाग़ी हालत किस क़िस्म की थी। मेरा ख़याल है कि मेरे होश-हवास पूरी तरह सलामत नहीं थे। गंदे नाले में गिरते वक़्त तो मुझे कतई होश नहीं था। जब बाहर निकला तो जो दुर्घटना घटी थी उसका रंगरूप धीरे-धीरे दिमाग़ में उभरना शुरू हुआ।

दूर शोर की आवाज़ सुनायी दे रही थी जैसे बहुत से लोग ग़ुस्से में चीख-चिल्ला रहे हों। मैं गंदा नाला पार करके ज़ाहिरा पीर के तकिये से होता हुआ हाल-दरवाज़े के पास पहुँचा तो देखा कि तीस-चालीस नौजवान जोश में भरे पत्थर उठा-उठाकर दरवाज़े पर मार रहे हैं। उसका शीशा टूटकर सड़क पर गिरा तो एक लड़के ने बाकी लड़कों से कहा, "चलो महारानी का बुत तोड़ें।"

दूसरे ने कहा, "नहीं यार, कोतवाली को आग लगाएँ।"

तीसरे ने कहा, "और सारे बैंकों को भी।"

चौथे ने उनको रोका, "ठहरो! इससे क्या फ़ायदा होगा? चलो, पुल पर उन गोरों को मारें।"

मैंने उसे पहचान लिया। यह थैला कंजर था—नाम मुहम्मद तुफ़ैल था, मगर थैला कंजर के नाम से मशहूर था। इसलिए कि वह एक वेश्या की कोख से जन्मा था। बड़ा आवारागर्द। छोटी उम्र में ही उसे जुए और शराबनोशी की लत पड़ गयी थी। उसकी दो बहनें—शमशाद और अलमास अपने वक़्त की हसीन-तरीन वेश्याएँ थीं। शमशाद का गला बहुत अच्छा था। उसका मुजरा सुनने के लिए रईस दूर-दूर से आते थे। दोनों अपने भाई की करतूतों से बेज़ार थीं। शहर में मशहूर था कि उन्होंने उसे घर से निकाल रखा है। फिर भी वह किसी-न-किसी हीले-बहाने से अपनी ज़रूरतों के लिए कुछ-न-कुछ वसूल कर लेता था। अच्छा खाता था, अच्छा पीता था। बड़ा नफ़ासत पसंद था। लतीफ़ेगोई और रसिकता मिज़ाज में कूट-कूटकर भरी थी। मिरासियों और

भाँडों के बाज़ारूपन से बहुत दूर रहता था। लंबा क़द, भरे-भरे हाथ-पाँव, मज़बूत कसरती बदन और नाक-नक्शे का भी ख़ासा था।

जोश में भरे हुए लड़कों ने उसकी बात न सुनी और मलका के बुत की तरफ चलने लगे। उसने फिर उनसे कहा, "मत गँवाओ अपना जोश। इधर आओ मेरे साथ। चलो, उन गोरों को मारें। उन्होंने हमारे बेक़सूर लोगों की जान ली है, और उन्हें ज़ख़्मी किया है। ख़ुदा की क़सम! हम सब मिलकर उनकी गर्दन मरोड़ सकते हैं। चलो।"

कुछ रवाना हो चुके थे, बाकी रुक गए। थैला पुल की तरफ बढ़ा तो वे उसके पीछे चलने लगे। मैंने सोचा कि माँओं के ये लाल बेकार मौत के मुँह में जा रहे हैं। मैं फव्वारे के पास दुबका खड़ा था। वहाँ से मैंने थैले को आवाज़ दी और कहा, "मत जाओ, यार। क्यों अपनी और उनकी जान के पीछे पड़े हो?"

थैले ने यह सुनकर अजीब-सा क़हक़हा लगाया और मुझसे कहा, "थैला सिर्फ़ यह बताने चला है कि वह गोलियों से डरने वाला नहीं" फिर वह अपने साथियों से बोला, "तुम डरते हो तो वापस जा सकते हो।"

ऐसे मौक़ों पर बढ़ते हुए क़दम उलटे कैसे हो सकते हैं? और फिर वह भी उस वक़्त जब लीडर अपनी जान हथेली पर रखकर आगे-आगे जा रहा हो। थैले ने क़दम तेज किए तो उसके साथियों को भी करने पड़े।

हाल-दरवाज़े से पुल का फ़ासला कुछ ज्यादा नहीं होगा—कोई साठ-सत्तर गज़ के लगभग। थैला सबसे आगे-आगे था। जहाँ पुल का दोमुखी समानांतर जंगला शुरू होता है वहाँ से पंद्रह-बीस क़दम के फ़ासले पर दो घुड़सवार गोरे खड़े थे। थैला नारे लगाता जब जंगले के सिरे पर पहुँचा तो गोली चली। मैं समझा कि वह गिर पड़ा—लेकिन देखा कि वह उसी तरह ज़िंदा आगे बढ़ रहा है। उसके बाकी साथी डर के मारे भाग खड़े हुए थे। मुड़कर उसने पीछे देखा और चिल्लाया, "भागो नहीं, आओ!"

उसका मुँह मेरी तरफ था कि एक और फ़ायर हुआ। पलटकर उसने गोरों की तरफ देखा और पीठ पर हाथ फेरा। भाईजान, नज़र तो मुझे कुछ नहीं आना चाहिए था, मगर मैंने देखा कि उसकी सफेद बोस्की की कमीज़ पर लाल-लाल धब्बे थे। वह और तेज़ी से बढ़ा जैसे ज़ख़्मी शेर—एक और फ़ायर

हुआ। वह लड़खड़ाया, मगर एकदम क़दम मज़बूत करके वह घुड़सवार गोरे पर लपका और पलक झपकते ही जाने क्या हुआ—घोड़े की पीठ खाली थी। गोरा ज़मीन पर था और थैला उसके ऊपर। दूसरे गोरे ने जो क़रीब था और पहले बौखला गया था, बिदकते हुए घोड़े को रोका और धड़ाधड़ फ़ायर शुरू कर दिए—उसके बाद जो कुछ हुआ मुझे मालूम नहीं। मैं वहाँ फव्वारे के पास बेहोश होकर गिर पड़ा।

भाईजान, जब मुझे होश आया तो मैं अपने घर में था। चंद जान-पहचान वाले मुझे वहाँ से उठा लाए थे। उनकी ज़ुबानी मालूम हुआ कि पुल पर गोलियाँ खाकर भीड़ बिफर गयी थी। उस बिफरने का फल यह हुआ कि मलका के बुत को तोड़ने की कोशिश की गयी। टाउन हाल और तीन बैंकों को आग लगी और पाँच या छ: यूरोपियन मारे गए। खूब लूटमार मची।

लूट-खसोट का अंग्रेज़ अफसरों को इतना ख़याल न था। पाँच या छ: यूरोपियन मारे गए थे, उसका बदला लेने के लिए जलियाँवाले बाग़ का खूनी कांड हुआ। डिप्टी-कमिश्नर बहादुर ने शहर की बागडोर जनरल डायर के सुपुर्द कर दी। चुनांचे जनरल ने 12 अप्रैल को फ़ौजियों के साथ शहर के विभिन्न बाज़ारों में मार्च किया और दर्जनों बेगुनाह आदमी गिरफ़्तार कर लिए। 13 अप्रैल के जलियाँवाले बाग़ में सभा हुई। लगभग पच्चीस हज़ार लोग होंगे। शाम के क़रीब जनरल डायर हथियारबंद गोरों और सिखों के साथ वहाँ पहुँचा और निहत्थे आदमियों पर गोलियों की बारिश शुरू कर दी।

उस समय तो किसी को जान के नुकसान का ठीक अंदाज़ा न था, बाद में जब जांच-पड़ताल हुई तो पता चला कि एक हज़ार मारे गए हैं और तीन या चार हज़ार के क़रीब घायल। लेकिन मैं थैले की बात कर रहा था। भाईजान, आँखों देखी बात आपको बता चुका हूँ, बेऐब ज़ात खुदा की है। मरहूम में चारों एब शरई थे। एक पेशेवर तवाइफ़ की कोख से था मगर जियाला था। मैं अब यक़ीन के साथ कह सकता हूँ कि उस मलऊन गोरे की पहली गोली भी उसके लगी थी। आवाज़ सुनकर उसने जब पलटकर अपने साथियों की तरफ देखा था और उन्हें हौसला दिलाया था तो जोश की हालत में उसे मालूम नहीं हुआ था कि उसकी छाती में गरम-गरम सीसा उतर चुका है। दूसरी गोली उसकी पीठ में लगी, तीसरी फिर सीने में। मैंने देखा नहीं, पर सुना है कि

जब थैले की लाश गोरे से जुदा की गयी तो उसके दोनों हाथ उसकी गर्दन में इस तरह पैवस्त थे कि अलग नहीं होते थे–गोरा जहन्नुम पहुँच चुका था।

दूसरे रोज़ जब थैले की लाश कफ़न-दफ़न के लिए उसके घरवालों के सुपुर्द की गयी तो उसका बदन गोलियों से छलनी हो रहा था। दूसरे गोरे ने तो अपना पूरा पिस्तौल उस पर खाली कर दिया था। मेरा ख़्याल है, उस वक़्त मरहूम की रूह उसके जिस्म से उड़ चुकी थी। उस शैतान के बच्चे ने सिर्फ़ उसके मुर्दा जिस्म पर चाँद–मारी की थी।

कहते हैं, जब थैले की लाश मुहल्ले में पहुँची तो कुहराम मच गया। अपनी बिरादरी में वह इतना लोकप्रिय नहीं था। लेकिन उसकी कीमा-कीमा लाश देखकर सब दहाड़ें मार-मारकर रोने लगे। उसकी बहनें शमशाद और अलमास तो बेहोश हो गयीं। जब जनाज़ा उठा तो उन दोनों ने ऐसे बैन किए कि सुनने वाले लहू के आँसू रोते रहे।

भाईजान, मैंने कहीं पढ़ा था कि फ़्रांस के इंक़लाब में पहली गोली वहाँ की टखियाई के लगी थी। मरहूम मुहम्मद तुफ़ैल एक वेश्या का लड़का था। इंक़लाब की इस जद्दोजहद में उसको जो पहली गोली लगी थी वह दसवीं थी या पचासवीं, इसके बारे में किसी ने तहक़ीक़ात नहीं की। शायद इसलिए कि समाज में उस बेचारे का कोई रुतबा नहीं था। मैं तो समझता हूँ, पंजाब के उस खूनी गुसलख़ाने में नहाने वालों की फ़ेहरिस्त में थैले कंजर का नामोनिशान तक भी नहीं होगा, और यह भी पता नहीं कि ऐसी कोई फ़ेहरिस्त तैयार भी हुई थी।

सख़्त हंगामी दिन थे। सैनिक शासन का बोलबाला था। वह राक्षस जिसे मार्शल ला कहते हैं शहर के गली-गली, कूचे-कूचे में डकराता फिरता था। बहुत आपा-धापी की हालत में ग़रीब को जल्दी-जल्दी यों दफ़्न किया गया जैसे उसकी मौत उसके सोगवार रिश्तेदारों का संगीन जुर्म थी जिसके निशान वे मिटा देना चाहते थे।

"बस भाईजान, थैला मर गया। थैला दफ़्ना दिया गया और... और।" यह कहकर मेरा हमसफर पहली बार कुछ कहते-कहते रुका और ख़ामोश हो गया। ट्रेन दनदनाती हुई जा रही थी। पटरियों की खट-खट ने यह कहना शुरू कर दिया, "थैला मर गया...थैला दफ़्ना दिया गया। उस मरने और दफ़्नाने के

दरमियान कोई फ़ासला नहीं था। जैसे वह इधर मरा और उधर दफ़ना दिया गया। और खट-खट के साथ उन शब्दों की ताल कुछ इस कदर जज़्बात से खाली थी कि मुझे अपने दिमाग़ में उन दोनों को जुदा करना पड़ा। चुनांचे मैंने अपने हमसफर से कहा, "आप कुछ और भी सुनाने वाले थे?"

चौंककर उसने मेरी तरफ देखा, "जी हाँ, उस दास्तान का एक अफ़सोसनाक हिस्सा बाकी है।"

मैंने पूछा, "क्या?"

उसने कहना शुरू किया :

"मैं आपसे अर्ज़ कर रहा हूँ कि थैले की दो बहनें थी–शमशाद और अलमास। बहुत खूबसूरत। शमशाद लंबी थी, पतले-पतले नक्श, बड़ी-बड़ी आँखें। ठुमरी खूब गाती थी। सुना है, खाँ साहब फतेहअली खाँ से तालीम लेती रही थी। दूसरी अलमास थी। उसके गले में सुर नहीं था, लेकिन बतावे में अपना सानी नहीं रखती थी। मुजरा करती थी तो ऐसा लगता था कि उसका अंग-अंग बोल रहा है। हर भाव में एक बात होती थी। आँखों में वह जादू था जो हरेक के सर पर चढ़कर बोलता था।"

मेरे हमसफर ने तारीफ़ में कुछ ज़रूरत से ज़्यादा वक़्त लिया। मगर मैंने टोकना मुनासिब न समझा। थोड़ी देर के बाद वह खुद लंबे चक्कर से निकला और दास्तान के दुःखद हिस्से की तरफ आया। "किस्सा यह है, भाईजान, कि उन दो बहनों के हुस्न-ओ-जमाल का ज़िक्र किसी खुशामदी ने फ़ौजी अफ़्सरों से कर दिया। बलवे में एक मेम–क्या नाम था उस चुड़ैल का?... मिस...मिस...शेरवुड मारी गयी थी। तय यह हुआ कि उनको बुलवाया जाए और...और...जी-भर के बदला लिया जाए–आप समझ गए ना, भाईजान!"

मैंने कहा, "जी हाँ।"

मेरे हमसफर ने एक आह भरी। "ऐसे नाजुक मामलों में वेश्याएँ और रंडियाँ भी अपनी माएँ-बहनें होती हैं। मगर भाईजान, यह मुल्क अपनी इज़्ज़त को, मेरा ख़याल है, पहचानता ही नहीं। जब ऊपर से इलाके के थानेदार को आर्डर मिला तो वह फ़ौरन तैयार हो गया। चुनांचे वह खुद शमशाद और अलमास के मकान पर गया और कहा कि साहब लोगों ने याद किया है। वे तुम्हारा मुजरा सुनना चाहते हैं। भाई की क़ब्र की मिट्टी अभी तक खुश्क भी

नहीं हुई थी। अल्लाह को प्यारा हुए उस ग़रीब को सिर्फ़ दो दिन हुए थे कि यह हाज़िरी का हुक्म सादर हुआ कि आओ, हमारे हुज़ूर नाचो। तकलीफ़ देने का इससे बढ़कर भयानक तरीक़ा क्या हो सकता है? ज़ुल्म की दहशत की मिसाल मेरा ख़याल है, इससे बढ़कर शायद ही कोई मिल सके। क्या हुक्म देने वालों को इतना ख़याल भी न आया कि वेश्या भी ग़ैरतमंद होती है। हो सकती है–क्यों नहीं हो सकती?" उसने अपने-आप से सवाल किया लेकिन वह मुखातिब मुझसे था।

मैंने कहा, "हो सकती है।"

"जी हाँ, थैला आख़िर भाई था। उसने किसी जुएख़ाने की लड़ाई-भिड़ाई में अपनी जान नहीं दी थी। वह शराब पीकर दंगा-फ़साद करते हुए नहीं मारा गया था। उसने वतन की राह में बड़े बहादुराना तरीके से शहादत का जाम पिया था। वह एक वेश्या की कोख से था। लेकिन वह वेश्या माँ थी और शमशाद और अलमास उसकी बेटियाँ थीं और थैले की बहनें थीं। और वे थैले की लाश देखकर बेहोश हो गयी थीं। जब उसका जनाज़ा उठा तो उन्होंने ऐसे बैन किए थे कि सुनकर आदमी लहू रोता था।"

मैंने पूछा, "वे गयीं?"

मेरे हमसफर ने इसका जवाब थोड़े वक़्फ़े के बाद उदासी में दिया, "जी हाँ, जी हाँ गयीं–ख़ूब सज-बनकर।" एकदम उसकी उदासी तीख़ापन इख़्तियार कर गयी। "सोलह सिंगार करके अपने बुलाने वालों के पास गयीं–कहते हैं ख़ूब महफ़िल जमी–दोनों बहनों ने अपने जौहर दिखाए। तड़क-भड़क की पोशाकें पहने हुए वे कोहक़ाफ़ की परियाँ मालूम होती थीं। शराब के दौर चलते हैं। और कहते हैं कि रात के दो बजे एक बड़े अफ़सर के इशारे पर महफ़िल बर्ख़ास्त हुई।" वह उठ खड़ा हुआ और बाहर भागते हुए दरख़्तों को देखने लगा।

पहियों और पटरियों की आहनी गड़गड़ाहट की ताल पर उसके आख़िरी दो शब्द नाचने लगे, 'बर्ख़ास्त हुई, बर्ख़ास्त हुई।'

मैंने अपने दिमाग़ में उन्हें अपनी गड़गड़ाहट से नोचकर अलहदा करते हुए उससे पूछा, "फिर क्या हुआ?"

भागते हुए दरख़्तों और खंभों से नज़रें हटाकर उसने बड़े मज़बूत लहजे में कहा, "उन्होंने अपनी भड़कीली पोशाकें नोच डालीं और बिलकुल नंगी हो गयीं और कहने लगीं, 'लो देख लो, हम थैले की बहनें हैं। उस शहीद की जिसके ख़ूबसूरत जिस्म को तुमने सिर्फ़ इसलिए अपनी गोलियों से छलनी-छलनी किया था कि उसमें वतन से मुहब्बत करने वाली रूह थी। हम उसकी ख़ूबसूरत बहनें हैं, आओ अपनी वासना के गरम-गरम लोहे से हमारा ख़ुशबुओं में बसा हुआ जिस्म दाग़दार करो—मगर ऐसा करने से पहले हमें एक बार अपने मुँह पर थूक लेने दो।"

यह कहकर वह ख़ामोश हो गया, कुछ इस तरह कि और नहीं बोलेगा। मैंने फ़ौरन ही पूछा, "फिर क्या हुआ?"

उसकी आँखों में आँसू डबडबा आए—"उनको गोली से उड़ा दिया गया।" मैंने कुछ न कहा। गाड़ी आहिस्ता-आहिस्ता स्टेशन पर रुकी तो उसने कुली बुलाकर अपना असबाब उठवाया। जब जाने लगा तो मैंने उसे कहा, "आपने जो दास्तान सुनायी उसका अंजाम मुझे आपका अपना गढ़ा हुआ मालूम होता है।"

एकदम चौंककर उसने मेरी तरफ देखा, "यह आपने कैसे जाना?"

"मैंने कहा, आपके लहजे में गहरा दर्द था।"

मेरे हमसफर ने अपने हलक की कड़वाहट थूक के साथ निगलते हुए कहा, "जी हाँ, उन हराम...?" वह गाली देते-देते रुक गया। "उन्होंने अपने शहीद भाई के नाम पर बट्टा लगा दिया।" यह कहकर वह प्लेटफार्म पर उतर गया।

❑

स्वराज्य के लिए

मुझे सन् याद नहीं रहा, लेकिन वही दिन थे, जब अमृतसर में हर तरफ 'इंक़लाब ज़िंदाबाद' के नारे गूँजते थे। उन नारों में, मुझे अच्छी तरह याद है, एक अजीब क़िस्म का जोश था–एक जवानी–एक अजीब क़िस्म की जवानी, बिलकुल अमृतसर की गुजरियों की-सी, जो सिर पर उपलों के टोकरे उठाए, बाज़ारों को जैसे काटती हुई चलती हैं। ख़ूब दिन थे। जलियाँवाला बाग़ के ख़ूनी हादसे का उदास डर फ़िज़ा में जो समाया रहता था, उस वक़्त ग़ायब था। उसकी जगह अब ले ली थी एक बेख़ौफ़ तड़प ने–एक अंधाधुंध छलाँग ने, जो अपनी मंज़िल से नावाक़िफ़ थी।

लोग नारे लगाते थे, जुलूस निकालते थे और सैकड़ों की संख्या में धड़ाधड़ क़ैद हो रहे थे। गिरफ़्तार होना, एक दिलचस्प शग़ल बन गया था। सुबह क़ैद हुए, शाम छोड़ दिए गए। मुक़दमा चला; चंद महीनों की क़ैद हुई; वापस आए, एक नारा लगाया, फिर क़ैद गए।

ज़िंदगी से भरपूर दिन थे। एक नन्हा-सा बुलबुला भी, फटने पर एक बहुत बड़ा भँवर बन जाता था। किसी ने चौक में खड़े होकर तक़रीर दी और कहा, "हड़ताल होनी चाहिए।" चलिए, हड़ताल हो गयी। एक लहर उठी कि हर आदमी को खादी पहननी चाहिए ताकि लंका शायर के सारे कारख़ाने बंद हो जायँ। लीजिए, विदेशी कपड़ों का बायकाट शुरू हो गया और हर चौक में अलाव जलने लगे। लोग जोश में आकर, वहीं खड़े-खड़े कपड़े उतारते और अलाव में फेंक देते। कोई औरत अपने मकान के शहनशीन से, अपनी नापसंदीदा साड़ी उछालती तो भीड़ तालियाँ पीट-पीटकर, अपने हाथ लाल कर लेती।

मुझे याद है, कोतवाली के सामने, टाउन हॉल के पास, एक अलाव जल रहा था। शेखू ने, जो मेरा सहपाठी था, जोश में आकर, अपना रेशमी कोट उतारा और विदेशी कपड़ों की चिता में डाल दिया। तालियों का समुंदर बहने लगा, क्योंकि शेखू एक बहुत बड़े 'टोडी बच्चे' का लड़का था। उस बेचारे

का जोश और भी ज़्यादा बढ़ गया। अपनी बोस्की की कमीज़ उतारकर, उसे भी उसने शोलों की भेंट चढ़ा दिया, लेकिन बाद में उसे ख़याल आया कि उसके साथ सोने के बटन थे।

मैं शेखू का मज़ाक़ नहीं उड़ाता। मेरा हाल भी उन दिनों कुछ वैसा ही था। जी चाहता था, कहीं से पिस्तौल हाथ आ जाय तो एक इंक़लाबी पार्टी बनायी जाए। बाप सरकारी पेंशनर था, इसका मुझे कभी ख़याल न आया। बस दिलो-दिमाग़ में एक अजीब-सी खुदबुद रहती थी—बिलकुल वैसी ही, जैसी फ्लैश खेलने के दौरान रहा करती है।

स्कूल से तो मुझे वैसे ही दिलचस्पी न थी, पर उन दिनों मुझे खासतौर पर पढ़ाई से नफ़रत हो गयी...घर से किताबें लेकर निकलता और जलियाँवाला बाग़ चला जाता। स्कूल का वक़्त खत्म होने तक, वहाँ की सरगर्मियाँ देखता रहता किसी पेड़ के साये-तले बैठकर, दूर मकानों की खिड़कियों में औरतों को देखता और सोचता कि ज़रूर इनमें से किसी को मुझसे इश्क़ हो जाएगा—यह ख़याल दिमाग़ में क्यों आता, मैं इसके बारे में कुछ नहीं कह सकता।

जलियाँवाला बाग़ में खूब रौनक थी। चारों तरफ तंबू और कनातें फैली हुई थीं। जो खेमा सबसे बड़ा था, उसमें हर दूसरे-तीसरे दिन एक डिक्टेटर बनाकर बैठा दिया जाता था। जिसको सारे वालंटियर सलामी देते थे। दो-तीन दिन या ज्यादा-से-ज्यादा दस-पन्द्रह दिन तक, यह डिक्टेटर, खादी-पोश औरतों और मर्दों का 'नमस्कार' एक बनावटी संजीदगी के साथ वसूल करता। शहर के बनियों से लंगरखाने के लिए आटा-चावल इकट्ठा करता और दही की लस्सी पी-पीकर, जो खुदा जाने, जलियाँवाला बाग़ में क्यों इतनी आम थी एक दिन अचानक गिरफ़्तार हो जाता और किसी क़ैदखाने में चला जाता।

मेरा एक पुराना सहपाठी था—शहज़ादा गुलाम अली। उससे मेरी दोस्ती का अंदाज़ा आपको इन बातों से हो सकता है कि हम इकट्ठे दो बार मैट्रिक के इम्तहान में फेल हो चुके थे और एक बार हम दोनों घर से भाग कर बंबई गए थे, ख़याल था कि रूस जाँएगे; मगर पैसे खत्म होने पर, जब फुटपाथों पर सोना पड़ा तो घर ख़त लिखे, माफ़ियाँ माँगी और वापस चले आए।

शहज़ादा गुलाम अली, खूबसूरत जवान था। लम्बा क़द; गोरा रंग जैसा कश्मीरियों का होता है। तीखी नाक खिलण्डरी आँखें चाल-ढाल में एक खास शान, जिसमें पेशेवर गुंडों की अकड़ की हल्की-सी झलक भी थी।

जब वह मेरे साथ पढ़ता था तो शहज़ादा नहीं था, लेकिन जब शहर में इंक़लाबी हलचल बड़ी और उस ने दस-पन्द्रह जलसों और जुलूसों में हिस्सा लिया तो नारों, गैंदे के हारों, जोशीले गीतों और लेडी वालंटियरस से खुली बातचीत ने उसे एक इंक़लाबी बना दिया। एक दिन उसने अपनी पहली तक़रीर दी। दूसरे दिन मैंने अख़बार देखे तो मालूम हुआ कि ग़ुलाम अली शहज़ादा बन गया है।

शहज़ादा बनते ही, ग़ुलाम अली सारे अमृतसर में मशहूर हो गया। छोटा-सा शहर है; वहाँ नेकनाम या बदनाम होते देर नहीं लगती। यों तो अमृतसरी, आम आदमियों के मामले में नुक़्ताचीनी करने वाला है। यानी हर आदमी दूसरों के ऐब टटोलने और चरित्रों में सूराख व ढूँढ़ने की कोशिश करता रहता है। लेकिन राजनीतिक और धार्मिक नेताओं के मामले में अमृतसरी एकदम आँखें फेर लेते हैं। उनको दरअसल हर वक़्त एक तक़रीर या आंदोलन की ज़रूरत रहती है। आप उन्हें नीली-योग बना दीजिए या सियाह-पोश, एक ही नेता, चोले बदल-बदलकर, अमृतसर में काफ़ी देर तक जिंदा रह सकता है।

लेकिन वह ज़माना कुछ और था। सभी बड़े-बड़े नेता जेलों में थे और उनकी गद्दियाँ खाली थीं। उस समय लोगों को नेताओं की कोई उतनी ज़्यादा ज़रूरत न थी। लेकिन वह आंदोलन जो कि अब शुरू हुआ था उसको ऐसे आदमियों की बड़ी ज़रूरत थी, जो एक-दो दिन खादी पहनकर, जलियाँवाला बाग़ के बड़े तंबू में बैठें एक-दो तक़रीरें दें और गिरफ़्तार हो जाएँ।

उन दिनों यूरोप में नयी-नयी डिक्टेटरशिप शुरू हुई थी। हिटलर और मुसोलिनी का बड़ा इशतिहार हो रहा था। ग़ालिबन इसी असर के तहत, कांग्रेस ने डिक्टेटर बनाने शुरू कर दिये थे। जब शहज़ादा ग़ुलाम अली की बारी आयी तो उससे पहले चालीस डिक्टेटर गिरफ़्तार हो चुके थे।

ज्यों ही मुझे मालूम हुआ कि ग़ुलाम अली डिक्टेटर बन गया है तो मैं फ़ौरन जलियाँवाला बाग़ में पहुँचा। बड़े खेमे के बाहर वालंटियरों का पहरा था। लेकिन ग़ुलाम अली ने जब मुझे अंदर से देखा तो बुला लिया—जमीन पर एक गदेला था, जिस पर खादी की चाँदनी बिछी थी। उस पर गाव-तकियों का सहारा लिये, शहज़ादा ग़ुलाम अली चंद खादी-पोश बनियों से बातचीत कर रहा था, जो शायद तरकारियों के बारे में थी। चंद मिनटों में ही उसने

यह बातचीत खत्म की और कुछ वार्लंटियरों को हुक्म देकर, वह मेरी तरफ़ पलटा। उसकी यह गैरमामूली संजीदगी देखकर, मुझे गुदगुदी-सी हो रही थी। जब वार्लंटियर चले गए तो मैं हँस पड़ा, "सुना बे शहज़ादे!"

मैं देर तक उससे मज़ाक़ करता रहा, लेकिन मैंने महसूस किया कि गुलाम अली में भारी तब्दीली आ गयी है। ऐसी तब्दीली जिससे वह वाक़िफ़ है। चुनांचे उसने कई बार मुझसे यही कहा–"नहीं सआदत! मज़ाक़ न उड़ाओ। मैं जानता हूँ, मेरा सिर छोटा है और यह इज़्ज़त जो मुझे मिली है, बड़ी है लेकिन मैं यह खुली टोपी ही पहने रहना चाहता हूँ।"

कुछ देर बाद उसने दही की लस्सी का एक बहुत बड़ा गिलास पिलाया और मैं उससे यह वायदा करके घर चला गया कि शाम को उसकी तक़रीर सुनने ज़रूर आऊँगा।

शाम को जलियाँवाला बाग़ खचाखच भरा था। मैं चूँकि जल्दी आया था, इसलिए मुझे स्टेज के पास ही जगह मिल गयी। गुलाम अली तालियों के शोर के साथ प्रकट हुआ–सफेद, बेदाग़ खादी के कपड़े पहने, वह खूबसूरत और आकर्षक लग रहा था। उस अकड़ की झलक, जिसका ज़िक्र मैं पहले कर चुका हूँ उसके इस आकर्षण को बढ़ा रही थी।

लगभग एक घंटे तक वह बोलता रहा–इस बीच कई बार मेरे रोंगटे खड़े हुए और एक-दो बार तो मेरे जिस्म में बड़ी शिद्दत से यह इच्छा पैदा हुई कि मैं बम की तरह फट जाऊँ। उस समय मैंने शायद यही ख़याल किया था कि यूँ फट जाने से हिंदुस्तान आज़ाद हो जाएगा।

ख़ुदा जाने कितने बरस बीत चुके हैं! बहते हुए जज़्बातों और घटनाओं की नोक-पलक, जो उस समय थी, अब बिलकुल उसी तरह बता पाना लगभग नामुमकिन है। लेकिन यह कहानी लिखते समय, जब मैं गुलाम अली की तक़रीर का तसव्वुर करता हूँ तो मुझे सिर्फ़ एक जवानी बोलती दिखायी पड़ती है जो सियायत से बिलकुल पाक थी–उसमें एक ऐसे नौजवान की सच्ची निडरता थी जो एकदम किसी राह-चलती औरत को पकड़ ले और कहे, "देखो, मैं तुम्हें चाहता हूँ।" और दूसरे ही पल, क़ानून के पंजे में गिरफ़्तार हो जाय। उस तक़रीर के बाद मुझे कई तक़रीरें सुनने का मौका मिला, लेकिन वह अधपकी दीवानगी, वह सिरफिरी जवानी, वह अल्हड़ जज़्बा,

वह दाढ़ी-मूँछ-रहित ललकार, जो मैंने शहज़ादा गुलाम अली की आवाज़ में सुनी—उसकी हल्की-सी गूँज भी मुझे अब कहीं सुनायी नहीं देती। अब जो तक़रीरें सुनने में आती हैं, वे ठंडी संजीदगी, बूढ़ी सियासत और शायराना होशमंदी में लिपटी होती हैं।

उस समय, दरअसल, दोनों पार्टियाँ कच्ची थीं। सरकार भी और रियाया भी। नतीजों की परवाह किए बिना, दोनों एक-दूसरे से उलझी हुई थीं। सरकार, क़ैद का महत्त्व समझे बिना, लोगों को क़ैद कर रही थी और जो क़ैद होते थे, उनको भी क़ैदखाने में जाने से पहले क़ैद का मक़सद मालूम नहीं होता था।

एक धाँधली थी, मगर उस धाँधली में एक आग-जैसी बेचैनी थी। लोग शोलों की तरह भड़कते थे, बुझते थे, फिर भड़कते थे। चुनांचे उस भड़कने और बुझने, बुझने और भड़कने ने, गुलामी की निंदासी, उदास और जंभाइयों-भरी फ़िज़ा में गर्म कँपकँपी पैदा कर दी थी।

शहज़ादा गुलाम अली ने तक़रीर खत्म की तो सारा जलियाँवाला बाग़, तालियों और नारों का दहकता हुआ अलाव बन गया। उसका चेहरा दमक रहा था। जब मैं उससे अलग जाकर मिला और बधाई देने के लिए, मैंने उसका हाथ अपने हाथ में दबाया तो वह काँप रहा था। यह गर्म कँपकँपाहट उसके चमकते हुए चेहरे से भी नुमायाँ थी। वह कुछ-कुछ हाँफ रहा था। उसकी आँखों में, जोश-भरे जज़्बात की दमक के अलावा मुझे एक थकी हुई तलाश नज़र आई—वो किसी को ढूँढ़ रही थी। उसने एकदम अपना हाथ मेरे हाथ से अलग किया और सामने चमेली की झाड़ी की तरफ बढ़ा।

वहाँ एक लड़की थी। खादी की बेदाग़ साड़ी पहने हुए।

दूसरे दिन मुझे मालूम हुआ कि शहज़ादा गुलाम अली, इश्क़ में गिरफ़्तार है। वह उस लड़की से, जिसे मैंने चमेली की झाड़ी के पास बड़े अदब से खड़े देखा था, इश्क़ कर रहा था। यह इश्क़ इकतरफा नहीं था, क्योंकि निगार को भी उससे बेहद लगाव था। निगार, जैसा कि नाम से ज़ाहिर है, एक मुसलमान लड़की थी, अनाथ। जनाना अस्पताल में नर्स थी और पहली मुसलमान लड़की थी जिसने अमृतसर में बेपर्दा होकर कांग्रेस के आंदोलन में भाग लिया था।

कुछ खादी के लिबास ने, कुछ कांग्रेस की सरगर्मियों में हिस्सा लेने की वजह से और कुछ अस्पताल की फ़िज़ा ने, निगार के इस्लामी मिज़ाज

को—उस तीखी चीज़ को जो मुसलमान औरत के स्वभाव में नुमायाँ होती है, कुछ थोड़ा-सा घुमा दिया था, जिससे वह थोड़ी मुलायम हो गई थी।

वह खूबसूरत न थी, पर अपनी जगह औरत होने का एक निहायत ही अनोखा और बेमिसाल नमूना थी। विनम्रता, आदर और श्रद्धा का वह मेल, जो आदर्श हिंदू औरत की ख़ासियत है, निगार में भी अपनी हल्की-सी झलक के साथ दिखाई देता था, जिसने उसकी शख़्सीयत में, रूह को गर्मा देने वाले रंग भर दिए थे। उस समय तो शायद यह कभी मेरे मन में न आता, लेकिन अब यह लिखते समय, मैं निगार का तसव्वुर करता हूँ तो वह मुझे नमाज़ और आरती का दिलफ़रेब मेल दिखाई देती है।

वह शहज़ादा गुलाम अली की पूजा करती थी और वह भी उस पर जान देता था। जब निगार के बारे में उससे बातचीत हुई तो पता चला कि कांग्रेस-आंदोलन के दौरान, उन दोनों की मुलाक़ात हुई और थोड़े ही दिनों के मेल-जोल के बाद, वे एक-दूसरे के हो गए।

गुलाम अली का इरादा था कि क़ैद होने से पहले-पहले, वह निगार को अपनी बीवी बना ले। मुझे याद नहीं, वह ऐसा क्यों करना चाहता था क्योंकि क़ैद से वापस आने पर भी वह उससे शादी कर सकता था। उन दिनों कोई इतनी लम्बी क़ैद तो होती न थी। कम-से-कम तीन महीने और ज़्यादा-से-ज़्यादा एक बरस। कुछेक को तो पन्द्रह-बीस दिनों के बाद ही रिहा कर दिया जाता था ताकि दूसरे क़ैदियों के लिए जगह बन जाए। बहरहाल, वह अपने इरादे को निगार पर भी ज़ाहिर कर चुका था और वह बिलकुल तैयार थी। अब सिर्फ़ दोनों को बाबा जी के पास जाकर, उनका आशीर्वाद लेना था।

बाबा जी, जैसाकि आप जानते होंगे, बड़ी भारी हस्ती के मालिक थे। शहर से बाहर, लखपति सर्राफ हरिराम की शानदार कोठी में वे ठहरे हुए थे। यूँ तो वे अकसर अपने आश्रम में रहते थे, जो उन्होंने पास के एक गाँव में बना रखा था, पर जब कभी वे अमृतसर आते तो हरिराम सर्राफ ही की कोठी में उतरते और उनके आते ही, यह कोठी बाबा जी के भक्तों के लिए, पाक स्थान बन जाती। दिनभर, उनके दर्शन करने वालों का तांता बँधा रहता। दिन-ढले कोठी से बाहर, कुछ फ़ासले पर, आम के पेड़ों के झुरमुट में, एक तख़्त पर बैठकर वे लोगों को आम दर्शन देते अपने आश्रम के लिए चंदा

इकट्ठा करते और आख़िर में भजन आदि सुनकर, हर रोज़ शाम को यह सभा, उनकी इजाज़त से, बर्ख़ास्त हो जाती।

बाबा जी बहुत परहेज़गार, आस्तिक, विद्वान और प्रतिभाशाली शख़्स थे। यही वजह हैं कि हिन्दू, मुसलमान, सिक्ख और अछूत—सब उनको बहुत मानते थे और उन्हें अपना नेता क़ुबूल करते थे।

सियासत से, हालाँकि, ज़ाहिर तौर पर बाबा जी को कोई दिलचस्पी न थी, लेकिन यह एक खुला हुआ भेद है कि पंजाब का हर सियासी आंदोलन उन्हीं के इशारे पर शुरू और उन्हीं के इशारे पर खत्म हुआ।

सरकार की निगाह में, वे एक न समझ में आने वाला भेद थे। एक ऐसी सियासी पहेली जिसे ब्रिटिश सरकार के बड़े-बड़े मियामतदाँ भी हल न कर सके थे। बाबा जी के पतले-पतले होठों की एक हल्की-सी मुस्कान के हज़ार मतलब निकाले जाते थे। लेकिन जब वे ख़ुद इस मुस्कान के एकदम नये अर्थ सुझाते थे तो उनकी भक्त जनना और भी अधिक प्रभावित होती थीं।

अमृतसर में यह जो असहयोग आंदोलन चल रहा था और लोग धड़ाधड़ क़ैद हो रहे थे, उसके पीछे, जैसा कि ज़ाहिर है, बाबा जी का ही असर काम कर रहा था। हर शाम, लोगों को आम दर्शन देते समय, वे सारे पंजाब के आंदोलन और सरकार की नित नयी शक्तियों के बारे में, अपने पोपले मुँह से एक छोटा-सा, एक मासूम-सा जुमला निकाल दिया करते थे, जिसे बड़े-बड़े नेता फ़ौरन ही अपने गले में तावीज़ बनाकर डाल लेते थे।

लोगों का कहना है कि उनकी आँखों में एक चुम्बक-सी शक्ति थी। उनकी आवाज़ में एक जादू था और उनका ठंडा दिमाग़—उनका वह मुस्कराता हुआ दिमाग़—जिसको गंदी-से-गंदी गाली और ज़हरीले-से-ज़हरीला व्यंग्य भी, एक मिनट के हज़ारवें हिस्से के लिए, उत्तेजित न कर सकता था, विरोधियों के लिए बड़ी ही उलझन का सबब था। अमृतसर में बाबा जी के सैकड़ों जुलूस निकल चुके थे। लेकिन जाने क्या बात है कि मैंने और सभी नेताओं को देखा, एक सिर्फ़ उन्हीं को, न दूर से देखा, न पास से। इसलिए जब गुलाम अली ने उनके दर्शन करने और उनसे शादी के लिए इजाज़त लेने की बात मुझसे की तो मैंने उससे कहा कि जब वे दोनों जाएँ तो मुझे भी साथ लेते चलें।

दूसरे ही दिन, गुलाम अली ने ताँगे का इंतज़ाम किया और हम सुबह-सवेरे लाला हरिराम सर्राफ की आलीशान कोठी में पहुँच गए।

बाबा जी नहा-धोकर, सुबह की प्रार्थना से सुख़रू हो, एक ख़ूबसूरत पण्डितानी से राष्ट्रीय गीत सुन रहे थे। चीनी की बेदाग़, सफेद टाइलों वाले फ़र्श पर बाबा जी, खजूर के पत्तों की चटाई पर बैठे थे। गाव-तकिया उनके पास ही पड़ा था, लेकिन उन्होंने उसका सहारा नहीं लिया था।

कमरे में सिवाय एक चटाई के, जिसके ऊपर बाबा जी बैठे थे, और कोई फर्नीचर नहीं था। एक सिरे से दूसरे सिरे तक, सफेद टाइलें चमक रही थीं। उनकी चमक ने राष्ट्रीय गीत गाने वाली पण्डितानी के हल्के गुलाबी रंग के चेहरे को और भी ख़ूबसूरत बना दिया था।

बाबा जी हालाँकि सत्तर-बहत्तर वर्ष के थे, लेकिन उनके जिस्म पर (वे सिर्फ़ गेरुए रंग का छोटा-सा तहमद बाँधे थे) उम्र की झुर्रियों का कोई असर न था। उनकी त्वचा में एक अजीब किस्म की चमक और लावण्य था। मुझे बाद में मालूम हुआ कि वे रोज़ नहाने से पहले जैतून का तेल अपने शरीर पर मलवाते हैं।

शहज़ादा गुलाम अली की तरफ देखकर वे मुस्कराए। मुझे भी एक नज़र देखा और हम तीनों की बंदगी का जवाब, उसी मुस्कराहट को तनिक फैला कर दिया और इशारा किया कि हम बैठ जाएँ।

मैं जब यह तस्वीर अपने सामने लाता हूँ तो चेतना की ऐनक से यह मुझे दिलचस्प होने के अलावा बड़ी ही विचारोत्तेजक दिखाई देती है। खजूर की चटाई पर एक अधनंगा बुजुर्ग, योगियों का आसन लगाए बैठा है। उसके बैठने के ढंग से; उसके गंजे सिर से, उसकी अधखुली आँखों से; उसके साँवले, मुलायम शरीर से, उसके चेहरे की हर रेखा से; एक शांति-भरा संतोष, एक बेफ़िक्र विश्वास जाहिर हो रहा था, कि जिस जगह पर दुनिया ने उसे बैठा दिया है, अब बड़े-से-बड़ा भूचाल भी वहाँ से उसे नहीं गिरा सकता।

उससे कुछ दूर कश्मीर की घाटी की एक नयी खिली कली, कुछ उस बुजुर्ग की समीप होने के सम्मान से झुकी हुई, कुछ राष्ट्रीय गीत के असर में और कुछ अपनी भरपूर जवानी से, जो उसकी खुरदरी, सफेद साड़ी से निकलकर, राष्ट्रीय गीत के अलावा अपनी जवानी का भी गीत गाना चाहती थी; जो उस बुजुर्ग की समीपता की कद्र करने के साथ-साथ, किसी ऐसी तंदुरुस्त और जवान हस्ती के स्वागत में भी सर झुकाना चाहती थी जो उसकी

नर्म कलाई पकड़कर ज़िंदगी के दहकते हुए अलाव में कूद पड़े। उसके हल्के प्याजी चेहरे से; उसकी बड़ी-बड़ी, काली आँखों से; उसके खादी के खुरदरे ब्लाउज में ढँके हुए हलचल-भरे सीने से, उस बूढ़े योगी के ठोस विश्वास और गंभीर संतोष के मुकाबले में, एक ख़ामोश पुकार फूटी पड़ती थी कि आओ, जिस जगह पर मैं इस समय हूँ, वहाँ से खींचकर मुझे नीचे गिरा दो या इससे भी ऊपर ले चलो।

इस तरफ हटकर हम तीनों बैठे थे–मैं, निगार और शहज़ादा गुलाम अली। मैं बिलकुल चुग़द बना बैठा था। बाबा जी की शख़्सियत से भी प्रभावित था और उस पण्डितानी के बेदाग़ हुस्न से भी। फ़र्श की चमकीली टाइलों ने भी मुझे बाँध रखा था और उन पर बिछी, उस खुरदरी चटाई ने भी। कभी सोचता था कि ऐसी टाइलों वाली एक कोठी मुझे मिल जाए तो कितना अच्छा हो।

फिर सोचता था कि यह पण्डितानी मुझे और कुछ न करने दे, सिर्फ़ एक बार मुझे अपनी आँखें चूम लेने दे। इस ख़याल से मेरे शरीर में थरथरी पैदा होती तो झट अपनी नौकरानी का ख़याल आता, जिससे ताज़ा-ताज़ा मुझे कुछ 'वह' हुआ था। जी में आता कि उन सबको यहाँ छोड़कर, सीधा घर जाऊँ; शायद नज़र बचाकर उसे ऊपर गुसलख़ाने तक ले जाने में क़ामयाब हो सकूँ, पर जब बाबा जी पर नज़र पड़ती और कानों में राष्ट्रीय गीत के जोशीले बोल गूँजते तो एक दूसरी थरथरी बदन में पैदा होती और मैं सोचता कि कहीं से पिस्तौल हाथ लग जाए तो सिविल लाइंस में जाकर अंग्रेज़ों को भूनना शुरू कर दूँ।

इस चुग़द के पास निगार और गुलाम अली बैठे थे। इश्क वाले दो दिल, जो मुहब्बत में अकेले धड़कते-धड़कते, अब शायद कुछ उकता गए थे और जल्द ही एक-दूसरे में मुहब्बत के दूसरे रंग देखने के लिए घुल-मिल जाना चाहते थे। दूसरे लफ्ज़ों में, वे बाबा जी से–अपने एकमात्र सियासी रहनुमा से, ब्याह की इजाज़त लेने आए थे और जैसा कि ज़ाहिर है, उन दोनों के दिमाग़ में उस समय राष्ट्रीय गीत के बजाय उनकी अपनी ज़िंदगी का सबसे ख़ूबसूरत लेकिन अनसुना संगीत गूँज रहा था।

गीत खत्म हुआ। बाबा जी ने बड़े स्नेह-भरे ढंग से पण्डितानी को हाथ के इशारे से आशीर्वाद दिया और मुस्कराते हुए, निगार और गुलाम अली की ओर मुड़े। मुझे भी उन्होंने एक नज़र देख लिया।

गुलाम अली शायद परिचय के लिए अपना और निगार का नाम बताने वाला था, लेकिन बाबा जी की याददाश्त ग़ज़ब की थी, उन्होंने फौरन ही अपनी मीठी आवाज़ से कहा, "शहज़ादे, अभी तक गिरफ़्तार नहीं हुए?"

गुलाम अली ने हाथ जोड़कर कहा, "जी नहीं!"

बाबा जी ने कलमदान से एक पेंसिल निकाली और उससे खेलते हुए कहने लगे, "पर मैं तो समझता हूँ, तुम गिरफ़्तार हो चुके हो।"

गुलाम अली इसका मतलब न समझ सका। लेकिन बाबा जी ने फौरन ही पण्डितानी की तरफ देखा और निगार की ओर इशारा करके कहा–"निगार ने हमारे शहज़ादे को गिरफ़्तार कर लिया है।"

निगार शरमा-सी गई। गुलाम अली का मुँह हैरत से खुला-का-खुला रह गया पण्डितानी के प्याजी चेहरे पर एक आशीर्वाद-भरी चमक-सी आई। उसने निगार और गुलाम अली को कुछ इस तरह देखा, जैसे कह रही हो, "बहुत अच्छा हुआ।"

बाबा जी एक बार फिर पण्डितानी की ओर मुड़े, "ये बच्चे मुझसे शादी की इजाज़त माँगने आए हैं–तुम कब शादी कर रही हो कमल?"

तो उस पण्डितानी का नाम कमल था। बाबा जी के अचानक सवाल करने पर वह बौखला गई। उसका प्याजी चेहरा सुख़् हो गया। काँपती हुई आवाज़ में उसने जवाब दिया–"मैं तो आपके आश्रम में जा रही हूँ।"

एक हल्की-सी आह भी इन शब्दों में लिपटकर बाहर आ आयी, जिसे बाबा जी के होशियार दिमाग़ ने फौरन नोट किया। वे उसकी तरफ देखकर, जोगियों के-से अंदाज़ में मुस्कराए और गुलाम अली और निगार से बोले, "तो तुम दोनों अपना फ़ैसला कर चुके हो?"

दोनों ने दबी जुबान में जवाब दिया, "जी हाँ!"

बाबा जी ने सियासत-भरी आँखों से उनके देखा, "इनसान जब फैसले करता है तो कभी-कभी उसको बदल भी दिया करता है।"

पहली बार बाबा जी की रौब-भरी मौजूदगी में ग़ुलाम अली ने—नहीं, उसकी अल्हड़ और बेबाक जवानी ने कहा, "यह फ़ैसला अगर किसी वजह से बदल भी जाए तो भी अपनी जगह पर अटल रहेगा।"

बाबा जी ने अपनी आँखें बंद कर लीं और जिरह के से अंदाज़ में पूछा "क्यों?"

हैरत है कि ग़ुलाम अली बिलकुल न घबराया। शायद इस बार, निगार से उसे जो सच्ची मुहब्बत थी, वह बोल उठी, "बाबा जी, हमने हिंदुस्तान को आज़ादी दिलाने का जो फैसला किया है, मुमकिन है, वक़्त की मजबूरियाँ उसे मुल्तवी करती रहें, मगर जो फ़ैसला है, वह तो अटल है।

बाबा जी ने, जैसा कि मेरा अब ख़याल है, इस विषय पर वहम करना मुनासिब न समझा, इसलिए वे मुस्करा दिए—उस मुस्कराहट का मतलब भी उनकी तमाम मुस्कराहटों की तरह, हर आदमी ने बिलकुल अलग-अलग समझा। अगर बाबा जी से पूछा जाता तो मुझे यक़ीन है कि वे उसका मतलब हम सबसे एकदम मुख़्तलिफ़ बताते।

खैर, उस हज़ार-पहलू मुस्कराहट को अपने पतले होठों पर ज़रा और फैलाते हुए, बाबा जी ने निगार से कहा, "निगार, तुम हमारे आश्रम में आ जाओ—शहज़ादा तो थोड़े ही दिनों में क़ैद हो जाएगा।"

निगार ने बड़ी धीमी आवाज़ में जवाब दिया, "जी अच्छा।"

इसके बाद, बाबा जी ने शादी की बात बदलकर जलियाँवाला बाग़ कैम्प की सरगर्मियों का हाल पूछना शुरू कर दिया। बहुत देर तक ग़ुलाम अली, निगार और कमल, गिरफ़्तारियों, रिहाइयों, दूध-लस्सी और तरकारियों के बारे में बातें करते रहे और मैं, जो बिलकुल चुग़द बना बैठा था, यह सोचता रहा कि बाबा जी ने शादी की इजाज़त देने में इतनी मीन-मेख क्यों की है? क्या वे ग़ुलाम अली और निगार की मुहब्बत को शक की नज़रों से देखते हैं? क्या उन्हें ग़ुलाम अली की सच्चाई पर शुबहा है? निगार को उन्होंने आश्रम में आने की दावत क्या इसलिए दी है कि वहाँ रहकर, वह अपने क़ैद होने वाले पति का ग़म भूल जाएगी? लेकिन बाबा जी के इस सवाल पर, "कमल, तुम कब शादी कर रही हो?" कमल ने क्यों कह दिया था कि "मैं तो आपके आश्रम में जा रही हूँ?"

क्या आश्रम में मर्द-औरत शादी नहीं करते? मेरा दिमाग़ अजीब उलझन में फँसा था। लेकिन उधर ये बातें हो रही थी कि स्त्री वालंटियर्स पाँच सौ वालंटियरों के लिए क्या चपातियाँ वक़्त पर तैयार कर लेती हैं? चूल्हे कितने हैं? और तवे कितने बड़े हैं? क्या ऐसा नहीं हो सकता कि एक बहुत बड़ा चूल्हा लिया जाए और उस पर इतना बड़ा तवा रखा जाए कि छ: औरतें एक ही वक्त में रोटियाँ पका सकें?

मैं यह सोच रहा था पण्डितानी कमल क्या आश्रम में जाकर, बाबा जी को बस कौमी गीत और भजन ही सुनाया करेगी? मैंने आश्रम के मर्द वालंटियर देखे थे। हालाँकि वे सबके-सब वहाँ के कायदे के मुताबिक रोज़ 'स्नान' करते थे, सुबह उठकर दांतुन करते थे, बाहर खुली हवा में रहते थे, भजन गाते थे, लेकिन उनके कपड़ों से पसीने की बू फिर भी आती थी। उनमें अकसर के दाँत बदबूदार थे और खुली हवा में रहने से आदमी पर जो एक खुशनुमा निखार आता है, वह उनमें बिलकुल नदारद था। थके-झुके से, दबे-दबे से–पीले चेहरे, धँसी हुई आँखें, डरे हुए जिस्म–गाय के निचुड़े हुए थनों की तरह और बेजान–मैं इन आश्रम वालों को जलियाँवाला बाग़ में कई बार देख चुका था। अब मैं सोच रहा था कि क्या यही मर्द जिनसे घास की बू आती है, इस पण्डितानी को, जो दूध, शहद और केसर की बनी है, अपनी कीचड़-भरी आँखों से घूरेंगे! क्या यही मर्द, जिनका मुँह इस कदर बास मारता है, लोबान से लिपटी हुई इस औरत से बातचीत करेंगे? लेकिन फिर मैंने सोचा कि नहीं हिंदुस्तान की आज़ादी शायद इन चीज़ों से ऊपर है।

मैं इस 'शायद' को देश-भक्ति और आज़ादी के अपने सारे जज़्बे के बावजूद न समझ सका, क्योंकि मुझे निगार का ख़याल आया, जो बिलकुल मेरे पास बैठी थी और बाबा जी को बता रही थी कि शलजम बहुत देर में गलते हैं–कहाँ शलजम कहाँ शादी–जिसके लिए वह और गुलाम अली इजाज़त लेने आए थे।

मैं निगार और आश्रम के बारे में सोचने लगा। आश्रम मैंने देखा न था, पर मुझे ऐसी जगहों से, जिनको आश्रम, विद्यालय, जमाअतखाना, तकिया या दर्सगाह कहते हैं, हमेशा से नफ़रत है। जाने क्यों?

मैंने अंधों के कई स्कूलों और अनाथालयों के लड़कों और उनके प्रबन्ध को देखा है, सड़क पर कतार बाँध कर चलते और भीख माँगते हुए। मैंने

जमाअत-ख़ान और दरगाहें देखी हैं। टखनों से ऊँचा शरई पायजामा, बचपन में ही माथे पर मेहराब; जो बड़े हैं, उनके चेहरे पर घनी दाढ़ी–जो बड़े हो रहे हैं, उनके गालों और ठोढ़ी पर बड़े ही भद्दे, मोटे और महीन बाल–नमाज़ पढ़ते जा रहे हैं, लेकिन हरएक के चेहरे पर हैवानियत–एक अधूरी हैवानियत मुसल्ले पर बैठी नज़र आती है।

निगार औरत थी। मुसलमान, हिन्दू, सिख या ईसाई औरत नहीं–वह सिर्फ़ औरत नहीं, औरत की वह दुआ थी जो वह अपने से मुहब्बत करने वाले के लिए या उसके लिए जिसे वह ख़ुद चाहती है, सच्चे दिल से माँगती है।

मेरी समझ में न आता था कि बाबा जी के आश्रम में, जहाँ हर रोज़ कायदे के मुताबिक दुआ माँगी जाती है, यह औरत, जो ख़ुद एक दुआ है, कैसे अपने हाथ उठा सकेगी?

मैं सोचता हूँ कि बाबा जी, निगार, गुलाम अली, वह खूबसूरत पण्डितानी और अमृतसर की सारी फ़िज़ा, जो आज़ादी की लड़ाई के रोमान-भरे नशे में लिपटी हुई थी, एक सपना-सी लगती है। ऐसा सपना जिसे एक बार देखने के बाद, जी चाहता है कि फिर देखें।

बाबा जी का आश्रम मैंने अब भी नहीं देखा, पर जो नफ़रत मुझे उससे पहले थी अब भी है। वह जगह, जहाँ कुदरत के ख़िलाफ़ उसूल बना कर, इनसानों को एक लीक पर चलाया जाए, मेरी निगाह में कोई अहमियत नहीं रखती। आज़ादी हासिल करना बिलकुल ठीक है। उसे हासिल करने के लिए आदमी मर जाए, मैं इसको भी समझ सकता हूँ; लेकिन उसके लिए अगर उस बेचारे को तरकारी की तरह ठंडा और निरीह बना दिया जाए तो यह मेरी समझ के बिलकुल बाहर की बात है।

झोपड़ी में रहना, आराम के बदले सख़्त काम करना, ख़ुदा की तारीफ़ गाना, कौमी नारे लगाना–यह सब ठीक है। पर यह क्या कि इनसान के उस कुदरती जज़्बे को, जिसे सौन्दर्य-प्रेम कहते हैं, आहिस्ता-आहिस्ता मुर्दा कर दिया जाए। वह इनसान क्या जिसमें खूबसूरती और हंगामों की तड़प न रहे। ऐसे आश्रमों, मदरसों, विद्यालयों और मूलियों के खेत में क्या फ़र्क़ है।

देर तक बाबा जी, गुलाम अली और निगार से, जलियाँवाला बाग़ की तमाम सरगर्मियों के बारे में बातें करते रहे। अंत में उन्होंने उस जोड़े को, जो

ज़ाहिर है कि अपने आने का मक़सद भूल नहीं गया था, कहा कि वे दूसरे दिन शाम को जलियाँवाला बाग़ आएँगे और उन दोनों को मियाँ-बीवी बना देंगे।

गुलाम अली और निगार बड़े ख़ुश हुए। इससे बढ़कर उनकी ख़ुशक़िस्मती और क्या हो सकती थी कि बाबा जी ख़ुद उनके ब्याह की रस्म अदा करेंगे। गुलाम अली जैसा कि उसने मुझे बहुत बाद में बताया, इतना ख़ुश था कि फ़ौरन ही उसे इस बात का एहसास होने लगा था कि शायद जो कुछ उसने सुना है, गलत है। क्योंकि बाबा जी के पतले, टेढ़े-मेढ़े हाथों की हल्की-सी हरकत भी एक ऐतिहासिक घटना बन जाती थी। इतनी बड़ी हस्ती, एक मामूली आदमी के लिए, जो महज़ इत्तिफ़ाक़ से कांग्रेस का डिक्टेटर बन गया है, चलकर जलियाँवाला बाग़ जाए और उसकी शादी में दिलचस्पी ले, यह हिंदुस्तान के सभी अखबारो के पहले पन्ने की मोटी सुर्खी थी।

गुलाम अली का ख़याल था, बाबा जी नहीं आएँगे, क्योंकि वे बहुत ज़्यादा मसरूफ़ रहते हैं। लेकिन उसका यह ख़याल, जो उसने असल में मनोवैज्ञानिक नज़रिए में सिर्फ़ इसलिए ज़ाहिर किया था कि वे ज़रूर आएँ, उसकी इच्छा के मुताबिक, एकदम गलत साबित होगा।

शाम के छ: बजे जलियाँवाला बाग़ में जब रात की रानी की झाड़ियाँ अपनी ख़ुशबू के झोंके फैलाने की तैयारियाँ कर रही थीं और अनेक वालंटियर दूल्हा-दुल्हन के लिए एक छोटा-सा तंबू गाड़कर, उसे चमेली, गेंदे, और गुलाब के फूलों से सजा रहे थे—बाबा जी, राष्ट्रीय गीत गाने वाली जन पण्डितानी, अपने सेक्रेटरी और लाला हरिराम सर्राफ के साथ, लाठी टेकते हुए आए। उनके आने की ख़बर जलियाँवाला बाग़ में सिर्फ़ उसी वक़्त पहुँची जब सदर फाटक पर लाला हरिराम की मोटर रुकी।

मैं भी वहीं था। स्त्री वालंटियर दूसरे तंबू में निगार को दुल्हन बना रही थी। गुलाम अली ने कोई खास तैयारी नहीं की थी। सारा दिन वह शहर के कांग्रेसी बनियों से, वालंटियरों के खाने-पीने की ज़रूरतों के बारे में बातें करता रहा था। इससे छुट्टी पाकर उसने कुछ लम्हों के लिए निगार से, अकेले में कुछ बातचीत की थी। इसके बाद जैसा कि मैं जानता हूँ, उसने अपने मातहत अफ़सरों से सिर्फ़ इतना कहा था कि शादी की रस्म अदा होने के बाद ही, वह और निगार, दोनों झंडा ऊँचा करेंगे।

जब ग़ुलाम अली को बाबा जी के आने की ख़बर मिली तो वह कुएँ के पास खड़ा था। मैं शायद उसे यह कह रहा था–"ग़ुलाम अली, तुम जानते हो–यह कुआँ, जब गोली चली थी, लाशों से लबालब भर गया था–आज सब इसका पानी पीते हैं। इस बाग़ के जितने फूल हैं, इसी के पानी से सींचे जाते हैं। मगर लोग आते हैं और उन्हें तोड़कर ले जाते हैं–पानी के किसी घूँट में लहू का नमक नहीं होता, फूल की किसी पत्ती में ख़ून की लाली नहीं होती–यह क्या बात है?

मुझे अच्छी तरह याद है, मैंने यह कह कर अपने सामने, उस मकान की खिड़की की तरफ देखा था, जिसमें कहा जाता है कि एक नौ-उम्र लड़की बैठी तमाशा देख रही थी और जनरल डायर की गोली का निशाना बन गयी थी। उसकी छाती से निकले हुए ख़ून की लकीर, चूने की पुरानी दीवार पर और भी धुँधली हो रही थी।

अब ख़ून कुछ इतना सस्ता हो गया है कि उसके बहने-बहाने का कुछ असर ही नहीं होता। मुझे याद है कि जलियाँवाला बाग़ के ख़ूनी क़त्लेआम के छह-सात महीने बाद, जब मैं तीसरे या चौथे दर्जे में पड़ता था, हमारा मास्टर पूरे दर्जे को एक बार उस बाग़ में ले गया था। उस समय यह बाग़, बाग़ नहीं था–उजाड़, सुनसान और ऊँची-नीची ज़मीन का एक टुकड़ा था, जिसमें हर क़दम पर मिट्टी के छोटे-बड़े ढेले ठोकरें खाते थे। मुझे याद है, मिट्टी का एक छोटा-सा ढेला, जिस पर जाने पान की पीक के धब्बे या क्या था, हमारे मास्टर ने उठा लिया था और हमसे कहा था–"देखो, इस पर अभी तक हमारे शहीदों का ख़ून लगा है।"

ये कहानी लिख रहा हूँ और याद के बड़े पर्दे पर सैकड़ों छोटी-छोटी बातें उभर रही हैं। मगर मुझे तो ग़ुलाम अली और निगार की शादी का क़िस्सा बयान करना है।

ग़ुलाम अली को जब बाबा जी के आने की ख़बर मिली तो उसने दौड़कर सब वालंटियर इकट्ठे किए जिन्होंने फ़ौजी ढंग से उनको सलामी दी। इसके बाद, काफ़ी देर तक, वे और ग़ुलाम अली, कैंपों का चक्कर लगाते रहे।

इस बीच बाबा जी ने, जिनकी विनोद-प्रियता को सभी जानते थे, वालंटियर औरतों और अन्य कार्यकर्ताओं से बातें करते समय, कई फ़िक्करे चुस्त किए।

इधर-उधर मकानों में, जब बत्तियाँ जलने लगीं और जलियाँवाला बाग़ पर धुँधला अँधेरा-सा छा गया तो स्त्री वालंटियरों ने एक स्तर में भजन गाना शुरू किया। चंद आवाज़ें सुरीली, बाकी सब बेसुरी थीं, पर उसका इकट्ठा असर बड़ा सुखद था। बाबा जी, आँखें बंद किए, सुन रहे थे। क़रीब-क़रीब एक हज़ार आदमी जमा थे, जो चबूतरे के इर्द-गिर्द ज़मीन पर बैठे थे। भजन गाने वाली लड़कियों के अलावा हर कोई चुप था।

भजन पूरा होने पर कुछ देर तक ऐसी ख़ामोशी छायी रही, जो एकदम टूटने के लिए बेचैन हो। चुनांचे जब बाबा जी ने आँखें खोलीं और अपनी मीठी आवाज़ में कहा—"बच्चों, जैसा कि तुम्हें मालूम है, मैं आज यहाँ आज़ादी के दो दीवानों को एक करने आया हूँ।" तो सारा बाग़, ख़ुशी के नारों से गूँज उठा।

निगार, दुल्हन बनी, चबूतरे के एक कोने में सिर झुकाए बैठी थी। खादी की तिरंगी साड़ी में बहुत भली दिख रही थी। बाबा जी ने इशारे से उसे पास बुलाया और ग़ुलाम अली के नज़दीक बैठा दिया। इस पर ख़ुशी के और नारे बुलन्द हुए।

ग़ुलाम अली का चेहरा गैर-मामूली तौर पर तमतमा रहा था। मैंने ध्यान से देखा था, जब उसने निकाह का काग़ज़ अपने दोस्त से लेकर, बाबा जी को दिया तो उसका हाथ काँप रहा था।

चबूतरे पर एक मौलवी साहब भी मौजूद थे। उन्होंने क़ुरआन की वह आयत पढ़ी, जो ऐसे मौकों पर पढ़ा करते हैं। बाबा जी ने आँखें बंद कर लीं। निकाह की कार्रवाई खत्म हुई तो उन्होंने अपने खास अंदाज़ में दूल्हा-दुल्हन को आशीर्वाद दिया और जब छुहारों की बारिश शुरू हुई तो उन्होंने बच्चों की तरह झपट-झपट कर, दस-पन्द्रह छुहारे इकट्ठे करके अपने पास रख लिए।

निगार की हिंदू सहेली ने शर्मीली मुस्कराहट के साथ एक छोटी-सी डिबिया ग़ुलाम अली को दी और उससे कुछ कहा। ग़ुलाम अली ने डिबिया खोली और निगार की सीधी माँग में सिन्दूर भर दिया। जलियाँवाला बाग़ की ख़ुनक फ़िज़ा, एक बार फिर तालियों की तेज़ आवाज़ से गूँज उठी।

बाबा जी उस शोर में उठे। हुजूम एकदम ख़ामोश हो गया।

रात की रानी और चमेली की मिली-जुली, सोंधी-सोंधी गंध, शाम की हल्की-फूली हवा में तैर रही थी। बड़ा सुहाना समां था। बाबा जी की आवाज़ आज और भी मीठी थी। गुलाम अली और निगार की शादी पर अपनी दिली ख़ुशी ज़ाहिर करने के बाद उन्होंने कहा—“ये दोनों बच्चे, अब ज़्यादा मुस्तेदी और सच्ची लगन के साथ, अपने मुल्क और क़ौम की सेवा करेंगे, क्योंकि ब्याह का सही मक़्सद, मर्द और औरत की सच्ची दोस्ती है। एक-दूसरे के दोस्त बनकर, गुलाम अली और निगार, एकजान होकर, स्वराज्य के लिए कोशिश कर सकते हैं। यूरोप में ऐसी कई शादियाँ हुई हैं, जिनका मतलब दोस्ती और सिर्फ़ दोस्ती होती है। ऐसे लोग इज़्ज़त के क़ाबिल हैं, जो अपनी जिंदगी में काम-वासना निकाल फेंकते हैं।

बाबा जी देर तक ब्याह के बारे में अपने विचार प्रकट करते रहे। उनका विश्वास था कि शादी का सहीं मज़ा, सिर्फ़ उसी समय हासिल होता है, जब मर्द-औरत का रिश्ता सिर्फ़ जिस्मानी न हो। औरत और मर्द का जिस्मानी रिश्ता उनके करीब उतना महत्त्वपूर्ण नहीं था, जितना कि आमतौर पर समझा जाता है। हज़ारों आदमी खाते हैं—अपनी जीभ के स्वाद के लिए। लेकिन इसका यह मतलब नहीं कि ऐसा करना आदमी का फ़र्ज़ है। बहुत कम लोग ऐसे हैं, जो सिर्फ़ खाते हैं—सिर्फ़ जिंदा रहने के लिए। असल में सिर्फ़ यही लोग हैं, जो खाने-पीने का सही कायदा जानते हैं। इसी तरह के लोग, जो सिर्फ़ इसलिए शादी करते हैं कि उन्हें ब्याह की पाक भावना की हक़ीक़त और इस रिश्ते की पवित्रता का पता चले, सही तौर पर शादी-शुदा ज़िंदगी का मज़ा लेते हैं।

बाबा जी ने अपने इस यक़ीन को कुछ ऐसे समझाकर, मन को छूने वाली कोमल भावनाओं के सहारे, बयान किया कि सुनने वालों के लिए एक बिलकुल नयी दुनिया के दरवाज़े खुल गए। मैं ख़ुद बड़ा प्रभावित हुआ। गुलाम अली, जो मेरे सामने बैठा था, बाबा जी की तक़रीर के एक-एक लफ़्ज़ को, जैसे पी रहा था। बाबा जी ने जब बोलना बंद किया तो उसने निगार से कुछ कहा। इसके बाद उठकर, उसने काँपती हुई आवाज़ में यह ऐलान किया,

“मेरी और निगार की शादी इसी क़िस्म की आदर्श शादी होगी; जब तक हिंदुस्तान को स्वराज नहीं मिलता, मेरा और निगार का रिश्ता, बिलकुल दोस्तों-जैसा होगा।”

जलियाँवाला बाग़ की ख़ुनक फ़िज़ा, देर तक, तालियों के बेपनाह शोर में गूँजती रही। शहज़ादा ग़ुलाम अली भावुक हो गया। उसके कश्मीरी चेहरे पर लाली दौड़ने लगी। भावनाओं के तूफान में उसने निगार को ऊँचे स्वर में पुकारा–"निगार! तुम एक ग़ुलाम बच्चे की माँ बनो–क्या यह तुम्हें गवारा होगा?"

निगार, जो कुछ शादी होने की वजह से और कुछ बाबा जी की तक़रीर सुनकर, बौखलायी हुई-सी थी, यह कड़क सवाल सुनकर और भी बौखला गयी। सिर्फ़ इतना कह सकी–"जी?...जी नहीं!"

हुजूम ने फिर तालियाँ पीटीं और ग़ुलाम अली और ज़्यादा भावुक हो गया। निगार को ग़ुलाम बच्चे की शर्मिन्दगी से बचाकर, वह इतना ख़ुश हुआ कि बहक गया और असली बात ने हटकर, आज़ादी हासिल करने की पेंचदार गलियों में जा निकला। एक घंटे तक वह भावुकता भरे स्वर में बोलता रहा। अचानक उसकी नज़र निगार पर पड़ी। जाने क्या हुआ–एकदम उसकी बोलने की कुव्वत जवाब दे गयी। जैसे आदमी शराब के नशे में, बिना किसी हिसाब के, नोट निकालता जाए और एकदम बटुवा खाली पाए, वैसे ही अपनी तक़रीर का बटुआ खाली पाकर, ग़ुलाम अली को बड़ी उलझन हुई, लेकिन उसने फ़ौरन ही बाबा जी की तरफ देखा और झुककर कहा, "बाबा जी! हम दोनों को आपका आशीर्वाद चाहिए कि जिस बात का फ़ैसला हमने किया है, उस पर पूरे रहें।"

दूसरे दिन सुबह छ: बजे, शहज़ादा ग़ुलाम अली को गिरफ़्तार कर लिया गया, क्योंकि उस मक़रीर में जो उसने स्वराज्य मिलने तक बच्चा पैदा न करने की क़सम खाने के बाद की थी, अंग्रेज़ों का तख़्ता उलटने की धमकी भी थी।

गिरफ़्तार होने के चंद रोज़ बाद, ग़ुलाम अली को आठ महीने की क़ैद हुई और उसे मुलतान जेल भेज दिया गया। वह अमृतसर का इकतालीसवाँ डिक्टेटर कृपा और शायद चालीस हज़ारवाँ सियासी क़ैदी क्योंकि जहाँ तक मुझे याद है उस आंदोलन में क़ैद होने वाले लोगों की संख्या अखबारों ने चालीस हज़ार ही बतायी थी।

आम ख़याल था कि आज़ादी की मंजिल अब सिर्फ़ दो हाथ ही दूर है। लेकिन फिरंगी कूटनीतिज्ञों ने उस आंदोलन का दूध उबलने दिया और अब

हिंदुस्तान के बड़े नेताओं के साथ कोई समझौता हुआ तो यह आंदोलन ठंडी लस्सी में बदल गया।

आज़ादी के दीवाने जेलों से बाहर निकले तो क़ैद की तकलीफ़ें भूलने और अपने बिगड़े हुए कारोबार सँभालने में लग गए। शहज़ादा ग़ुलाम अली, सात महीने के बाद ही बाहर आ गया। हालाँकि उस समय, पहले-सा जोश नहीं था, फिर भी अमृतसर के स्टेशन पर लोगों ने उसका स्वागत किया; उसके सम्मान में तीन-चार दावतें और जलसे भी हुए। मैं उन सब में शामिल था। पर ये महफ़िलें बिलकुल फीकीं थीं। लोगों पर अब एक अजीब किस्म की थकान छाई हुई थी, जैसे एक लंबी दौड़ में दौड़ने वालों से अचानक कह दिया गया कि ठहरो, यह दौड़ फिर से शुरू होगी। और अब जैसे ही दौड़ने वाले, कुछ देर हाँफने के बाद, दौड़ शुरू होने वाली जगह की तरफ, बड़ी बेदिली से लौट रहे थे।

कई बरस बीत गए। यह बेरस थकान हिंदुस्तान से दूर न हुई। मेरी दुनिया में कई छोटे-मोटे इंक़लाब आए। दाढ़ी-मूँछ उगी। कॉलेज में भरती हुआ। एम० ए० में दोबारा फेल हुआ। पिता का इंतक़ाल हो गया। रोटी की तलाश में इधर-उधर परेशान हुआ। एक थर्ड क्लास अख़बार में अनुवादक की हैसियत से नौकरी की यहाँ से जी घबराया तो एक बार फिर तालीम हासिल करने का ख़याल आया। अलीगढ़ यूनिवर्सिटी में दाख़िल हुआ और तीन महीने बाद ही टी० बी० का मरीज होकर, कश्मीर के देहातों में आवारागर्दी करता रहा। वहाँ से लौटकर बंबई का रुख किया। यहाँ दो बरस में, तीन हिंदू-मुस्लिम दंगे देखे। जी घबराया तो दिल्ली चला गया। वहाँ बंबई के मुक़ाबले में हर चीज़, सुस्त रफ़्तार देखी। कहीं हरकत नज़र आयी भी तो उसमें एक जनानापन महसूस हुआ। आख़िर यही सोचा कि बंबई अच्छा है। क्या हुआ, जो साथ वाले पड़ोसी को हमारा नाम तक पूछने की फ़ुर्सत नहीं; जहाँ लोगों को फ़ुर्सत होती है, वहाँ धोखाधड़ी और चालबाजी ज़्यादा होती है। चुनाँचे दिल्ली में दो बरस ठंडी जिंदगी बिताने के बाद, सदा रफ़्तार वाली बंबई चला आया।

घर से निकले अब आठ बरस हो चले थे। दोस्त-अहबाब और अमृतसर की सड़कें-गलियाँ किस हालत में हैं, इसका मुझे कुछ पता नहीं था। किसी से ख़तो-किताबत ही नहीं थी, जो पता चलता। दरअसल, मुझे उन आठ बरसों में अपने अतीत की तरफ से कुछ बेपरवाही-सी हो गयी थी–कौन बीते

हुए दिनों के बारे में सोचे। जो आठ बरस पहले खर्च हो चुका है, उसका अब हिसाब करने से फ़ायदा? ज़िंदगी के रुपये में वही पाई ज़्यादा अहम है, जिसे तुम आज खर्च करना चाहते हो या जिस पर कल किसी की आँख है।

आज से छह बरस पहले की बात कर रहा हूँ, जब ज़िंदगी के रुपये और चाँदी के रुपये से, जिस पर बादशाह सलामत की छाप होती थी, पाई खर्च नहीं हुई थी। मैं इतना ज़्यादा गरीब नहीं था, क्योंकि फोर्ट में अपने लिए पाँव एक क़ीमती शू ख़रीदने जा रहा था।

'आर्मी एण्ड नेवी स्टोर' के इस तरफ, हॉर्नबी रोड पर, जूतों की एक दुकान है, जिसकी नुमायशी अलमारियाँ मुझे बहुत देर से अपनी तरफ खींच रही थी। मेरी याददाश्त बहुत कमज़ोर है, चुनाँचे यह दुकान ढूँढ़ने में काफ़ी समय लग गया।

यूँ तो मैं अपने लिए एक क़ीमती शू ख़रीदने आया था, पर जैसी कि मेरी आदत है, दूसरी दुकानों में सजी हुई चीज़ें देखने लगा। एक स्टोर में सिगरेट-केस देखे, दूसरे में पाइप। इसी तरह फुटपाथ पर टहलता-टहलता जूतों की एक छोटी-सी दुकान के पास आया और उसके अंदर चला गया कि चलो, यही से ख़रीद लेते हैं। दुकानदार ने गर्मजोशी से मेरा स्वागत किया और पूछा–"क्या माँगता है साब?"

मैंने थोड़ी देर याद किया कि मुझे क्या चाहिए, "हाँ, कैप सोल शू!"

"इदर नहीं रखता हम।"

बारिशें करीब थीं। मैंने सोचा, गम-बूट ही ख़रीद लूँ। कहा–"गमबूट निकालो!"

"बाजू वाले की दुकान से मिलेगा, साब। रबड़ का कोई चीज़ हम इदर नहीं रखता।"

मैंने ऐसे ही पूछा, "क्यों?"

"सेठ का मर्जी।"

यह मुख़्तसर लेकिन एकदम पूरा जवाब सुनकर, मैं दुकान से बाहर निकलने ही वाला था कि एक खुशपोश आदमी पर मेरी नज़र पड़ी, जो बाहर फुटपाथ पर, एक बच्चा गोद में उठाए, फल वाले से संतरा ख़रीद रहा था। मैं बाहर निकला और वह दुकान की तरफ मुड़ा–"अरे, ग़ुलाम अली।"

"सआदत।" यह कहकर, उसने बच्चे-सहित मुझे अपनी छाती के साथ भींच लिया। बच्चे को यह हरकत बुरी लगी और उसने रोना शुरू कर दिया। गुलाम अली ने उस आदमी को बुलाया, जिसने मुझसे कहा था कि रबड़ की कोई चीज इदर नहीं रखता, और उसे बच्चा देकर कहा, "जाओ, इसे घर ले जाओ!" फिर वह मेरी तरफ मुड़ा, "कितने दिनों बाद हम एक-दूसरे से मिले हैं।"

गुलाम अली के चेहरे की तरफ गौर से देखा–वह अकड़, वह हल्का-सा गुंडापन, जो उसकी खास अपनी शान थी, अब कहीं न था। मेरे सामने, आग-भरी तक़रीर देने वाले, खद्दरधारी नौजवान की जगह, एक घरेलू क़िस्म का आम इनसान खड़ा था–मुझे उसकी वह आख़िरी तक़रीर याद आयी जब उसने जलियाँवाला बाग़ की ख़ुनक फ़िज़ा को इन गर्म लफ़्ज़ों से कँपकँपा दिया था–"निगार, तुम एक गुलाम बच्चे की माँ बनो, क्या तुम्हें यह गवारा होगा?" फ़ौरन ही मुझे उस बच्चे का ख़याल आया, जो गुलाम अली की गोद में था।

मैंने उससे पूछा–"यह बच्चा किसका है?"

गुलाम अली ने, बिना किसी झिझक के जवाब दिया–"मेरा। इससे बड़ा एक और भी है–कहो तुमने कितने पैदा किये?"

एक लम्हें के लिए मुझे लगा, जैसे गुलाम अली की बजाय, कोई और बोल रहा है। मेरे दिमाग़ में सैकड़ों ख़याल ऊपर-नीचे गिरते गए। क्या गुलाम अली अपनी क़सम बिलकुल भूल चुका है? क्या इसकी सियासी ज़िंदगी, इससे बिलकुल अलग हो चुकी है? हिंदुस्तान को आज़ादी दिलाने का वह जोश, वह वलवला कहाँ गया? उस दाढ़ी-मूँछ रहित ललकार का क्या हुआ?. ..निगार कहाँ थी?...क्या उसने दो गुलाम बच्चों की माँ बनना मंज़ूर कर लिया. ..वह मर चुकी हो। हो सकता है, गुलाम अली ने दूसरी शादी कर ली हो।

"क्या सोच रहे हो?...कुछ बातें करो। इतनी देर के बाद मिले हैं!" गुलाम अली ने मेरे कंधों पर हाथ मारा।

मैं शायद ख़ामोश हो गया था। एकदम चौंका और एक लम्बी 'हाँ' करके सोचने लगा कि बात कैसे शुरू करूँ। लेकिन गुलाम अली ने मेरा इंतज़ार न किया और बोलना शुरू किया, "यह दुकान मेरी है। दो बरस से मैं यहाँ बंबई में हूँ। बड़ा अच्छा कारोबार चल रहा है। महीने में तीन-चार सौ बच जाते हैं।

तुम क्या सोच रहे हो? सुना है कि बहुत बड़े अफ़साना-निगार बन गए हो। याद है, हम एक दफ़ा यहाँ भाग के आए थे...लेकिन यार, अजीब बात है। उस बंबई में और इस बंबई में बड़ा फ़र्क़ महसूस होता है। ऐसा लगता है, वह छोटी थी और यह बड़ी है।"

इतने में एक ग्राहक आया, जिसे टेनिस-शू चाहिए था। गुलाम अली ने उससे कहा, "रबड़ का माल इधर नहीं मिलता, बाजू की दुकान में चले जाइए।"

ग्राहक चला गया तो मैंने गुलाम अली से पूछा, "रबड़ का माल तुम क्यों नहीं रखते? मैं भी यहाँ केप सोल लेने आया था।"

यह सवाल मैंने यूँ ही किया था, लेकिन गुलाम अली का चेहरा एकदम बेरौनक हो गया। धीमी आवाज़ में उसने सिर्फ़ इतना ही कहा, "मुझे पसंद नहीं।"

"क्या पसंद नहीं?"

"यही रबड़....रबड़ की बनी चीज़ें।" यह कहकर, उसने मुस्कराने की कोशिश की। जब नाकाम रहा तो उसने ज़ोर से एक सूखा-सा ठहाका लगाया, "मैं तुम्हें बताऊँगा। है तो बिलकुल वाहियात-सी चीज़, लेकिन...लेकिन मेरी ज़िंदगी में इसका बहुत गहरा ताल्लुक़ है।"

फ़िक्र की गहराई गुलाम अली के चेहरे पर पैदा हुई। आँखें, जिनमें अभी तक खिलंडरा-पन मौजूद था, पल भर को धुँधली हुईं, लेकिन फिर चमक उठीं, "बकवास थी यार वह ज़िंदगी...सच कहता हूँ सआदत, मैं वह दिन बिलकुल भूल चुका हूँ, जब मेरे दिमाग़ पर लीडरी सवार थी। चार-पाँच बरस से अब बड़े सुकून में हूँ। बीवी है, बच्चे हैं, अल्लाह का बड़ा फ़ज़लो-करम है।"

अल्लाह के फ़ज़लो-करम के असर में, गुलाम अली ने बिजनेस का ज़िक्र शुरू कर दिया कि कितने सरमाये से उसने काम शुरू किया था; एक बरस में कितना फ़ायदा हुआ; अब बैंक में उसका कितना रुपया है। मैंने उसे बीच में टोका और कहा, "लेकिन तुमने किसी वाहियात चीज़ का ज़िक्र किया था, जिसका तुम्हारी ज़िंदगी से गहरा ताल्लुक़ है।"

एक बार फिर गुलाम अली का चेहरा बेरौनक हो गया। उसने एक लंबी 'हाँ' की और जवाब दिया, "गहरा ताल्लुक़ था—शुक्र है कि अब नहीं है... लेकिन मुझे सारी दास्तान सुनानी पड़ेगी।"

इतने में उसका नौकर आ गया। दुकान उसके सुपुर्द करके, वह मुझे अंदर अपने कमरे में ले गया, जहाँ बैठकर, उसने मुझे इत्मीनान से बताया कि उसे रबड़ की चीज़ों से क्यों नफ़रत पैदा हुई।

"मेरी सियासी ज़िंदगी कैसे शुरू हुई, इसके बारे में तुम अच्छी तरह जानते हो। मेरा कैरेक्टर कैसा था, वह भी तुम्हें मालूम है। हम दोनों क़रीब-क़रीब एक जैसे थे। मेरा मतलब है किसी से हमारे माँ-बाप फ़ख़्र से नहीं कह सकते थे कि हमारे लड़के बेऐब हैं। मालूम नहीं, मैं तुमसे यह क्यों कह रहा हूँ, लेकिन शायद तुम समझ गए हो कि मैं कोई मज़बूत कैरेक्टर का मालिक नहीं था। मुझे शौक था कि मैं कुछ करूँ। सियासत से मुझे इसीलिए दिलचस्पी पैदा हुई थी। लेकिन मैं ख़ुदा की क़सम खाकर कहता हूँ कि मैं झूठा नहीं था। वतन के लिए मैं जान भी दे देता। अब भी हाज़िर हूँ। लेकिन मैं समझता हूँ...बहुत सोच-विचार के बाद, इस नतीजे पर पहुँचा हूँ कि हिंदुस्तान की सियासत, उसके लीडर—सब बच्चे हैं, बिलकुल उसी तरह, जिस तरह मैं था। एक लहर उठती है, उसमें जोश, ज़ोर, शोर—सभी कुछ होता है, लेकिन फौरन बैठ जाती है। इसकी वजह, जहाँ तक मेरा ख़याल है, यह है कि लहर पैदा की जाती है, ख़ुद-ब-ख़ुद नहीं उठती—लेकिन मैं शायद तुम्हें अच्छी तरह समझा नहीं सकता।"

गुलाम अली के ख़यालों में बड़ा उलझाव था। मैंने उसे एक सिगरेट दिया। उसे सुलगाकर, उसने ज़ोर से तीन कश लिये और कहा, "तुम्हारा क्या ख़याल है, क्या हिंदुस्तान की हर कोशिश, जो उसने आज़ादी हासिल करने के लिए की है, गैर-कुदरती नहीं? कोशिश नहीं—मेरा मतलब है, उसका अंजाम क्या हर बार गैर-कुदरती नहीं होता रहा? हमें क्यों आज़ादी नहीं मिलती? क्या हम सब नामर्द हैं? नहीं! हम सब मर्द हैं, लेकिन हम ऐसे माहौल में हैं कि हमारी क़ुव्वत का हाथ आज़ादी तक पहुँचने ही नहीं पाता।"

मैंने उससे पूछा, "तुम्हारा मतलब है कि आज़ादी और हमारे बीच कोई चीज़ रुकावट बन गई है?"

गुलाम अली की आँखें चमक उठी, "बिलकुल! लेकिन यह कोई पक्की दीवार नहीं है, कोई ठोस चट्टान नहीं है—एक पतली-सी झिल्ली है—हमारी

अपनी सियासत की। हमारी बनावटी जिंदगी–जहाँ लोग, दूसरों को धोखा देने के अलावा, अपने आप से भी फ़रेब करते हैं।"

उसके ख़यालात बदस्तूर उलझे हुए थे। मेरा ख़्याल है, वह अपने पिछले तजुर्बों को अपने दिमाग़ में ताजा कर रहा था। सिगरेट बुझाकर उसने मेरी तरफ देखा और ऊँची आवाज़ में कहा, "इनसान जैसा है, उसे वैसा ही रहना चाहिए। नेक काम करने के लिए, क्या यह ज़रूरी है कि इनसान अपना सिर मुँडाए, गेरुए कपड़े पहने या बदन पर राख मले। तुम कहोगे यह उसकी मर्ज़ी है। लेकिन मैं कहता हूँ, उसकी इस मर्ज़ी से ही, उसकी इस निराली चीज़ से ही गुमराही फैलती है। ये लोग ऊँचे होकर, इनसान के स्वभाव की कुदरती कमज़ोरियों से ग़ाफ़िल हो जाते हैं। बिलकुल भूल जाते हैं कि उनके कैरेक्टर, उनके ख़यालात और अक़ीदे तो हवा में घुल-मिल अज़ीज़। लेकिन उनके मुंडे हुए सिर, उनके बदन की राख और उनके गेरुए कपड़े भोले-भाले इनसानों के दिमाग़ में रह जाएँगे।"

गुलाम अली और भी जोश में आ गया, "दुनिया में इतने सुधारक पैदा हुए हैं, उनकी तालीम तो लोग भूल चुके हैं, लेकिन सलीबे, धागे, दाढ़ियाँ, कड़े और बगलों के बाल रह गए हैं। एक हज़ार बरस पहले जो लोग यहाँ बसते थे, हम उनसे ज़्यादा तजुर्बेकार हैं। मेरी समझ में नहीं आता, आज के सुधारक क्यों यह ख़्याल नहीं करते कि वे इनसान की सूरत बिगाड़ रहे हैं। जी में कई बार आता है, बुलंद आवाज़ में चिल्लाना शुरू कर दूँ–ख़ुदा के लिए इनसान को इनसान रहने दो। उसकी सूरत को तुम बिगाड़ चुके हो, ठीक है अब उसके हाल पर रहम करो। तुम उसको ख़ुदा बनाने की कोशिश करते हो, लेकिन वह ग़रीब, अपनी इनसानियत भी खो रहा है सआदत! मैं ख़ुदा की क़सम खाकर कहता हूँ, यह मेरे दिल की आवाज़ है। मैंने जो महसूस किया है, वही कह रहा हूँ। अगर यह गलत है तो फिर कोई भी चीज़ दुरुस्त और सही नहीं हैं–मैंने दो बरस, पूरे दो बरस, दिमाग़ के साथ कई कुश्तियाँ लड़ी हैं। मैंने अपने दिल, अपने ज़मीर, अपने जिस्म, अपने रोयें-रोयें से बहस की है, मगर इसी नतीजे पर पहुँचा हूँ कि इनसान को इनसान ही रहना चाहिए काम, यौन-भावना को हज़ारों में एक-दो आदमी मारें। सबने अपनी काम-भावना को मार लिया तो मैं पूछता हूँ यह कुश्ता किसके काम आएगा?"

यहाँ तक कहकर उसने एक और सिगरेट लिया और उसे सुलगाने में सारी तीली जलाकर, गर्दन को एक हल्का-सा झटका दिया, "कुछ नहीं सआदत, तुम नहीं जानते, मैंने कितनी रूहानी और जिस्मानी तकलीफ़ उठाई है। लेकिन फ़ितरत के ख़िलाफ़ जो भी क़दम उठाएगा, उसे तकलीफ़ बर्दश्त करनी ही होगी। मैंने उस दिन-तुम्हें याद होगा वह दिन-जलियाँवाला बाग़ में इस बात का, ऐलान करके कि निगार और मैं, ग़ुलाम बच्चे पैदा नहीं करेंगे, एक अजीब तरह की, बिजली की-सी ख़ुशी महसूस की थीं-मुझे ऐसा लगा था इस ऐलान के बाद मेरा सिर ऊँचा होकर आसमान के साथ जा लगा है। लेकिन जेल से वापस आने के बाद, मुझे आहिस्ता-आहिस्ता इस बात का तकलीफ़देह, बेहद तकलीफ़देह अहसास होने लगा कि मैंने अपने जिस्म का, अपनी रूह का, एक बहुत ही ज़रूरी हिस्सा बेकार कर लिया है। अपने हाथों से अपनी ज़िंदगी के बाग़ का सबसे हसीन फूल मसल डाला है। शुरू-शुरू में इस ख़याल से मुझे एक अजीब क़िस्म का, तसल्ली देने वाला, फ़ख़्र होता रहा कि मैंने ऐसा काम किया है, जो दूसरों से नहीं हो सकता। लेकिन आहिस्ता-आहिस्ता जब मेरी चेतना के मसाम खुलने लगे तो हक़ीक़त अपनी तमाम तल्ख़ियों-समेत मेरे रगो-रेशे में रचने लगी। जेल से वापस आने पर, मैं निगार से मिला...अस्पताल छोड़कर, वह बाबा जी के आश्रम में चली गई थी... सात महीने की क़ैद के बाद, जब मैं उससे मिला तो उसकी बदली हुई रंगत, उसकी बदली हुई ज़िंदगी और जिस्मानी हालत देखकर मैंने ख़याल किया कि शायद मेरी नज़रों ने धोखा खाया है।

"लेकिन एक बरस गुजरने के बाद-एक बरस उसके साथ...." ग़ुलाम अली के होंठों पर एक जख़्मी मुस्कराहट पैदा हुई-"हाँ एक बरस उसके साथ रहने के बाद मुझे मालूम हुआ कि उसका गम भी वही है, जो मेरा था। लेकिन न वह मुझ पर ज़ाहिर करना चाहती थी और न मैं उस पर ज़ाहिर करना चाहता था। हम दोनों अपने फ़ैसले की जंजीरों में जकड़े हुए थे। एक बरस में सियासी जोश आहिस्ता-आहिस्ता ठंडा हो चुका था। खादी के लिबास और तिरंगे झंडे में अब वह पहले की-सी कशिश बाकी न रही थी-इंक़लाब जिंदाबाद का नारा अगर कभी बुलंद होता भी था तो उसमें वह शान नजर नहीं आती थी...जलियाँवाला बाग़ में एक तंबू भी नहीं था...पुराने कैंपों के खूँटे

कहीं-कहीं गड़े नज़र आते थे। ख़ून से सियासत की गर्मी क़रीब-क़रीब निकल चुकी थी। मैं अब ज़्यादा वक़्त घर ही में रहता था, अपनी बीवी के पास...”

एक बार फिर ग़ुलाम अली के होठों पर वही ज़ख़्मी मुस्कराहट पैदा हुई और वह कुछ कहते-कहते ख़ामोश हो गया। मैं भी चुप रहा, क्योंकि मैं उसके ख़यालों की तरतीव तोड़ना नहीं चाहता था।

चंद लम्हों के बाद, उसने अपने माथे का पसीना पोंछा और सिगरेट बुझाकर कहने लगा, “हम दोनों एक अजीब क़िस्म की लानत में गिरफ़्तार थे। निगार से मुझे जितनी मुहब्बत है, तुम उसे जानते हो...मैं सोचने लगा–यह मुहब्बत क्या है? मैं उसको हाथ लगाता हूँ तो उसके जिस्म में जो कँपकँपाहट पैदा होती है, क्यों उसे उसकी आख़िरी हद तक नहीं पहुँचने देता? मैं क्यों डरता हूँ कि मुझसे कोई गुनाह हो जाएगा? मुझे निगार की आँखें बहुत पसंद हैं। एक रोज़, जबकि शायद मैं बिलकुल सही हालत में था, मेरा मतलब है, जैसा कि हर इनसान को होना चाहिए था, मैंने उन्हें चूम लिया, वह मेरी बाँहों में थी–यूँ कहो कि एक कँपकँपी थी, जो मेरी बाँहों में थी। क़रीब था कि मेरी रूह अपने पंख फड़फड़ाती हुई, ऊँचे आसमान की तरफ उड़ जाए कि मैंने...कि मैंने उसे पकड़ लिया और क़ैद कर लिया...उसके बाद, बहुत देर तक...कई दिनों तक अपने आपको यक़ीन दिलाने की कोशिश की कि मेरे इस काम से, मेरे इस बहादुराना कारनामे से, मेरी रूह को ऐसी लज़्ज़त मिली है, जिससे बहुत कम इनसान वाक़िफ़ हैं। लेकिन सच्चाई यह है कि मैं इसमें नाकाम रहा और इस नाकामी ने, जिसे मैं एक बहुत बड़ी कामयाबी समझना चाहता था–ख़ुदा की क़सम, यह मेरी दिली ख़्वाहिश थी कि मैं ऐसा समझूँ–मुझे दुनिया का सबसे ज़्यादा दुखी इनसान बना दिया...लेकिन जैसा कि तुम जानते हो, इनसान हीले-बहाने तलाश कर लेता है–मैंने भी एक रास्ता निकाल लिया। हम दोनों सूख रहे थे...अंदर-ही-अंदर हमारी तमाम लज़्ज़तों पर पपड़ी जम रही थी। कितनी बड़ी ट्रेजिडी है कि हम दोनों एक-दूसरे के लिए पराये बन रहे थे, मैंने सोचा। बहुत दिनों के सोच-विचार के बाद हम अपने अहद पर कायम रहकर भी... मेरा मतलब है, निगार ग़ुलाम बच्चे पैदा नहीं करेगी।”

यह कहते हुए, उसके होंठों पर तीसरी बार वही ज़ख़्मी मुस्कराहट पैदा हुई, लेकिन फ़ौरन ही वह एक ऊँचे ठहाके में बदल गई, जिसमें तकलीफ़देह एहसास की चुभन नुमायाँ थी। फिर फ़ौरन ही संजीदा होकर वह कहने लगा, "हमारी शादीशुदा जिंदगी का यह अजीब दौर शुरू हुआ। अंधे को जैसे एक आँख मिल गई। मैं एकदम देखने लगा। लेकिन यह जोत थोड़ी देर के बाद धुँधली होने लगी। पहले-पहल तो यही ख़याल था..." ग़ुलाम अली ठीक लफ़्ज़ तलाश करने लगा–"पहले-पहल तो हम ठीक-ठाक थे। मेरा मतलब है, शुरू-शुरू में हमें इसका बिलकुल ख़याल नहीं था कि थोड़ी देर के बाद हम बेचैन हो जाएँगे...यानी एक आँख माँग करने लगी कि दूसरी आँख भी हो...शुरू में हम दोनों ने महसूस किया था, जैसे हम तंदुरुस्त हो रहे हैं, हमारी तंदुरुस्ती बक रही है...निगार का चेहरा निखर गया था, उसकी आँखों में चमक पैदा हो गई थी। मेरे अंगों से भी वह सूखा-सा तनाव दूर हो गया, जो पहले मुझे तकलीफ़ दिया करता था। लेकिन आहिस्ता-आहिस्ता फिर हम दोनों पर, अजीब-सी मुर्दनी छाने लगी। एक ही बरस में हम दोनों रबड़ के पुतले-से बन गए। मेरा एहसास ज्यादा तीखा था। तुम यक़ीन नहीं करोगे, लेकिन ख़ुदा की क़सम, उस वक़्त, जब मैं बाजू का गोश्त चुटकी में लेता तो बिलकुल रबड़ मालूम होता। ऐसा लगता था कि अंदर खून की नसें नहीं हैं। निगार की हालत, जहाँ तक मेरा ख़याल है, मुझसे अलग थी। उसके सोचने का ढंग और था। वह माँ बनना चाहती थी। गली में जब भी किसी के यहाँ कोई बच्चा पैदा होता तो उसे बहुत-सी आहें छिप-छिपकर, अपने सीने के अंदर दबानी पड़ती थीं। लेकिन मुझे बच्चों का कोई ख़याल नहीं था। बच्चे न हुए तो क्या है? दुनिया में लाखों इनसान मौजूद हैं, जिनके यहाँ औलाद नहीं होती। यह कितनी बड़ी बात है कि मैं अपने अहद पर कायम हूँ? इससे तस्कीन तो काफ़ी हो जाती थी, मगर मेरे दिमाग़ पर जब रबड़ का महीन-महीन जाला तनने लगा तो मेरी घबराहट बढ़ गई...मैं हर वक़्त सोचने लगा और इसका नतीजा यह हुआ कि मेरे दिमाग़ के साथ रबड़ की छूत चिमट गई। रोटी खाता तो लुक़्मे दाँतों के नीचे कचकचाने लगते।" यह कहते हुए गुलाम अली को फुरहरी आ गई, "बहुत ही वाहियात और गलत चीज थी...उँगलियों में हर वक़्त जैसे साबुन-सा लगा है...मुझे अपने आप से नफ़रत

हो गई। ऐसा लगता था कि मेरी रूह का सारा रस निचुड़ गया है और एक छिलका-सा बाकी रह गया है, इस्तेमाल किया हुआ–इस्तेमाल किया हुआ..."

गुलाम अली हँसने लगा–"शुक्र है कि वह लानत दूर हुई लेकिन सआदत किन अज़ियतों के बाद...जिंदगी बिलकुल सूखे हुए छीछड़े-सी हो गयी थी। सारी इंद्रियाँ मुर्दा हो गयी थीं, लेकिन छूने की हिस, गैर-कुदरती हद तक तेज़ हो गयी थी। तेज़ नहीं–उसका सिर्फ एक रुख हो गया था...लकड़ी में, शीशे में, लोहे में, काग्ज़ में, पत्थर में–हर जगह, रबड़ की वह मुर्दा, उबकाई-भरी मुलायमी। यह तकलीफ़ और भी गहरी हो जाती, जब मैं उसकी वजह का ख़याल करता–मैं दो उँगलियों के उस लानत को उठाकर फेंक सकता था, लेकिन मुझमें इतनी हिम्मत नहीं थी। मैं चाहता था, मुझे कोई सहारा मिल जाए। गहरी तकलीफ़ के इस समुंदर में मुझे एक छोटा-सा तिनका मिल गया, जिसकी मदद से मैं किनारे लग जाऊँ। बहुत देर तक मैं हाथ-पाँव मारता रहा। लेकिन एक दिन, जब मैं कोठे पर धूप में एक मज़हबी किताब पढ़ रहा था, पढ़ क्या रहा था, ऐसे ही सरसरी नज़र से देख रहा था कि अचानक मेरी नज़र एक हदीस पर पड़ी। मैं ख़ुशी से उछल पड़ा। सहारा मेरी आँखों के सामने मौजूद था। मैंने बार-बार वे सतरें पढ़ीं, मेरी सूखी जिंदगी जैसे सैराब होने लगी...लिखा था कि शादी के बाद मियाँ-बीवी के लिए बच्चे पैदा करने लाज़िमी हैं...सिर्फ़ उसी हालत में उनकी पैदाइश रोकने की है, जब माँ-बाप की ज़िंदगी ख़तरे में हों–मैंने दो उँगलियों से उस लानत को उठाया और एक तरफ फेंक दिया।

यह कहकर यह बच्चों की तरह मुस्कराने लगा। मैं भी मुस्करा दिया, क्योंकि उसने दो उँगलियों से सिगरेट का टुकड़ा उठाकर, एक तरफ यूँ फेंका था, जैसे वह कोई बेहद घिनौनी चीज हो।

मुस्कराते-मुस्कराते गुलाम अली सहसा गंभीर हो गया, "मुझे मालूम है सआदत–मैंने जो कुछ तुमसे कहा है, तुम उसकी कहानी बना दोगे। लेकिन देखो, मेरा मजाक़ न उड़ाना, ख़ुदा की क़सम, मैंने जो कुछ किया था, वही तुमसे कहा है। मैं इस मामले में तुमसे बहस नहीं करूँगा। लेकिन जो कुछ मैंने हासिल किया है, वह यह है कि कुदरत के खिलाफ जाना, हरगिज़-हरगिज़ बहादुरी नहीं–यह कोई कारनामा नहीं कि तुम फ़ाके करते-करते मर जाओ, या जिंदा रहो...कब्र खोदकर उसमें गड़ जाना और कई-कई दिन उसके अंदर दम साधे

रखना; नुकीली कीलों के बिस्तर पर महीनों लेटे रहना; एक हाथ बरसों ऊपर उठाए रखना, यहाँ तक कि वह सूख-सूखकर लकड़ी हो जाए—ऐसे मदारीपन से, न ख़ुदा मिल सकता है, न स्वराज, और मैं तो समझता हूँ, हिंदुस्तान को स्वराज सिर्फ़ इसलिए नहीं मिल रहा है कि यहाँ मदारी ज़्यादा हैं और लीडर कम। जो हैं, वे क़ुदरत के उसूलों के ख़िलाफ़ चल रहे हैं। ईमान और साफ़दिली का बर्थ-कंट्रोल करने के लिए इन लोगों ने सियासत ईजाद कर ली है और यही सियासत है, जिसने आज़ादी की कोख का मुँह बंद कर दिया है...

गुलाम अली इसके आगे भी कुछ कहने वाला था कि उसका नौकर अंदर आया। उसकी गोद में शायद गुलाम अली का दूसरा बच्चा था जिसके हाथ में एक सुंदर, रंगीन गुब्बारा था। गुलाम अली पागलों की तरह उस पर झपटा—पटाखे-सी आवाज़ आयी, गुब्बारा पट गया और बच्चे के हाथ में धागे के साथ रबड़ का एक छोटा-सा टुकड़ा लटकता रह गया। गुलाम अली ने दो उँगलियों से उस टुकड़े को छीनकर यूँ फेंका, मानो वह बड़ी ही घिनौनी चीज़ थी।

❏

एक ख़त

तुम्हारा लंबा ख़त मिला, जिसे मैंने दो बार पढ़ा। दफ़्तर में इसके एक-एक लफ़्ज़ पर मैंने गौर किया और शायद इसी वजह से उस दिन मुझे रात के दस बजे तक काम करना पड़ा, इसीलिए कि मैंने बहुत-सा वक़्त इस सोच-विचार में जाया कर दिया था। तुम जानते हो, इस सरमायापरस्त दुनिया में अगर मज़दूर निश्चित वक़्त के एक-एक लम्हे के बदले, अपनी जान के टुकड़े तोलकर न दे तो उसे अपने काम की मज़दूरी नहीं मिल सकती। लेकिन यह रोना रोने से क्या फ़ायदा?

शाम को अज़ीज़ साहब (जिनके यहाँ मैं आजकल ठहरा हुआ हूँ) दफ़्तर में तशरीफ़ लाए और कमरे की चाबियाँ देकर कहने लगे—“मैं जरा काम में कहीं जा रहा हूँ, शायद देर में आना हो, इसलिए तुम मेरा इंतज़ार किए बिना, चले जाना।” लेकिन फिर फौरन ही उन्होंने चाबियाँ जेब में डालीं और कहने लगे, “नहीं, तुम मेरा इंतज़ार करना। मैं दस बजे तक लौट आऊँगा।”

दफ़्तरी काम से फ़ारिग हुआ तो दस बज चुके थे। सख़्त नींद आ रही थी। आँखों में बड़ी प्यारी-सी गुदगुदी हो रही थी। जी चाहता था, कुर्सी ही पर सो जाऊँ।

नींद की इसी झोंक में ग्यारह बजे तक मैंने अज़ीज़ साहब का इंतज़ार किया, पर वे न आए। आख़िर थककर मैंने घर की राह ली। मेरा ख़याल था कि वो उधर-ही-उधर घर चले गए होंगे और आराम से सो रहे होंगे। धीरे-धीरे आधा मील का फासला तय करने के बाद, मैं तीसरी मंजिल पर चढ़ा और जब अँधेरे दरवाज़े की कुंडी की तरफ हाथ बढ़ाया तो लोहे के ताले की ठंडक ने मुझे बताया कि अज़ीज़ साहब अभी तशरीफ़ नहीं लाए।

सीढ़ियाँ चढ़ते समय मेरे थके हुए अंग सुकून-भरी नींद को महसूस करके और भी ढीले हो गए थे और जब मुझे निराशा का सामना करना पड़ा तो और शिथिल हो गए। देर तक काठ की सीढ़ी के एक जीने पर सिर को घुटनों में दबाए, मैं अज़ीज़ साहब का इंतज़ार करता रहा, पर वे न आए। आख़िरकार थक-हारकर मैं उठा और तीन मंज़िलें उतरकर, नीचे बाज़ार में आया और

ऐसे ही टहलना शुरू कर दिया। टहलते-टहलते पुल पर जा निकला, जिसके नीचे से रेलगाड़ियाँ गुज़रती हैं। इस पुल के पास ही एक बड़ा चौक है। यहाँ लगभग आध घंटे तक मैं बिजली के एक खंभे के साथ लगकर खड़ा रहा और अपने सामने नीम-रोशन बाज़ार को इस उम्मीद पर देखता रहा कि अज़ीज़ साहब घर की तरफ लौटते नज़र आ जाएँगे। आध घंटे के इस इंतज़ार के बाद मैंने अचानक सिर उठाकर खंभे के ऊपर देखा। बिजली का कुमकुमा मेरी हँसी उड़ा रहा था, जाने क्यों?

थकावट और नींद के झोंके की वजह से मेरी कमर टूट रही थी और मैं चाहता था, थोड़ी देर के लिए बैठ जाऊँ। बंद दुकानों के चबूतरे मुझे दावत दे रहे थे, पर मैंने उनकी दावत क़ुबूल न की और चलता-चलता पुल की पथरीली मुँडेर पर चढ़कर बैठ गया। चौड़ा बाज़ार बिलकुल ख़ामोश था। आना-जाना लगभग बंद था। अलबत्ता कभी-कभी दूर से मोटर के हार्न की रोनी आवाज़ ख़ामोश फ़िज़ा में कंपन पैदा करती हुई ऊपर की तरफ उड़ जाती थी। मेरे सामने सड़क के दोनों ओर बिजली के ऊँचे खंभे दूर तक फैले चले गए थे, जो नींद और उसके एहसास से अनजान लगते थे। उनको देखकर मुझे रूस के मशहूर शायर मयातल्फ़ की नज़्म के कुछ शेर याद आ गए। यह नज़्म 'चिरागे-राह' के नाम समर्पित की गयी है। मयातल्फ़ सड़क के किनारे झिलमिलाती रोशनियों को देखकर कहता है :

ये नन्हे चराग़, ये नन्हे सरदार,

सिर्फ़ अपने लिए चमकते हैं,

जो कुछ ये देखते हैं, जो कुछ ये सुनते हैं

किसी को नहीं बताते।

रूसी शायर ने कुछ ठीक ही कहा है। मेरे पास ही एक गज़ के फ़ासले पर बिजली का खंभा गड़ा था और उसके ऊपर बिजली का, एक चंचल आँखों वाला कुमकुमा नीचे झुका हुआ था। उसकी आँखें रोशन थीं, पर वह मेरे सीने की बेचैनी से बेख़बर था। उसे क्या पता, मुझ पर क्या बीत रही है।

सिगरेट सुलगाने के लिए मैंने जेब में हाथ डाला तो तुम्हारे वज़नी लिफ़ाफ़े पर हाथ पड़ा। ज़ेहन में तुम्हारा ख़त पहले से ही मौजूद था, चुनांचे

मैंने लिफ़ाफ़ा खोलकर बसंती रंग के काग़ज़ निकालकर उन्हें पढ़ना शुरू किया। तुम लिखते हो-"कभी तुम शैतान बन जाते हो और कभी फ़रिश्ता नज़र आने लगते हो।" यहाँ भी दो-तीन आदमियों ने मेरे बारे में यही राय क़ायम की है और मुझे यक़ीन-सा हो गया है कि मैं सचमुच दो सीरतों का मालिक हूँ। इस पर मैंने अच्छी तरह गौर किया है और जो नतीजा निकाला है, वह कुछ इस तरह बयान किया जा सकता है।

बचपन और लड़कपन में मैंने जो कुछ चाहा, वह पूरा न होने दिया गया। यूँ कहो कि मेरी ख़्वाहिशें कुछ इस तरह पूरी की गयीं कि उनकी पूर्ति मेरे आँसुओं और मेरी हिचकियों से लिपटी हुई थी। मैं शुरू ही से जल्दबाज़, जज़्बाती और तुनुक-मिज़ाज रहा हूँ। अगर मेरा जी कोई मिठाई खाने को चाहा है और यह चाह ऐन वक़्त पर पूरी नहीं हुई तो बाद में मेरे लिए उस खास मिठाई में कोई स्वाद नहीं रहा। इन बातों की वजह से मैंने हमेशा अपने गले में एक कड़वाहट-सी महसूस की है और इस तली की शिद्दत बढ़ाने में इस दुखद सच्चाई का हाथ है कि मैंने जिससे प्यार किया, बल्कि मेरी हम कमज़ोरी से ज़बरदस्ती नाजायज़ फ़ायदा भी उठाया, वे मुझसे छल-कपट करते रहे और मज़ा यह है कि मैं उन तमाम दग़ाबाज़ियों के एहसास के बावजूद उनसे प्यार करता रहा। मुझे अच्छी तरह मालूम है कि वे अपनी हर नयी चाल की कामयाबी पर बहुत खुश होते थे कि उन्होंने मुझे बेवकूफ़ बना लिया और मेरी बेवकूफ़ी देखो कि मैं सब कुछ जानते हुए भी, बेवकूफ़ बन जाता था।

जब इस सिलसिले में मुझे हर तरफ में निराशा हुई—यानी जिस किसी को मैंने दिल से चाहा, उसने मेरे साथ धोखा किया—तो मेरा मन बुझ गया और मैंने महसूस किया कि मैं रेगिस्तान में एक भौंरे की तरह हूँ, जिसे रस चूसने के लिए नज़र की हद तक कोई फूल नज़र नहीं आ सकता। लेकिन इसके बावजूद, मैं प्यार करने से बाज़ न आया और हमेशा की तरह किसी ने भी मेरी इस भावना की क़द्र न की। जब पानी सिर से गुज़र गया और मुझे अपने तथाकथित दोस्तों की बेवफ़ाइयाँ और लापरवाहियाँ याद आने लगीं तो मेरे सीने के अंदर एक हलचल-सी मच गयी। मेरे वजूद के जज़्बाती, लाज़वाब और मुखर हिस्सों में एक जंग-सी छिड़ गयी। मेरा मुखर वजूद इन लोगों को घटिया और घृणित मानते हुए और पिछली घटनाओं की तकलीफ़देह

तस्वीर दिखाते हुए, इस बात की माँग करता था कि मैं औरों के लिए अपना दिल पत्थर का बना लूँ और मुहब्बत को हमेशा के लिए बाहर निकाल फेंकूँ। लेकिन जज़्बाती वजूद उन तकलीफ़देह घटनाओं को दूसरे रंग में पेश करते हुए, मुझे फ़ख़्र करने पर मज़बूर करता कि मैंने ज़िंदगी का यही रास्ता अपनाया है। उसकी नज़र में नाकामियाँ-ही-नाकामियाँ थीं। वह चाहता था कि मैं प्यार किए जाऊँ, कि यही कायनात की आत्मा है। अचेतन मन इस झगड़े में बिलकुल अलग-थलग रहा। ऐसा लगता है कि उस पर एक निहायत ही अजीबो गरीब नींद छायी हुई थी।

यह जंग ख़ुदा जाने किस मनहूस दिन शुरू हुई कि अब मेरी ज़िंदगी का एक अंग बनकर रह गयी है। दिन हो या रात, जब कभी मुझे फ़ुरसत के कुछ लम्हे मिलते हैं, मेरे सीने के चटियल मैदान पर मेरे मुखर और जज़्बाती वजूद हथियार बाँधकर खड़े हो जाते हैं और लड़ना शुरू कर देते हैं। उन लम्हों में जब उन दोनों के बीच लड़ाई ज़ोरों पर हो, अगर कोई मेरे साथ बात करे तो मेरा लहजा यक़ीन ही कुछ और क़िस्म का होता है। मेरे हलक़ में एक नाक़ाबिले बयान तल्ख़ी घुल रही होती है। आँखें गर्म होती हैं और शरीर का एक-एक अंग बेकल होता है। मैं बहुत कोशिश किया करता हूँ कि अपने लहजे को तुर्श न होने दूँ और कभी-कभी मैं इस कोशिश में सफल भी हो जाता हूँ, लेकिन अगर मेरे कानों को कोई अप्रिय चीज़ सुनायी दे, या मैं ऐसी कोई चीज़ महसूस करूँ, जो मेरी तबियत के एकदम ख़िलाफ़ हो तो फिर मैं कुछ नहीं कर सकता! मेरे सीने की गहराइयों में जो कुछ भी उठता है, ज़ुबान के रास्ते बाहर निकल जाता है और मौकों पर जो शब्द भी मेरी ज़ुबान पर आते हैं, बेहद तल्ख़ होते हैं। उनकी तरी और तुर्शी का एहसास मुझे उस समय कभी नहीं हुआ, इसलिए कि मैं अपने मिज़ाज से हमेशा और हर समय बाख़बर रहता हूँ और मुझे मालूम होता है कि मैं कभी किसी को दुख नहीं पहुँचा सकता। अगर मैंने अपने मिलनेवालों में से या किसी दोस्त को नाख़ुश किया है तो उसका कारण मैं नहीं हूँ, बल्कि ये खास लम्हे हैं, जब मैं पागल से बेहतर नहीं होता या तुम्हारे अल्फ़ाज़ में 'शैतान' होता हूँ। हालाँकि यह लफ़्ज़ बहुत सख़्त है और इसे मेरे पागलपन पर लागू नहीं किया जा सकता।

जब तुम्हारा पिछले से पिछला ख़त मिला था, उस समय मेरा मुखर अस्तित्व मेरे जज़्बाती वजूद पर हावी था और मैं अपने दिल से नर्म-नाजुक गोश्त को पत्थर में बदलने की कोशिश कर रहा था। मैं पहले ही से अपने सीने की आग में फुँका जा रहा था कि ऊपर से तुम्हारे ख़त ने तेल डाल दिया।

तुमने बिलकुल सही कहा है, "तुम दर्द-भरा दिल रखते हो, हालाँकि इसको अच्छा नहीं समझते।" मैं इसको अच्छा क्यों नहीं समझता?—इस सवाल का जवाब, इंसानियत को कुचलने वाले हिंदुस्तान की निज़ाम है, जिसमें लोगों की जवानी पर बुढ़ापे की मोहर लगा दी जाती है।

मेरा दिल दर्द से भरा हुआ है और यही वजह है कि मैं बीमार हूँ और बीमार रहता हूँ। जब तक मेरे सीने में दर्दमंदी मौजूद है, मैं हमेशा बेचैन रहूँगा। तुम शायद इसे अत्युक्ति समझो, पर यह असलियत है कि यह दर्द मंदी मेरे लहू की बूँदों से अपनी ख़ुराक हासिल कर रही है और एक दिन ऐसा आएगा, जब सिर्फ़ दर्द-ही-दर्द रह जाएगा और तुम्हारा दोस्त दुनिया की नज़रों से ग़ायब हो जाएगा। मैं अकसर सोचता हूँ दर्द-मंदी की इस भावना ने मुझे कैसे-कैसे भयानक दुख पहुँचाए हैं। यह क्या कम है कि मेरी जवानी के दिन बुढ़ापे की रातों में बदल गए हैं और जब मैं यह सोचता हूँ तो इस बात का इरादा करने पर मज़बूर हो जाता हूँ कि मुझे अपना दिल पत्थर का बना लेना चाहिए। लेकिन अफ़सोस है, इस दर्द मंदी ने मुझे इतना कमजोर बना दिया है कि मुझमें यह नहीं हो सकता, और चूँकि मुझसे यह नहीं हो सकता इसलिए मेरी तबियत में अजीबोगरीब कैफ़ियतें पैदा हो गयी हैं।

शेर मैं अब भी सही नहीं पढ़ सकता, इसलिए कि शायरी से मुझे बहुत कम दिलचस्पी रही है। लेकिन मुझे इस बात का पूरे तौर पर एहसास है कि मेरी तबियत का झुकाव शायरी की तरफ है। शहर में बसने वाले लोगों की 'वजनी शायरी' मुझे पसंद नहीं। देहात के हल्के-फुल्के गीत मुझे बेहद भाते हैं। ये इतने स्वच्छ होते हैं कि उनके पीछे दिल धड़कते हुए नज़र आ सकते हैं। तुम्हें हैरत है कि मैं 'रूमानी ट्रेजिडी' क्योंकर लिखने लगा और मैं ख़ुद इस बात पर हैरान हूँ।

कुछ लोग ऐसे हैं, जो अपने एहसास को दूसरों की जुबान में बयान करके अपना सीना खाली करना चाहते हैं। ये लोग दिमाग़ से कोरे हैं और मुझे इन

पर तरस आता है। यह दिमाग़ी गरीबी, माली मुफ़लिसी से ज़्यादा तकलीफ़देह है। मैं माली मुफ़लिस हूँ, मगर ख़ुदा का शुक्र है, ज़ेहनी मुफ़लिस नहीं हूँ, वरना मेरी मुसीबतों की कोई हद न होती। मुझे यह कितना बड़ा इत्मीनान है कि मैं जो कुछ महसूस करता हूँ, वही ज़ुबान से बयान कर लेता हूँ।

मैंने अपने अफ़सानों के बारे में कभी गौर नहीं किया। अगर उनमें कोई चीज़ तुम्हारे कहने के मुताबिक, 'जलवागर' है तो वह मेरा 'बेकल वतन' है। मेरा ईमान न अहिंसा पर है, न हिंसा पर, दोनों पर है और दोनों पर नहीं। मौजूदा, बदलते हुए माहौल में रहते हुए मेरे ईमान में स्थिरता नहीं रही। आज मैं एक चीज़ को अच्छा समझता हूँ, लेकिन दूसरे दिन सूरज की रोशनी के साथ ही उस चीज़ का रूप बदल जाता है। उसकी तमाम अच्छाइयाँ-बुराइयाँ बन जाती हैं। इनसान का इल्म बहुत महदूद है और मेरा इल्म महदूद होने के अलावा बिखरा हुआ भी है। ऐसी सूरत में, तुम्हारे इस सवाल का जवाब मैं कैसे दे सकता हूँ?

मुझ पर लेख लिखकर क्या करोगे प्यारे! मैं अपने कलम की कैंची से अपना लिबास पहले ही तार-तार कर चुका हूँ। ख़ुदा के लिए मुझे और नंगा करने की कोशिश न करो। मेरे चेहरे से अगर तुमने नक़ाब उठा दी तो तुम दुनिया को एक बहुत ही डरावनी शक्ल दिखाओगे। मैं हड्डियों का एक ढाँचा हूँ, जिस पर मेरा कलम कभी-कभी पतली झिल्ली मढ़ता रहता है। अगर तुमने झिल्लियों की यह तह उधेड़ डाली तो मेरा ख़याल है, जो डरावनी-सी सूरत तुम्हें मुँह खोले नज़र आएगी, उसे देखने की ताब तुम ख़ुद में न पाओगे।

मेरी कश्मीर की ज़िंदगी!...हाय मेरी कश्मीर की ज़िंदगी! मुझे पता है, तुम्हें मेरी ज़िंदगी के इस ख़ुशगवार टुकड़े के बारे में तरह-तरह की बातें मालूम होती रहती हैं। ये बातें जिन लोगों के जरिये तुम तक पहुँची है, उनको मैं अच्छी तरह जानता हूँ; इसलिए तुम्हारा यह कहना सही है कि तुम उनको सुनकर, अभी तक कोई सही राय नहीं बना सके। लेकिन मैं यह ज़रूर कहूँगा कि यह कहने के बावजूद तुमने एक राय बनायी है और ऐसा करने में बहुत जल्दबाजी से काम लिया है। अगर तुम मेरी तमाम तहरीरों को सामने रख लेते तो तुम्हें यह ग़लतफ़हमी हरगिज़-हरगिज़ न होती कि मैं कश्मीर में एक भोली-भाली लड़की से मिलता रहा हूँ। मेरे दोस्त, तुमने मुझे सदमा पहुँचाया है।

वज़ीर कौन थी?...इसका जवाब थोड़े में यही हो सकता है कि वह एक देहाती लड़की थी। जवान और पूरी जवान। उस पहाड़ी लड़की के बारे में, जिसने मेरी ज़िंदगी की किताब के कुछ पन्नों पर चंद हसीन नक़्शा बनाये हैं, मैं बहुत कुछ कह चुका हूँ।

मैंने वज़ीर को 'बरबाद' नहीं किया। अगर 'बरबादी' से तुम्हारा मतलब 'जिस्मानी बरबादी' है तो वह पहले ही से बरबाद हो चुकी थी और वह इसी बरबादी में अपनी ख़ुशी तलाश करती थी। जवानी के नशे में मस्त, उसने इस गलत ख़याल को अपने दिमाग़ में जगह दे रखी थी कि ज़िंदगी का असली आनंद और मज़ा अपना ख़ून खौलाने में है और वह इस मक़सद के लिए हर वक़्त ईंधन चुनती रहती थी। यह तबाही भरा ख़याल उसके दिमाग़ में कैसे पैदा हुआ, इसके बारे में बहुत कुछ कहा जाता है। हमारी जाति में ऐसे लोगों की कमी नहीं, जिनका काम सिर्फ़ भोली-भाली लड़कियों से खेलना होता है। जहाँ तक मेरा अपना ख़याल है, वज़ीर उस चीज़ का शिकार थी जिसे सभ्यता और संस्कृति का नाम दिया जाता है। एक छोटा-सा पहाड़ी गाँव है, जो शहरों के शोर-हंगामे से बहुत दूर, हिमालय की गोद में आबाद है और अब तहजीब और तमद्दुन की कृपा से उसका परिचय शहरों से हो गया है। दूसरे शब्दों में शहरों की ज़िंदगी उस जगह पहुँचनी शुरू हो गयी है।

खाली सलेट पर तुम जो कुछ भी लिखोगे, साफ तौर पर दिखाई देगा और साफ पढ़ा जाएगा। वज़ीर का सीना बिलकुल खाली था। दुनियावी ख़यालात से पाक और साफ। लेकिन सभ्यता के खुरदरे हाथों ने उस पर निहायत भद्दे नक्शे बना दिए थे, जो मुझे उसकी गलत रविश का कारण दिखते हैं।

वज़ीर का मकान या झोपड़ा, सड़क के ऊपर, पहाड़ की ढलान में स्थित था और मैं उसकी माँ के कहने पर, हर रोज़ उससे जरा ऊपर, चीड़ के पेड़ों की छाँव में, ज़मीन पर दरी बिछाकर, कुछ लिखा-पढ़ी करता था और आम तौर पर वज़ीर मेरे पास ही अपनी भैंस चराया करती थी। चूँकि होटल से हर रोज़ दरी उठाकर यहाँ लाना और फिर उसे वापस ले जाना, मेरे जैसे आदमी के लिए एक मुसीबत थी, इसलिए मैं उसे उनके घर में ही छोड़ जाता था। एक दिन की बात है, मुझे नहाने में देर हो गयी और मैं टहलता-टहलता पहाड़ी के कठिन रास्तों को तय करके जब उनके घर पहुँचा और दरी माँगी

तो उसकी बड़ी बहन से मालूम हुआ कि वज़ीर दरी लेकर ऊपर चली गई है। यह सुनकर मैं और ऊपर चढ़ा और जब उस बड़े पत्थर के पास आया, जिसे मैं मेज के रूप में इस्तेमाल करता था तो मेरी निगाहें वज़ीर पर पड़ीं। दरी अपनी जगह पर बिछी हुई थी और वह अपना हरा, कलफ़-लगा दुपट्टा ताने सो रही थी।

मैं देर तक पत्थर पर बैठा रहा। मुझे मालूम था, वह सोने का बहाना करके लेटी है। शायद उसका ख़्याल था कि मैं उसे जगाने की कोशिश करूँगा और वह गहरी नींद का बहाना करके जागने में देर करेगी। लेकिन मैं ख़ामोश बैठा रहा, बल्कि अपने चमड़े के थैले से एक किताब निकालकर उसकी तरफ पीठ करके पढ़ने में मशगूल हो गया। जब आध घंटा इस तरह गुज़र गया तो लाचार होकर वह जागी। अँगड़ाई लेकर उसने अजीब-सी आवाज़ मुँह से निकाली।

मैंने किताब बंद कर दी और मुड़कर उससे कहा—“मेरे आने से तुम्हारी नींद तो ख़राब नहीं हुई?”

वज़ीर ने आँखें मलकर लहजे को निंदासा-सा बनाते हुए कहा—“आप कब आये थे?”

“अभी-अभी आ के बैठा हूँ। सोना है तो सो जाओ।”

“नहीं...आज निगोड़ी नींद को जाने क्या हो गया। कमर सीधी करने के लिए ज़रा देर को यहाँ लेटी थी कि बस सो गयी।...दो घंटे से क्या कम सोयी हूँगी।” उसके गीले होंठों पर मुस्कराहट खेल रही थी और उसकी आँखों से जो कुछ बाहर झाँक रहा था, उसको मेरी कलम बयान करने में असमर्थ है। मेरा ख़्याल है, उस वक़्त उसके दिल में यह एहसास करवटें ले रहा था कि उसके सामने एक मर्द बैठा है और वह औरत है—जवान औरत—जोबन की उमंगों का उबलता हुआ चश्मा!

थोड़ी देर के बाद वह गैर-मामूली तौर पर बातूनी बन गयी और बहक-सी गयी। मैंने उसकी भैंस और बछड़े का ज़िक्र छेड़ने के बाद एक दिलचस्प कहानी सुनायी, जिसमें एक बछड़े से उसकी माँ के प्यार का किस्सा था। इससे उसकी आँखों की वे चिंगारियों ठंडी हो गयीं, जो कुछ देर पहले लपक रही थीं।

मैं ज़ाहिद नहीं हूँ और न मैंने कभी इसका दावा किया है। गुनाह और सवाब सज़ा और जज़ा के बारे में मेरे विचार दूसरों से अलग हैं और यक़ीनन तुम्हारे ख़यालों से भी बहुत अलग हैं। इसी तरह औरतों के बारे में भी मेरे विचार अजीबोगरीब है। मैं इस वक़्त इस बहस में नहीं पड़ना चाहता क्योंकि इसके लिए मन की शांति और समय चाहिए। पर बात आ गयी है तो एक घटना बयान करता हूँ, जिससे तुम मेरे ख़यालों के बारे में कुछ अंदाज़ा लगा सकोगे।

बातों-बातों में एक बार मैंने अपने एक दोस्त से कहा कि हुस्न अगर पूरे शबाब और जोबन पर हो तो वह दिलकशी खो बैठता है। मुझे अब भी इस ख़याल पर यक़ीन है, पर मेरे दोस्त ने इसे एक बेमानी दलाल बताया। हो सकता है, तुम्हारी निगाह में भी यह बेमानी हो। मगर मैं तुमसे अपने दिल की बात कहता हूँ। उस हुस्न ने मेरे मन को कभी अपनी ओर नहीं खींचा–जो पूरे शबाब पर हो। उसको देखकर मेरी आँखें जरूर चौंधिया जाएँगी। मगर इसका यह मतलब नहीं कि उस हुस्न की तमाम कैफ़ियतें मेरे दिल और दिमाग़ पर तारी हो गयी हैं। शोख़ और भड़कीले रंग कभी उस बुलंदी तक नहीं पहुँच सकते, जो नर्म और नाजुक रंगों और लकीरों को हासिल है। वह हुस्न यक़ीनन इज़्ज़त के क़ाबिल है, जो आहिस्ता-आहिस्ता निगाहों में जज़्ब होकर दिल में उतर जाए। रोशनी का चौंधियाने वाला शोला, दिल की जगह, नसों पर असर करता है। लेकिन इस फिजूल बहस में पड़ने से क्या फ़ायदा?

मैं कह रहा था कि मैं ज़ाहिद नहीं हूँ और यह कहते समय मैं दबी जुबान से बहुत-सी चीज़ों को स्वीकार भी कर रहा हूँ। लेकिन उस पहाड़ी लड़की से, जो शारीरिक लज़्ज़तों पर मोहित थी, मेरे संबंध सिर्फ़ जेहनी और रूहानी थे। मैंने शायद तुम्हें यह नहीं बताया कि मैं इस बात का क़ायल हूँ कि अगर औरत से दोस्ती की जाए तो उसके अंदर अनोखापन होना चाहिए। उससे इस तरह मिलना चाहिए कि वह तुम्हें दूसरों में बिलकुल अलग समझने पर मज़बूर हो जाए। उसे तुम्हारे दिल की हर धड़कन में ऐसी पुकार सुनायी दे, जो उसके कानों के लिए नयी हो।

औरत और मर्द–और उनका आपसी रिश्ता–हर बालिग़ आदमी को मालूम है लेकिन माफ़ करना, यह रिश्ता मेरी नज़रों में पुराना हो चुका है–इसमें सरासर हैवानियत है। मैं पूछता हूँ, अगर मर्द को अपनी मुहब्बत का केंद्र, किसी

औरत को ही बनाना है तो वह इंसानियत के इस पाकीज़ा जज़्बे में हैवानियत को क्यों जगह दे?...क्या इसके बिना प्यार-मुहब्बत नहीं हो सकता?...क्या जिस्मानी मशक़्क़त तथा नाम मुहब्बत है?

वज़ीर को यही भरम था कि शारीरिक लज़्ज़तों का नाम प्यार है और मेरा उद्यान है, जिस मर्द से भी वह मिलती थी, वह प्यार का मतलब इन्हीं शब्दों में बयान करना था। मैं उससे मिला और उसके सारे विचारों का विरोधी बनकर, मैंने उससे दोस्ती पैदा की। उसने अपने भड़कीले रंग के सपनों का फल मेरे वजूद में खोजने की कोशिश की, पर उसे निराशा हुई। लेकिन चूँकि वह गलत होने के साथ-साथ मासूम थी, मेरी सीधी-सादी बातों ने उस निराशा को हैरत में बदल दिया और धीरे-धीरे उसका यह आश्चर्य इस ख़्वाहिश का रूप धारण कर गया कि वह इस नयी रस्म-राह की गहराइयों की जानकारी हासिल करे। यह ख़्वाहिश यक़ीनन ही एक पाकीज़ा मासूमियत में बदल जाती और वह अपने औरतपन का पिछला गौरव फिर से हासिल कर लेती, जिसे वह गलत रास्ते पर चलकर खो बैठी थी, लेकिन अफ़सोस, मुझे उस पहाड़ी गाँव से अचानक भीगी आँखों के साथ अपने शहर वापस आना पड़ा।

मुझे वह अकसर याद आती है...क्यों?...इसलिए कि विदा होते समय उसकी सदा मुस्कराती आँखों में दो छलकते हुए आँसू बता रहे थे कि वह मेरी भावना से काफ़ी प्रभावित हो चुकी है और सच्ची मुहब्बत की एक नन्ही-सी किरन उसके सीने के अँधेरे में दाख़िल हो चुकी है।...काश, मैं वज़ीर को प्यार की तमाम ऊँचाइयों से परिचित करा सकता और क्या पता है कि वह पहाड़ी लड़की मुझे वह चीज़ हासिल करा देती, जिसकी खोज में मेरी जवानी बुढ़ापे के सपने देख रही है।

यही है मेरी दास्तान, जिसमें बकौल तुम्हारे, लोग अपनी दिलचस्पी का सामान तलाश करते हैं।...तुम नहीं समझते और नये लोग समझते हैं कि मैं ये कहानियाँ क्यों लिखता हूँ।...फिर कभी समझाऊँगा।

दो कौमें

मुख़्तार ने शारदा को पहली बार झिरियों से देखा। वह ऊपर कोठे पर कटी हुई पतंग लेने गया, तो उसे झिरियों में से एक झलक दिखाई दी। सामने वाले मकान की ऊपरी मंजिल की खिड़की खुली थी। लड़की डोंगा हाथ में लिए नहा रही थी। मुख़्तार को बड़ा विस्मय हुआ कि लड़की कहाँ से आ गयी क्योंकि सामने वाले मकान में कोई लड़की नहीं थी। जो थी, ब्याही जा चुकी थी। सिर्फ़ रूपकौर थी, उसका पिलपिला पति कालूमल था। उसके तीन बच्चे थे और बस।

मुख़्तार ने पतंग उठायी और ठिठककर रह गया। लड़की बहुत ख़ूबसूरत थी। उसके नंगे बदन पर सुनहरे रोएँ थे। उनमें फँसी हुई पानी की नन्ही-नन्ही बूँदें चमक रही थी। उसका रंग हल्का साँवला था। साँवला भी नहीं, ताँबे के रंग जैसा। पानी की नन्ही-नन्ही बुँदियाँ ऐसी लगती थी जैसे उसका बदन पिघलकर बूँद-बूँद गिर रहा था।

मुख़्तार ने झिरी के सुराखों के साथ अपनी आँखें जमा दीं। और उस लड़की को जो डोंगा हाथ में लिये नहा रही थी, दिलचस्पी और गौर से देखना शुरू कर दिया। उसकी उम्र अधिक-से-अधिक सोलह वर्ष की थी। गीले सीने पर उसकी छोटी-छोटी गोल छातियाँ, जिन पर पानी की बूँदें फिसल रही थीं, बड़ी दिलफ़रेब थीं। उसे देखकर मुख़्तार के दिल-दिमाग़ में वासना पैदा नहीं हुई। एक जवान, ख़ूबसूरत और बिलकुल नंगी लड़की, उसकी निगाहों के सामने थी। होना यह चाहिए था कि मुख़्तार के अंदर कामोत्तेजना भड़क उठती, पर तह बड़ी तल्लीनता से उसे देख रहा था, जैसे किसी चित्रकार का चित्र देख रहा हो।

लड़की के निचले होंठ के अंतिम कोने पर बड़ा-सा तिल था–बेहद गंभीर, बेहद संजीदा, जैसे वह अपने वजूद से बेख़बर है, पर दूसरा उसके वजूद से वाक़िफ़ है–सिर्फ़ इस हद तक कि उसे वहाँ होना चाहिए था।

वहाँ पर सुनहरे रोएँ पानी की बूंदों के साथ लिपटे हुए चमक रहे थे। उसके सिर के बाल सुनहरे नहीं, धूसर थे, जिन्होंने शायद सुनहरे होने से इंकार कर दिया था। शरीर सुडौल और गदराया हुआ था, लेकिन उसे देखने से उत्तेजना पैदा नहीं होती थी। मुख़्तार देर तक झिरी के साथ आँखें जमाए रहा।

लड़की ने बदन पर साबुन मला। मुख़्तार तक उसकी ख़ुशबू पहुँची। सलोने, ताँबे जैसे रंग वाले बदन पर सफेद झाग बड़े सुहाने मालूम होते थे। फिर जब यह झाग पानी के प्रवाह से फिसले तो मुख़्तार ने महसूस किया जैसे उस लड़की ने अपना बुलबुलों वाला लिबास बड़े इत्मीनान से उतारकर एक तरफ रख दिया है।

नहाने से निबटकर लड़की ने तौलिये से अपना बदन पोंछा। बड़ी शांति और निश्चिंतता से धीरे-धीरे कपड़े पहने। खिड़की के डंडे पर दोनों हाथ रखे और सामने देखा। एकदम उसकी आँखें शरमाहट की झीलों में डूब गईं। उसने खिड़की बंद कर दी। मुख़्तार हठात् हँस पड़ा। लड़की ने फ़ौरन खिड़की के पट खोले और बड़े गुस्से में झिरी की ओर देखा। मुख़्तार ने कहा, "मैं बिलकुल क़सूरवार नहीं। आप खिड़की खोलकर क्यों नहा रही थीं?"

लड़की ने कुछ नहीं कहा। गुस्से-भरी निगाहों से झिरी को देखा और खिड़की बंद कर ली।

चौथे दिन रूपकौर आई। उसके साथ वही लड़की थी। मुख़्तार की माँ और बहन दोनों सिलाई और क्रोशिये के काम में माहिर थी। गली की ज़्यादातर लड़कियाँ उनसे यह काम सीखने के लिए आया करती थीं। रूपकौर भी उस लड़की को इसी मतलब से लाई थी क्योंकि उसे क्रोशिये के काम का बहुत शौक था। मुख़्तार अपने कमरे से निकलकर सेहन में आया तो उसने रूपकौर को प्रणाम किया। लड़की पर उसकी निगाह पड़ी तो वह सिमट-सी गई। वह मुस्कराकर वहाँ से चला गया। लड़की रोज़ाना वहाँ आने लगी। मुख़्तार को देखती तो सिमट जाती। धीरे-धीरे उसकी यह प्रतिक्रिया दूर हुई और उसके दिमाग़ से यह ख़याल कुछ कम हुआ कि मुख़्तार ने उसे नहाते हुए देखा था।

मुख़्तार को मालूम हुआ कि उसका नाम शारदा है। रूपकौर के चाचा की लड़की है। अनाथ है। चेचो की मलिया में एक गरीब रिश्तेदार के साथ रहती थी। रूपकार ने उसे अपने पास बुला लिया। एंट्रेंस पास है। बड़ी बुद्धिमान है क्योंकि उसने क्रोशिये का मुश्किल-से-मुश्किल काम चुटकियों में सीख लिया था।

दिन गुज़रते गए। इस दौरान मुख़्तार ने महसूस किया कि वह शारदा की मुहब्बत में गिरफ़्तार हो गया है। यह सब कुछ धीरे-धीरे हुआ। जब मुख़्तार ने उसे पहली बार झिरी में से देखा था तो उस समय उसके सामने एक दृश्य

था–बड़ा मनमोहक दृश्य, लेकिन अब शारदा धीरे-धीरे उसके दिल में बैठ गई थी। मुख़्तार ने कई बार सोचा था कि यह प्रेम का मामला बहुत गलत है, इसलिए कि शारदा हिंदु है। मुसलमान कैसे एक हिंदू लड़की से मुहब्बत करने की हिम्मत कर सकता है। मुख़्तार ने अपने-आपको बहुत समझाया पर वह अपनी प्रेम की भावना को मिटा न सका।

शारदा अब उससे बातें करने लगी थी, मगर खुलकर नहीं। उसके दिमाग़ में मुख़्तार को देखते ही ऐसा अहसास जाग जाता था कि वह नंगी नहा रही थी और मुख़्तार झिरी में से उसे देख रहा था।

एक दिन घर में कोई नहीं था। मुख़्तार की माँ और बहन दोनों किसी रिश्तेदार के चालीसवें पर गई हुई थीं। शारदा नित्य की तरह अपना थैला उठाए सुबह दस बजे आई। मुख़्तार सेहन में चारपाई पर लेटा अख़बार पढ़ रहा था। शारदा ने उससे पूछा, "बहनजी कहाँ हैं?"

मुख़्तार के हाथ काँपने लगे, "वह...कहीं बाहर गई हैं।"

शारदा ने पूछा–"माता जी?"

मुख़्तार उठकर बैठ गया, "वह उनके साथ गई हैं।"

"अच्छा।" कहकर शारदा ने तनिक घबराई हुई निगाहों से मुख़्तार को देखा और नमस्ते करके चलने लगी। मुख़्तार ने उसे रोका, "ठहरो शारदा!"

शारदा को जैसे बिजली के करंट ने छू लिया। चौंककर रुक गई, "जी?"

मुख़्तार चारपाई पर से उठा, "बैठ जाओ, वे लोग अभी आ जाएँगी।"

"जी नहीं, मैं जाती हूँ।" कहकर शारदा खड़ी रही।

मुख़्तार ने बड़ी हिम्मत से काम लिया। आगे बढ़ा। उसकी एक कलाई पकड़ी और खींचकर उसके होंठों को चूम लिया। यह सब कुछ इतनी जल्दी हुआ कि मुख़्तार और शारदा दोनों को एक क्षण के लिए बिलकुल पता न चला कि हुआ क्या है। उसके बाद दोनों काँपने लगे। मुख़्तार ने केवल इतना कहा, "मुझे माफ कर देना।"

शारदा ख़ामोश खड़ी रही। उसका ताँबे जैसा रंग सुख़॔ हो गया। होंठों में हल्की-सी कंपकंपाहट थी, जैसे वे छेड़े जाने पर शिकायत कर रहे हैं। मुख़्तार अपनी हरकत और उसके परिणामों को भूल गया। उसने एक बार फिर शारदा

को अपनी ओर खींचा और सीने के साथ भींच लिया। शारदा ने प्रतिरोध न किया। यह केवल विस्मय-मूर्ति बनी हुई-सी एक प्रश्न बन गई थी–एक ऐसा प्रश्न, जो स्वयं से किया गया हो। वह शायद स्वयं से पूछ रही थी–यह क्या हुआ है? यह क्या हो रहा है? क्या उसे होना चाहिए था? क्या ऐसा किसी और से भी हुआ है?

मुख़्तार ने उसे चारपाई पर बिठा लिया और पूछा, "तुम बोलती क्यों नहीं हो शारदा?"

शारदा के दुपट्टे के पीछे उसका सीना धड़क रहा था। उसने कोई जवाब न दिया। मुख़्तार को उसकी यह चुप्पी बहुत चिंताजनक महसूस हुई, "बोलो शारदा, अगर तुम्हें मेरी यह हरकत बुरी लगी है तो कह दो–ख़ुदा की क़सम, मैं माफ़ी माँग लूँगा। तुम्हारी तरफ निगाह उठाकर भी न देखूँगा। मैंने कभी ऐसी हिम्मत न की होती, लेकिन न जाने मुझे क्या हो गया है। दरअसल... दरअसल मुझे तुमसे मुहब्बत है।"

शारदा के होंठ हिले, जैसे उन्होंने शब्द 'मुहब्बत' कहने की कोशिश की हो। मुख़्तार ने बड़ी गर्मजोशों से कहना शुरू किया, "मुझे मालूम नहीं, तुम मुहब्बत का मतलब समझती हो कि नहीं–मैं ख़ुद इसके बारे में ज़्यादा जानकारी नहीं रखता। सिर्फ़ इतना जानता हूँ कि तुम्हें चाहता हूँ। तुम्हारी सारी हस्ती को अपनी इस मुट्ठी में ले लेना चाहता हूँ। अगर तुम चाहो तो मैं अपनी सारी ज़िंदगी तुम्हारे हवाले कर दूँगा। शारदा, तुम बोलती क्यों नहीं हो?"

शारदा की आँखें स्वप्निल हो गईं। मुख़्तार ने फिर बोलना शुरू कर दिया, "मैंने उस दिन झिरी में से तुम्हें देखा। नहीं–तुम ख़ुद दिखाई दीं। यह ऐसा दृश्य था जो मैं क़यामत तक नहीं भूल सकता। तुम शरमाती क्यों हो, मेरी निगाहों ने तुम्हारी ख़ूबसूरती चुराई तो नहीं–मेरी आँखों में सिर्फ़ उस दृश्य की तस्वीर है। तुम उसे ज़िंदा कर दो तो मैं तुम्हारे पाँव चूम लूँगा।" यह कहकर मुख़्तार ने शारदा का एक पाँव चूम लिया।

वह काँप गई। चारपाई पर से एकदम उठकर उसने काँपती आवाज़ में कहा, "यह आप क्या कर रहे हैं? हमारे धर्म में...।"

मुख़्तार ख़ुशी से उछल पड़ा, "धर्म-कर्म को छोड़ो। प्रेम के धर्म में सब ठीक है।" यह कहकर उसने शारदा को चूमना चाहा, पर वह तड़पकर एक

ओर हटी और बड़े शर्मीले अंदाज़ में मुस्कराती हुई भाग गई। मुख़्तार ने चाहा, वह उड़कर ममटी पर पहुँच जाए। सेहन में कूदे और नाचना शुरू कर दे।

मुख़्तार की माँ और बहन आ गई तो शारदा आई। मुख़्तार को देखकर उसने फ़ौरन निगाहें नीची कर लीं। मुख़्तार वहाँ से खिसक गया कि भेद न खुल जाए।

दूसरे दिन वह कोठे पर चढ़ा। झिरी से झाँककर देखा कि शारदा खिड़की के पास खड़ी बालों को कंघी कर रही है। मुख़्तार ने उसे आवाज़ दी, "शारदा!"

शारदा चौंकी। कंघी उसके हाथ से छूटकर नीचे गली में जा गिरी। मुख़्तार हँसा। शारदा के होंठों पर भी मुस्कराहट पैदा हुई। मुख़्तार ने उससे कहा, "कितनी डरपोक हो तुम—हौले से आवाज़ दी और तुम्हारी कंघी छूट गयी।"

शारदा ने कहा, "अब लाकर दीजिए नई कंघी मुझे, यह तो मोरी में जा गिरी है।"

मुख़्तार ने जवाब दिया, "अभी लाऊँ।"

शारदा ने फ़ौरन कहा, "नहीं, नहीं, मैंने मज़ाक़ किया है।"

"मैंने भी मज़ाक़ किया था। तुम्हें छोड़कर मैं लेने जाता, कभी नहीं।"

शारदा मुस्कराई, "मैं बाल कैसे बनाऊँ?"

मुख़्तार ने झिरी के सुराखों में अपनी अँगुलियाँ डालीं, "ये मेरी अँगुलियाँ ले लो।"

शारदा हँसी। मुख़्तार का जी चाहा कि वह अपनी सारी उम्र इस हँसी की छाया में गुजार दे, "शारदा, ख़ुदा की क़सम, तुम हँसती हो, तो मेरा रोआँ-रोआँ प्रफुल्लित हो जाता है। तुम क्यों इतनी प्यारी हो? यह कमबख़्त झिरी...यह मिट्टी के जलील परदे...जी चाहता है, इन्हें तोड़-फोड़ दूँ।"

शारदा फिर हँसी। मुख़्तार ने कहा, "यह हँसी कोई और न देखे, कोई और न सुने। मैं इसके गिर्द अपने होठों की दीवारें खड़ी कर दूँगा।"

शारदा ने कहा, "आप बातें बड़ी अच्छी करते हैं।"

"तो मुझे इनाम दो। मुहब्बत की एक हल्की-सी निगाह इन झिरियों से मेरी तरफ फेंक दो। मैं उसे अपनी पलकों में उठाकर अपनी आँखों में छुपा लूँगा।" मुख़्तार ने शारदा के पीछे दूर एक छाया-सी देखी और फ़ौरन झिरी से हट गया। थोड़ी देर बाद वापस आया, तो खिड़की खाली थी। शारदा जा चुकी थी।

धीरे-धीरे मुख़्तार और शारद दोनों घी-शक्कर हो गए। तन्हाई का मौका मिलता तो देर तक प्यार-मुहब्बत की बातें करते रहते। एक दिन रूपकौर और उसका पति कालूमल कहीं बाहर गए हुए थे। मुख़्तार गली में से गुजर रहा था कि उसको एक कंकर लगा। उसने ऊपर देखा। शारदा थी। उसने हाथ के इशारे से उसे बुलाया।

मुख़्तार उसके पास पहुँच गया। पूरा एकांत था। खूब घुल-मिलकर बातें हुईं। मुख़्तार ने उससे कहा, "उस दिन मुझसे गुस्ताख़ी हुई थी और मैंने माफ़ी माँग ली थी। आज फिर गुस्ताख़ी करने का इरादा रखता हूँ, पर माफ़ी नहीं माँगूँगा।" और अपने होंठ शारदा के कंपकंपाते होंठों पर रख दिए।

शारदा ने शर्मीली शरारत से कहा, "अब माफ़ी माँगिए।"

"जी नहीं। अब ये होंठ आपके नहीं, मेरे हैं। क्या मैं झूठ कहता हूँ?"

शारदा ने निगाहें नीची करके कहा, "ये होंठ क्या, मैं भी आपकी हूँ।"

मुख़्तार एकदम संजीदा हो गया, "देखो शारदा! हम इस समय एक ज्वालामुखी पहाड़ पर खड़े हैं। तुम सोच लो, समझ लो, मैं तुम्हें यक़ीन दिलाता हूँ। ख़ुदा की क़सम खाकर कहता हूँ कि तुम्हारे सिवा मेरी ज़िंदगी में और कोई औरत नहीं आएगी। मैं क़सम खाता हूँ कि ज़िंदगी-भर तुम्हारा रहूँगा। मेरी मुहब्बत साबित कदम रहेगी—क्या तुम इसका प्रण करती हो?"

शारदा ने अपनी निगाहें उठाकर मुख़्तार की ओर देखा, "मेरा प्रेम सच्चा है।" मुख़्तार ने उसे सीने के साथ भींच लिया और कहा, "जिंदा रहो। सिर्फ़ मेरे लिए, मेरी मुहब्बत के लिए। ख़ुदा की क़सम, शारदा, तुम्हारा प्यार मुझे न मिलता तो मैं निश्चय ही आत्महत्या कर लेता। तुम मेरे आलिंगन में हो तो मुझे ऐसा महसूस होता है कि सारी दुनिया की ख़ुशियों से मेरी झोली भरी हुई है। मैं बहुत ख़ुशकिस्मत हूँ।

शारदा ने अपना सिर मुख़्तार के कंधों पर गिरा दिया, "आप बातें करना जानते हैं। मुझसे अपने दिल की बात नहीं कही जाती।"

देर तक दोनों एक-दूसरे में खोए रहे। जब मुख़्तार वहाँ से गया तो उसकी आत्मा एक नए सुहाने आनंद से ओत-प्रोत थी। सारी रात वह सोचता रहा। दूसरे दिन कलकत्ता चला गया, जहाँ उसका बाप कारोबर करता था। आठ दिन के बाद वापस आया।

शारदा रोज़ की तरह क्रोशिये का काम सीखने निश्चित समय पर आई। उसकी नज़रों ने उससे कई बातें कीं–कहाँ ग़ायब रहे इतने दिन? मुझसे कुछ न कहा और कलकत्ता चले गये? मुहब्बत के बड़े दावे करते थे?...मैं नहीं बोलूँगी तुमसे... मेरी ओर क्या देखते हो? क्या कहना चाहते हो मुझसे?

मुख़्तार बहुत कुछ कहना चाहता था, पर तन्हाई नहीं थी। वह उससें काफ़ी लंबी बातचीत करना चाहता था। दो दिन बीत गए। अवसर न मिला। नज़रों ही नज़रों में गूँगी बातें होती रहीं। आख़िर तीसरे दिन शारदा ने उसे बुलाया। मुख़्तार बहुत ख़ुश हुआ। रूपकौर और उसका पति कालूमल घर में नहीं थे।

शारदा सीढ़ियों में मिली। मुख़्तार ने उसे वहीं सीने के साथ लगाना चाहा। वह तड़पकर ऊपर चली गई। नाराज़ थी। मुख़्तार ने उससे कहा, "देखो मेरी जान, मेरे पास बैठो। मैं तुमसे बहुत ज़रूरी बातें करना चाहता हूँ, ऐसी बातें जिनका हमारी ज़िंदगी से बड़ा गहरा तअल्लुक़ है।"

शारदा उसके पास पलंग पर बैठ गई, "तुम बात टालो नहीं...बताओ मुझे बताए बिना कलकत्ता क्यों गए?...सच, मैं बहुत रोयी।"

मुख़्तार ने बढ़कर उसकी आँखें चूम ली, "उस दिन जब मैं गया तो सारी रात सोचता रहा। जो कुछ उस दिन हुआ, उसके बाद यह सोच-विचार जरूरी था। हमारी हैसियत मियाँ-बीवी की थी। मैंने गलती की। तुमने कुछ न सोचा। हमने एक ही छलाँग में कई मंज़िलें तय कर लीं। और यह सोचा ही नहीं कि हमें जाना किस तरफ है...समझ रही हो न शारदा?"

शारदा ने आँखें झुका लीं, "जी हाँ।"

मैं कलकत्ता इसलिए गया था कि अब्बा जी से मशवरा करूँ। तुम्हें सुनकर ख़ुशी होगी कि मैंने उन्हें राज़ी कर लिया है। मुख़्तार की आँखें ख़ुशी में चमक उठीं। शारदा के दोनों हाथों को अपने हाथों में लेकर उसने कहा, "मेरे दिल का सारा बोझ हलका हो गया है। मैं अब तुमसे शादी कर सकता हूँ।"

शारदा ने हौले से कहा, "शादी?"

मुख़्तार ने बड़े इत्मीनान से कहा, "हाँ-हाँ! इसके अलावा और हो ही क्या सकता है...मुझे मालूम है कि तुम्हारे घरवाले बड़ा हंगामा मचाएँगे, लेकिन मैंने उसका इंतज़ाम कर लिया है। हम दोनों यहाँ से ग़ायब हो जाएँगे। सीधे कलकत्ता

चलेंगे। बाकी काम अब्बाजी के सुपुर्द है। जिस रोज़ वहाँ पहुँचेंगे, उसी रोज़ मौलवी बुलाकर तुम्हें मुसलमान बना देंगे। शादी भी उसी वक़्त हो जाएगी।"

शारदा के होंठ जैसे किसी ने सी दिए। मुख़्तार ने उसकी तरफ देखा, "ख़ामोश क्यों हो गयी?"

शारदा न बोली। मुख़्तार को बड़ी उलझन हुई, "बताओ शारदा, क्या बात है?"

शारदा ने मुश्किल में इतना कहा, "तुम हिंदू हो जाओ।"

"मैं हिंदू हो जाऊँ?" मुख़्तार के लहजे में हैरानी थी। वह हँसा, "मैं हिंदू कैसे हो सकता हूँ।"

"मैं मुसलमान कैसे हो सकती हूँ?" शारदा की आवाज़ मध्यम थी।

"तुम मुसलमान क्यों नहीं हो सकती? मेरा मतलब है कि तुम मुझसें मुहब्बत करती हो। इसके अलावा इस्लाम सबसे अच्छा मज़हब है। हिंदू मज़हब भी कोई मज़हब है! गाय का पेशाब पीते हैं। बुत पूजते हैं। मेरा मतलब है कि ठीक है अपनी जगह यह मज़हब भी, मगर इस्लाम का मुकाबला नहीं कर सकता।" मुख़्तार के ख़यालात परेशान थे, "तुम मुसलमान हो जाओगी तो बस...मेरा मतलब है, सब ठीक हो जाएगा।"

शारदा का ताँबे जैसा रंग जर्द पड़ गया, "आप जाइए, वे लोग आने वाले हैं।" यह कहकर वह पलंग पर से उठी।

मुख़्तार स्तब्ध रह गया, "लेकिन शारदा...?"

"नहीं, नहीं...आप जाइए, आप जल्दी जाइए। वे आ जाएँगे।" शारदा के लहजे में बेपरवाही की सर्दी थी।

मुख़्तार ने अपने ख़ुश्क गले में ये शब्द निकाले, "हम दोनों एक-दूसरे से मुहब्बत करते हैं शारदा, तुम नाराज़ क्यों हो गई?"

"जाओ। चले जाओ। हमारा हिंदू मज़हब बुरा है। तुम मुसलमान बहुत अच्छे हो!" शारदा के लहजे में नफ़रत थी। वह दूसरे कमरे में चली गई और दरवाज़ा बंद कर लिया। मुख़्तार अपना इस्लाम सीने में दबाये वहाँ से चला गया।

❑

सवेरे जो कल मेरी आँख खुली

अजब थी बहार और अजब सैर थी! यही जी में आया कि घर से निकल टहलता-टहलता ज़रा बाग़ चलूँ–बाग़ पहुँचने से पहले ज़ाहिर है कि मैंने कुछ बाज़ार और गलियाँ तय की होंगी और मेरी आँखों ने कुछ देखा भी होगा। पाकिस्तान तो पहले का ही देखा-भाला था, लेकिन जबसे 'ज़िंदाबाद' हुआ, वह कल देखा। बिजली के खम्भे पर देखा, परनाले पर देखा, छज्जे पर देखा, हर जगह देखा, जहाँ न देखा, वहाँ देखने की हसरत लिए घर लौटा।

पाकिस्तान ज़िंदाबाद–ये लकड़ियों का टाल हैं–पाकिस्तान ज़िंदाबाद! फटाफट मुहाज़िर हेयर कटिंग सैलून–पाकिस्तान ज़िंदाबाद! यहाँ ताले मरम्मत किए जाते हैं–पाकिस्तान ज़िंदाबाद! गर्मागर्म चाय–पाकिस्तान ज़िंदाबाद! बीमार कपड़ों का अस्पताल–पाकिस्तान ज़िंदाबाद! अलहमदउलल्ला की यह दुकान सैयद अनवर हुसैन मुहाज़िर जालन्धरी के नाम अलॉट हो गई है।

एक मकान के बाहर यह भी लिखा देखा–पाकिस्तान ज़िंदाबाद–यह घर एक पारसी भाई का है यानी हज़रत, कहीं इसे न अलॉट कर लीजिएगा।

सुबह का समय था। अजब बहार थी और अजब सैर थी। क़रीब-क़रीब सारी दुकानें बंद थीं। एक हलवाई की दुकान खुली थी। मैंने कहा, चलो लस्सी ही पीते हैं। दुकान की तरफ बढ़ा तो क्या देखता हूँ कि बिजली का पंखा चल तो रहा है, लेकिन इसका मुँह दूसरी तरफ है। मैंने हलवाई से कहा, "यह उल्टे रुख पंखा चलाने का क्या मतलब है?" उसने घूरकर मुझे देखा और कहा–"देखते नहीं हो!"

मैंने देखा, पंखे का रुख कायदेआज़म मुहम्मद अली जिन्ना की रंगीन तस्वीर की तरफ था, जो दीवार के साथ लगी हुई थी। मैंने जोर का नारा लगाया...पाकिस्तान ज़िंदाबाद और लस्सी पिये बगैर आगे चल दिया।

बंद दुकान के थड़े पर आदमी बैठा पूरियाँ तल रहा था। मैं सोचने लगा, अभी परसों मैंने इस दुकान से चप्पल ख़रीदी थी। पूरी वाला किधर से आ गया? ख़याल आया शायद कोई दूसरी दुकान हो, लेकिन बोर्ड नहीं था। सामने वही दंगों में झुलसा हुआ मकान था, जिसकी बरसाती में बिजली का पंखा लटक रहा था। इसको देखकर मैंने सोचा कि आग जलाने में इसने भी काफ़ी मदद दी होगी।

पूरी वाले ने मुझे कहा, "क्या सोच रहे हैं आप, बाबूजी! गर्मागर्म पूरियाँ हैं।"

पूरी वाला अपने माथे का पसीना पोंछकर मुस्कराया, "जूतों की दुकान अब भी है, लेकिन वह नौ बजे शुरू होती है और मेरी यह छ: बजे से शुरू होती है और साढ़े चार बजे खत्म होती है।"

मैं आगे बढ़ गया।

क्या देखता हूँ कि एक आदमी सड़क पर काँच के टुकड़े बिखेर रहा है। पहले मैंने ख़याल किया, भला आदमी है। इस बात को ध्यान रखता है कि लोगों को तकलीफ़ देंगे, इसलिए सड़क पर से चुन रहा है, लेकिन जब मैंने देखा कि चुनने के बजाय वह बड़ी तरतीब से उन्हें इधर-उधर गिरा रहा है तो मैं कुछ दूर खड़ा हो गया।

झोली खाली करने के बाद वह सड़क के किनारे बिछे हुए टाट पर बैठ गया। पास ही एक दरख़्त था। इस पर एक बोर्ड लगा था–"यहाँ साइकिलों के पंक्चर लगाए जाते हैं और इनकी मरम्मत की जाती है।"

मैंने क़दम तेज़ कर दिए। दुकानों के साइनबोर्डों में एक तबदीली नज़र आई। पहले क़रीब-क़रीब सब अंग्रेज़ी में होते थे, अब कुछ दुकानों पर नाम और लिखावट दोनों उर्दू लिबास में नज़र आए। किसी ने ठीक कहा है कि जैसा देश, वैसा भेस।

आगे चलकर एक दुकान थी, जिसका नाम 'पापोशियाना' था यानी जूतों का आशियाना। मैंने ख़ुश होकर पाकिस्तान ज़िंदाबाद कहा और चलता रहा।

चलते-चलते साइकिल के चार पहियों पर एक अजीब ढंग की हाथ-गाड़ी देखी। पूछा, "यह क्या है?" जवाब मिला, "होटल।" चलता-फिरता होटल था। चपातियाँ पकाने के लिए अँगीठी और तवा मौजूद, चार सालन, शामी कबाब, तलने के लिए फ्राईपैन हाज़िर। पानी के दो घड़े, बर्फ़ लैमोनैड की बोतलें, दही का कठौता, नींबू निचोड़ने का खटका, गिलास, प्लेटें हर चीज़ मौजूद थीं।

कुछ दूर आगे बढ़ा तो देखा, एक आदमी छोटे-से लड़के को धड़ाधड़ पीट रहा है। मैंने वजह पूछी तो मालूम हुआ कि लड़का नौकर है। उसने एक रुपये का नोट गुम कर दिया है। मैंने उस ज़ालिम को झिड़का और कहा, "क्या हुआ, बच्चा है। काग़ज़ का छोटा-सा पुर्ज़ा ही तो होता है एक रुपये का नोट। कहीं गिर पड़ा होगा। ख़बरदार जो तुमने इस पर हाथ उठाया।

यह सुनकर वह आदमी मुझसे उलझ गया और कहने लगा कि "तुम्हारे लिए एक रुपये का नोट काग़ज़ का छोटा-सा पुर्ज़ा है लेकिन जानते हो कि कितनी मेहनत के बाद यह काग़ज़ का छोटा-सा पुर्ज़ा मिलता है आजकल!" यह कहकर वह फिर उस बच्चे को पीटने लगा। मुझे बहुत तरस आया। जेब से रुपया निकाला और उस आदमी से बच्चे की जान छुड़ाई।

कुछ क़दमों का फ़ासला तय किया होगा, कि एक आदमी ने मेरे कंधे पर हाथ रखा और मुस्कराकर कहा, "रुपया दे दिया उस पाजी को?"

मैंने जवाब दिया, "जी हाँ। बहुत बुरी तरह पीट रहा था बेचारे को।"

"बेचारा, उसका अपना लड़का है।"

"क्या कहा?"

"बाप और बेटे दोनों का यही कारोबार है। दो-चार रुपये रोज़ इसी ढोंग से पैदा कर लेते हैं।"

मैंने कहा, "ठीक है।" और आगे क़दम बढ़ा दिए।

एकदम शोर-सा पैदा हो गया, क्या देखता हूँ कि लड़के हाथों में काग़ज़ के बंडल लिए चिल्ला रहे हैं और अंधाधुंध भाग रहे हैं। भाँति-भाँति की बोलियाँ सुनने में आईं। अख़बार बिक रहे थे। ताज़ा-ताज़ा और गर्म-गर्म खबरें—देहली में जूता चल गया। लखनऊ में अमुक-लीडर की कोठी पर कुत्तों ने हमला कर दिया। पाकिस्तान के एक ज्योतिषी की भविष्यवाणी-कश्मीर दो हफ़्तों में आज़ाद हो जाएगा।

सैकड़ों ही अख़बार थे। आज का ताज़ा 'निवाए सुबह' आज का ताज़ा 'सुनहरा पाकिस्तान।'

अख़बार बेचने वाले लड़कों की बाढ़ गुज़र गई तो एक औरत नज़र आई। उम्र थी कोई पचास के लगभग, गंभीर सूरत। एक हाथ में थैला था, दूसरे में अख़बारी बंडल। मैंने पूछा, "क्या अख़बार बेचती हैं?"

जवाब मिला, "जी हाँ।"

मैंने दो अख़बार ख़रीदे और दिल में उस अख़बार बेचने वाली औरत का सम्मान लिए आगे बढ़ गया।

थोड़ी ही देर में कुत्तों का एक जमघट सामने आया। कुत्ते भौंक रहे थे और एक-दूसरे को भंभोड़ रहे थे, प्यार कर रहे थे और काट भी रहे थे। मैं

डरकर एक तरफ हट गया, क्योंकि पन्द्रह दिन हुए एक कुत्ते ने मुझे काट खाया था और पूरे चौदह दिन रेबीज के टीके मुझे अपने पेट में भुकवाने पड़े थे।

मैंने सोचा, क्या ये सब कुत्ते मुहाजिर हैं या वे हैं, यहाँ से जाने वाले अपने पीछे छोड़ गए हैं? कोई भी हो, इसका ख़याल तो रखना ही चाहिए। जो शरणार्थी हैं उनको फिर से आबाद किया जाए और जो बिना मालिक के रह गए हैं, उनको उनकी नस्ल के मुताबिक उन लोगों के नाम अलॉट कर दिए जाएँ, जिनके कुत्ते उस पार रह गए हैं–और जिनका कोई वली-वारिस नहीं, उनके लिए लकड़ी की टाँगें लगवा दी जाएँ ताकि वे उन्हीं में अपना शगल पूरा करते रहें।

कुत्तों का झुरमुट चला गया तो मेरी जान में जान आई। मैंने क़दम बढ़ाने शुरू किए। मैंने एक अख़बार खोला और उसे देखना शुरू किया। मुखपृष्ठ पर एक फ़िल्म एक्ट्रेस की तस्वीर थी–तीन रंगों में एक्ट्रेस का जिस्म अधनंगा था। नीचे लिखा था–

"फ़िल्मों में बेहयाई की नुमाइश कैसे की जाती है, इसका कुछ अंदाज़ा ऊपर की तस्वीर से हो सकता है।"

मैंने दिन-ही-दिन में पाकिस्तान ज़िंदाबाद का नारा लगाया और अख़बार को फुटपाथ पर फेंक दिया।

दूसरा अख़बार खोला। एक छोटे से इश्तिहार पर नज़र पड़ी, लिखा था,

"मैंने कल अपनी साइकिल लायड्ज बैंक के बाहर रखी। काम से फ़ारिग होकर जब लौटा तो क्या देखता हूँ कि साइकिल पर पुरानी गद्दी कसी हुई है, लेकिन नई ग़ायब है। मैं ग़रीब मुहाजिर हूँ। जिन साहब ने ली हो, मेहरबानी करके मुझे वायरस कर दे।"

मैं खूब हँसा और अख़बार तह करके अपनी जेब में रख लिया।

कुछ गज़ों के फ़ासले पर एक जली हुई दुकान दिखाई दी। उसके अंदर आदमी बर्फ़ की दो मोटी-मोटी सिलें रखे बैठा था। मैंने दिल में कहा, इस दुकान को आख़िर किसी तरह ठंडक पहुँच ही गई।

दो-तीन साइकिलें देखी। थोड़े-थोड़े अर्से के बाद मर्द चला रहे थे और एक-एक बुर्क़ापोश औरत पीछे कैरियर पर बैठी थी। पाँच-छ: मिनट के बाद एक और किस्म की साइकिल नज़र आई लेकिन अब बुर्क़ापोश औरत आगे हैंडिल पर बैठी थी। अचानक ख़रबूज़े के छिलके पर से साइकिल फिसली, सवार ने ब्रेक दबाए। फिसलने और ब्रेक के दोहरे

अमल में साइकिल उलटकर गिरी। मैं मदद के लिए दौड़ा। मर्द औरत के बुर्के़ में लिपटा हुआ और औरत बेचारी साइकिल के नीचे दबी हुई थी। मैंने साइकिल हटाई और उसको सहारा देकर उठाया। मर्द ने बुर्के़ में से मुँह निकालकर मेरी तरफ देखा और कहा–"आप तशरीफ़ ले जाइए। हमें आपकी मदद की ज़रूरत नहीं।"

यह कहकर वह उठा और औरत के सिर पर औंधा-सीधा बुर्का अटकाया और उसको हैंडिल पर बिठा यह जा, वह जा। मैंने दिल में सोचा कि आगे सड़क पर ख़रबूज़े का कोई और छिलका पड़ा हुआ न हो।

थोड़ी ही दूर दीवार पर एक इश्तिहार देखा, जिसका शीर्षक बहुत ही अर्थपूर्ण था–"मुसलमान औरत और पर्दा।"

बहुत आगे निकल गया। जगह जानी-पहचानी थी, मगर वह बुत कहाँ था जो मैं देखा करता था। मैंने एक आदमी से, जो घास के तख़्ते पर आराम फ़रमा रहा था, पूछा–"क्यों साहब यहाँ एक बुत होता था, वह कहाँ गया?"

आराम फ़रमाने वाले ने आँखें खोली और कहा, "चला गया।"

"चला गया? आपका मतलब है, अपने-आप चला गया?"

वह मुस्कराया, "नहीं, उसे ले गए।"

मैंने पूछा, "कौन?"

जवाब मिला, "जिनका था।"

मैंने दिल में कहा–लो, अब बुत भी हिजरत करने लगे। एक दिन वह भी आएगा, जब लोग अपने मुर्दे को भी कब्रों से उखाड़कर ले जाएँगे।

यही सोचते हुए क़दम उठाने वाला था कि एक साहब ने, जो मेरी ही तरह टहल रहे थे मुझसे कहा, "बुत कही गया नहीं, यहीं है और महफूज़ है।" मैंने पूछा, "कहाँ?" उन्होंने जबाव दिया, "अजायबघर में।" मैंने दिल में दुआ माँगी–ख़ुदा, वह दिन लाइयो कि हम सब अजायबघर में रखे जाने के क़ाबिल हो जाएँ।

फुटपाथ पर एक देहलवी मुहाजिर अपने साहबजादे के साथ सैर फरमा रहे थे। साहबजादे ने उनसे कहा, "अब्बाजान, हम आज छोले खाएँगे।"

अब्बाजान के कान सुर्ख़ हो गए, "क्या कहा?"

साहबजादे ने जवाब दिया, "हम आज छोले खाएँगे।"

अब्बाजान के कान सुर्ख़ हो गए, "छोले क्या हुआ, चने कहो।"

साहबजादे ने बड़ी मासूमी से कहा, "नहीं अब्बाजान, चने दिल्ली में होते हैं। यहाँ सब छोले ही खाते हैं।"

अब्बाजान के कान अपनी असली हालत पर आ गए।

मैं टहलता-टहलता लॉरेंस बाग़ पहुँच गया। वही बाग़ था पुराना, लेकिन वह चहल-पहल नहीं थी। औरतें तो क़रीब-क़रीब बिलकुल ही ग़ायब थीं। फूल खिले हुए थे। कलियाँ चटक रही थीं। हल्की-फुल्की हवा में ख़ुशबुयें तैर रही थीं। मैंने सोचा, औरतों को क्या हुआ है जो घर में क़ैद हैं? ऐसा ख़ूबसूरत बाग़, इतना सुहावना मौसम, इसमें लुत्फ़ क्यों नहीं लेतीं? लेकिन मुझे फ़ौरन ही इस सवाल का जवाब मिल गया–जब मेरे कानों में एक बिलकुल भोंडे और बाज़ारू गाने की आवाज़ आई और जब मैंने लॉरेंस बाग़ की पगडंडियों पर फटी-फटी निगाहों वाले गोश्त बेहंगम लोथड़ों को धीमी चाल से चलते देखा, तो मुझे दुःख हुआ और यह दुःख और बढ़ गया, जब मैंने सोचा कि फूल बेकार खिल रहे हैं, कलियाँ बेमतलब चटक रही हैं। ये जो इनकी तरफ देखे बग़ैर चल रहे हैं, ये जो इनकी ख़ुशबू से बिलकुल बेख़बर हैं, क्या इनकी जगह इस बाग़ के बजाय कोई दिमाग़ी अस्पताल नहीं? कोई स्कूल नहीं, जहाँ इनके दिमाग़ों की बंद खिड़कियाँ खोली जाएँ? इनकी रूहों के जंग लगे ताले तोड़े जाएँ? अगर कोई ऐसा नहीं कर सकता, मेरा मतलब है, अगर इनसान का दिमाग़ मज़बूर है, इन इनसानों के मन का सुधार करने में तो क्या वह इन्हें चिड़ियाघर में नहीं रख सकता, जो लॉरेंस गार्डन में ही क़ायम है?

मेरी तबीयत खराब हो गई। बाग़ से बाहर निकल रहा था कि एक साहब ने पूछा–"क्यों साहब, यही जिन्ना बाग़ है?"

मैंने जवाब दिया, "जी नहीं, यह लॉरेंस बाग़ है।"

वे साहब मुस्कराए, "आप चिड़ियाघर से तशरीफ़ ला रहे हैं?"

"जी हाँ।"

वे साहब हँस पड़े, "जनाब, जब से पाकिस्तान क़ायम हुआ है इसका नाम जिन्ना बाग़ हो गया है।"

मैंने उनसे कहा "पाकिस्तान ज़िंदाबाद।"

वे और ज़्यादा हँसते हुए लॉरेंस बाग़ में चले गए और मुझे ऐसा मालूम हुआ कि मैं दोज़ख़ के बाहर निकला हूँ।

किर्चें और किर्चियाँ

"हिंदुस्तान के मशहूर निडर नेता के दाख़िले पर काश्मीर में पाबंदी लगा दी गयी।"

"और यह भी एक तमाशा है कि यह मशहूर और निडर लीडर ख़ुद काश्मीरी हैं।"

"सआदत हसन मंटो भी काश्मीरी है।"

"और उस पर तीन मुक़दमे अश्लीलता के अपराध में चल चुके हैं।"

"राजनीति भी अश्लील है।"

"हिंदुस्तान के मशहूर और निडर लीडर पर धारा 292 ताजीराते हिंद के तहत मुक़दमा चलाना चाहिए।"

"और सेशन में बरी कर देना चाहिए।"

"इसलिए कि अभी तक अश्लीलता का सही निश्चय नहीं हुआ।"

"और न अभी तक इसकी सही और निश्चित परिभाषा ही पता लगी है।"

"हिंदुस्तान के मशहूर और निडर नेता जो काश्मीरी हैं।"

"ज़िंदाबाद।"

"सआदत हसन मंटो।"

"हिंदुस्तान के मशहूर, निडर और जज़्बाती लीडर ने काश्मीर में अपने दाख़िले की पाबंदी के बावजूद धावा बोल दिया।"

"डोगरा हुकूमत होशियार बाश।"

"बा अदब, बा मुलाहिज़ा होशियार–निगाहें रूबरू।"

"राष्ट्रपति की सवारी आती है।"

"हम डोगरे नहीं–दोगुरे हैं–हमारे दो गुर हैं।"

"तुम दोगुरे हो–मगर गोरे नहीं जो हज़ार गुरे थे–तुम मुझे नहीं रोक सकते।"

"हम तो नहीं रोक सकते–लेकिन ये संगीने और किर्चें रोक सकती हैं। जो बनायी ही इसलिए गयी है।"

"ये क्यों बनायी गयी हैं?"

"मालूम नहीं–जिन्होंने बनायी हैं, उनसे पूछो।"

"तुम काश्मीरी हो?"

"हमें मालूम नहीं–हम सिर्फ़ डोगरे हैं–हम सिर्फ़ किर्चें हैं–हम सिर्फ़ वे हैं, जो हम नहीं हैं, लेकिन हमें तुम्हारे वजूद ने जन्म दिया है–तुम चले जाओ–वापस इलाहाबाद चले जाओ जहाँ के अमरूद बहुत मशहूर हैं–हम अपनी तेज़-तेज़ किर्चों से उन्हें काट-काटकर खाते रहे हैं–जाओ, वापस चले जाओ, ऐसा न हो कि हम तुम्हें भी इलाहाबादी अमरूद समझकर खा जाएँ।"

"मैं बड़ा जज़्बाती आदमी हूँ–मैं अमरूद भी बन जाऊँगा–मगर यहाँ नमरूद की ख़ुदाई नहीं देखूँगा–तुम्हारा महाराज नमरूद है–इलाहाबाद का अमरूद होने का उसे गर्व कभी हासिल नहीं हो सकता–मैं काश्मीरी हूँ, बब्बू-गोशा हूँ, ग्लास हूँ, सेब हूँ–मैं बड़ी से बड़ी चीज़ हूँ। यहाँ से बाहर निकलकर तमाम हिंदुस्तान से पूछो कि मैं कौन हूँ। मेरा बाप मोती था–बड़ा नायाब मोती–क्या तुम उसकी आब-व-ताब भूल गए हो?"

"जो बिंध गया सो मोती–क्या वह बिंध गया था?"

"वह बिंधा नहीं था, कई दफ़ा बाँधा गया था–उस को पीटा भी गया था।"

"तो वह मोती नहीं था–हमने उसकी ज्योति कभी नहीं देखी।"

"तुमने उसकी जूती भी नहीं देखी और न तुम इस लायक़ हो कि उसे देखो।"

"पकड़ लो।"

"पकड़ लो।"

"नहीं, संगीनों की नोक पर इसे रोक लो।"

"मैं इसकी परवाह नहीं करता।"

"उठाओ, इस सिरफिरे को, मोटर में डालो और काश्मीर की सरहद से बाहर छोड़ आओ।"

“हाँ, आदमी बुरा नहीं–हालाँकि बातें बहुत बुरी करता है।”

“जो हमें नहीं सिखायी गयीं।”

“पकड़ो।”

“डालो मोटर में।”

“और छोड़ आओ सरहद पर।”

“हिंदुस्तान के मशहूर, निडर और जज़्बाते लीडर को पकड़ो–बड़ी सावधानी के साथ–जिस तरह कि तुम बच्चे को उठाते हो। और यूँ समझो कि तुम इसे मोटर में नहीं बल्कि एक झूले में डाल रहे हो–झूला झुकाते हुए उसे वहीं छोड़ आओ जहाँ से उसने हमारी नींद हराम करने की ठानी थी–हम डोगरे हैं।”

“हम दोगुरे हैं।”

“हम हरीसिंह हैं।”

“हमने रम पी हुई है।”

“इसलिए हम बाआदब हैं, बामुलाहजा हैं–होशियार हैं।”

“राष्ट्रपति की सवारी वापस करो।”

“लो भई बँटवारा हो गया।”

“क्या बँटवारा हो गया?”

“बर्रे सग़ीर?”

“बर्रे सग़ीर?”

“किसने बँटवारा किया?”

“माफ़ करना, मैं हिंदू हूँ–मेरा मुल्क अब यह हिंदुस्तान है।”

“कौन-सा हिंदुस्तान?”

“जिसे रेड क्लिफ ने हमारे खाने में दर्ज किया है।”

“तो इसमें माफ़ी की क्या ज़रूरत थी?”

“ज़रूरत थी, मत बोलो–अब तुम हिंदू हो–तुम्हारी जुबान हिंदी होनी चाहिए।”

"मगर हमारे मुल्क के लँगोटधारी नेता ने कहा था-"

"वह मारा जाएगा।"

"उसे कौन मार सकता है?"

"हम मारेंगे।"

"तुम?"

"हमारी कौम में से कोई भी आदमी उठेगा और ऐसे फिरकापरस्त आदमी को हलाक कर देगा।"

"यह ज़रूर होना चाहिए।"

"यह ज़रूर होगा।"

"कब?"

"हो जाएगा अपने वक़्त पर।"

"वह वक़्त कब आएगा?"

"वक़्त के आने और ले जाने के सवाल पर कई बार गौर हो चुका है। मगर सुना है कि यह हुकूमत के अफ़्सरों के अधिकार की बात नहीं—सुना है कि एक रब है जो इस महकमे का बड़ा अफ़्सर है।"

"वह किसी को चूँ-चरा की इजाज़त नहीं देता और अपनी मनमानी करता है।"

"उसे सज़ा मिलनी चाहिए।"

"उनके लिए हमारे ताजीराते हिंद बिलकुल बेअसर है।"

"यह क्या हो रहा है, भाई साहब?"

"अस्सलाम-व' अलैकुम। "

"व'अलैकुम-अस्सलाम।"

"दुनिया की सबसे बड़ी इस्लामी हुकूमत वजूद में आ रही है।"

"सुना है, बिगुल काफ़ी बजे थे—पटाखे भी छूटे थे।"

"शबरात थी?"

"हर इंक़लाब एक शबरात होता है।"

“लेकिन हर शबरात इंक़लाब नहीं होती।”

“तुम बकवास करते हो–तुम–ऐसा मालूम होता है कि अभी सम्राजी बंधनों में गिरफ़्तार हो।”

“तुम बुर्जुआ हो–तुम्हें परोलतारियों से कोई निस्बत नहीं।”

“च निस्बत खाक राबा आलम-ए-पाक।”

“यह सआदत हसन मंटो नहीं बोल रहा।”

“जी, नहीं। उसको तो अर्सा हुआ मरे हुए उसका ठंडा गोश्त बोल रहा है।”

“कहाँ से?”

“क़ब्र से?”

“ऐसा क्योंकर हो सकता है–उसके ख़िलाफ तो फ़तवा दे चुके हैं कि काफ़िर है–काफ़िर की क़ब्र कैसे बन सकती है।”

“ख़ुद-ब-ख़ुद बन गई है।”

“गलत है–चारों दिशाओं में ऐलान कर दो कि यह उस ख़बीस की कब्र नहीं–किसी नामालूम दरवेश की है। जो सिर्फ़ अंदरूनी तौर पर अश्लील था और ख़ुफिया अंदाज़ में अपने इस मर्ज़ का इलाज करता रहा था।”

“ठीक है।”

“ठीक है।”

“बहुत ही ठीक तौर पर ठीक है।”

“ख़ुदा बख़्शिश करने वाला है।”

“ख़ुदा मंटो को भी इस नयामत से फायह दे।”

“आमीन।”

“आमीन।”

“यह तो जहन्नुम नहीं बहिश्त है।”

“–अगर फ़िरदौस बर-रू-ए-जमीं अस्त

हमीं अस्त ओ हमीं अस्त ओ हमीं अस्त।”

“दगादार डरा।”

“इसका क्या मतलब हुआ?”

“मतलब इसका वही कुछ है जो हम सबका मतलब है।”

“तो हम ज़रूर काश्मीर ले लेंगे।”

“ज़रूर–”

“यू० एन० ओ० फ़ैसला करेगी।”

“किसका?”

“हमारी क़िस्मत का।”

“पहले तो ऐसे फ़ैसले खुदा किया करता था।”

“अब ज़मीनी जन्नत का फ़ैसला ज़मीनी ‘देवता’ करेगा।”

“वह ज़मीनी ‘देवता’ कौन है?”

“उसके कई नाम हैं–उसका नाम रहीम हो सकता है। ग्राहम भी हो सकता है। यानी कि ग्राहम हुआ–अगर दोनों कौमों ने दोनों मुल्कों ने इसे मान लिया तो–”

“वरना?”

“वरना सब बकवास है।”

“मरहबा।”

“मरहबा।”

“ज़िंदाबाद।”

“जन्नत के हम हक़दार है।”

“ ‘यक़ीनन’–इसका हिंदी लफ़्ज़ क्या है–यह नेताजी आल इंडिया रेडियो से पूछकर बताएँगे–इसका मतलब उनकी समझ में आएगा या नहीं–इसके बारे में उन्होंने अभी तक कुछ नहीं कहा।”

“जन्नत को हम स्वर्ग कहते हैं नेता जी।”

“मैंने इसका नाम आज सुना है।”

“यह बड़ी अचरज की बात है।”

"यह 'अचरज' भी मैंने आज सुना है।"

"यह रेडियाई जुबान है–वह जुबान जो आपके होते हुए यहाँ पल रही है।"

"मैं बड़ा बदजुबान हूँ–मुझे इस जुबान से कोई सरोकार नहीं।"

"यह सरोकार क्या होता है?"

"इससे सरकार को कोई ताल्लुक नहीं–इससे सिर्फ़ मेरा ताल्लुक रहा है–मेरे सारे ख़ानदान का ताल्लुक–लेकिन तुम इस सब पर लानत भेजो–लेकिन मैं तुमसे साफ लफ़्ज़ों में कहना चाहता हूँ कि मुझे काश्मीर चाहिए–इसीलिए कि मैं वहाँ पैदा हुआ था।"

"मंटो वहाँ पैदा नहीं हुआ?"

"दुनिया का कोई इनसान वहाँ पैदा नहीं हुआ।"

"अगर कोई इनसान पैदा होता रहा है तो वह हमेशा काश्मीर से बाहर पैदा होता रहा है।"

"इसकी वजह?"

"क्यों?"

"ख़ुद काश्मीर से पूछो।"

"ख़ुद पैदा होने वाले से पूछो।"

"ख़ुद पैदा करने वाले से पूछो।"

"यह बड़ी अजीबोगरीब बात है।"

"इस अजीबोगरीब बात का दूसरा नाम यू० एन० ओ० है।"

"यह भी काफ़ी अजीबोगरीब नाम है।"

"अजीबोगरीब का नाम ही सियासत है।"

"और उसका दूसरा नाम सआदत।"

"ई सआदत बजोरे बाजू नीस्त

तानाह बख़्शद-ख़ुदा-ए-काश्मीरी।"

“लेकिन अफसोस कि वह ‘हातो’ नहीं।”

“डॉ. ग्राहम ज़िंदाबाद।”

“मुर्दाबाद।”

“साला कुछ करता ही नहीं है।”

“नहीं यार–रिपोर्टें लिखता है–और यह बड़ा मुश्किल काम है।”

“मुश्किलें ज़िंदाबाद।”

“आज़ाद काश्मीर ज़िंदाबाद।”

“जन्नत के भी टुकड़े हुए हैं।

“आधा हमारा–आधा उनका।”

“नहीं, हम पूरा चाहते हैं।”

“साबुत और सालिम जन्नत।”

“हक्का कि बा अक़ूबत-ए-दोज़ख़ बराबर अस्त
रफ्तन वपाये मरवे हमसाया दर बहिस्त।”

“यह कौन है?”

“मंटो।”

“नहीं–शेख सादी–जो अपने वक़्त का मंटो था।”

योमे-इस्तकलाल

जब हिंदुस्तान के दो हिस्से हुए तो मैं बंबई में था। रेडियो पर क़ायदे आज़म और पंडित नेहरू के भाषण सुने। इसके बाद जब बँटवारा हो गया तो मैंने वह हंगामा भी देखा जो बंबई में मचा था।

इससे पहले हर रोज़ अख़बारों में हिंदू-मुस्लिम दंगों की ख़बरें पढ़ता रहता था। कभी पाँच हिंदू मर जाते तो कभी पाँच मुसलमान। जो भी हो, क़त्ल-व-ख़ून की माप औसतन बराबर ही रहती थी।

इस सिलसिले में एक लतीफ़ा भी सुन लीजिए। अख़बारवाला 'टाइम्स आफ इंडिया' सुबह बावर्चीख़ाने की खिड़की से फेंक जाया करता था। एक दिन (और वह दंगों का दिन था) अख़बारवाला आया और उसने दरवाज़े पर दस्तक दी। मैं बहुत हैरान हुआ। उठकर बाहर गया तो देखा कि कोई नया आदमी है। मैंने उससे पूछा, "वह अख़बारवाला कहाँ है, जो यहाँ आया करता है?"

उसने जवाब दिया, "साहब, वह मर गया है–कल कामटीपुरे में उसे छुरी घोंप दी गई–लेकिन मरने से पहले वह मुझसे कह गया कि फलाँ साहब के अख़बार पहुँचा दिया करो और उनसे पैसे भी वसूल कर लेना।"

उस वक़्त दिल पर जो गुजरी उसको मैं बयान नहीं कर सकता। उसके दूसरे दिन मैंने अपने मकान से लगी सड़क पर जिसका नाम क्लेयर रोड है, पेट्रोल पंप के पास एक हिंदू बर्फ़ बेचने वाले की लाश देखी।

उसकी बर्फ़ की हाथगाड़ी उसकी लाश के पास खड़ी थी। बर्फ़ की सिलों से पानी टपक रहा था। उसके ख़ून के ऐन ऊपर। ख़ून जम गया था और मालूम होता था कि 'जेली' का एक तोदा पड़ा है। वे दिन भी कुछ अजीब थे। हंगामे ही हंगामे थे। और इन हंगामों की कोख से दो मुल्कों को जन्म लेना था। आज़ाद हिंदुस्तान और आज़ाद पाकिस्तान को। एक अफ़रा-तफ़री मची थी। सैकड़ों अमीर मुसलमान हवाई जहाज़ों से उड़कर पाकिस्तान जा रहे थे ताकि वहाँ नई बनी इस्लामी हुकूमत का जश्न देखें। बाकी हज़ारों वहीं दुबके हुए थे। उन्हें डर था कोई आफ़त न आ जाए।

अगस्त 14 आई और बंबई जो यूँ भी जश्नों की दुल्हन कहलाती है नई नवेली दुल्हन की तरह सज गई। रोशनियों का एक सैलाब था जो 14 अगस्त की रात को बंबई शहर में बह गया था। रंग-रंग की रोशनियाँ! मेरा ख़याल है इतनी बिजली इस शहर ने कभी अपनी ज़िंदगी में खर्च नहीं की होगी।

बी० ई० एस० टी० (बम्बई इलेक्ट्रिक सलाई एण्ड ट्रामवे कम्पनी) ने एक ट्रामकार खास इस जश्न के लिए चारों तरफ बिजली के कुमकुमों से सजाई हुई थी। कुछ इस तौर पर कि कांग्रेस के तिरंगे झंडे बन गए थे। यह सारी रात शहर में घूमती रही।

बड़ी-बड़ी बिल्डिंगें भी रोशनियों से जगमगा रही थीं। अंग्रेज़ी दुकानों ने खास इंतज़ाम कर रखा था। व्हाइट वेज़्ज़ और ऐवान-ए-फ़्रिजिज की सजधज देखने के क़ाबिल थी।

अब आप भिंडी बाज़ार की सुनिए। यह बंबई का मशहूर बाज़ार है जो बंबई जी जुबान में मियाँ भाइयों यानी मुसलमानों का इलाका है। इसमें असंख्य होटल और रेस्तराँ है। किसी का नाम बिस्मिल्लाह और किसी का नाम सुबहान अल्लाह। सारा क़ुरआन इस बाज़ार में खत्म हो गया है। लेकिन 'नाऊज बिल्लाह' नाम का कोई रेस्तराँ या होटल मौजूद नहीं।

वह बाज़ार बंबई का पाकिस्तान था। हिंदू अपने हिंदुस्तान की आज़ादी की खुशियाँ मना रहे थे और मुसलमान अपने आज़ाद पाकिस्तान की और मैं हैरान था कि यह सब क्या हो रहा है। भिंडी बाजार में जहाँ हिंदुओं की दुकानें थीं उन पर तिरंगे लहरा रहे थे। बाकी जहाँ देखो इस्लामी झंडे थे।

मैं सुबह भिंडी बाज़ार गया तो मैंने एक अजीब नज़ारा देखा। सारा बाज़ार हरी झंडियों से अटा पड़ा था। एक रेस्तराँ के बाहर कायदे आजम की पेंटिंग (जो संभवत: किसी अनाड़ी ने बनाई थी) शोख रंगों में लटक रही थी। और दो बिजली के पंखों का रुख उसकी तरफ था।

जो भी हो मुझे वह नज़ारा कभी न भूलाए भूलेगा। मुसलमान बहुत खुश थे कि उन्हें पाकिस्तान मिल गया है। पाकिस्तान कहाँ है, क्या है? यह उनको कतई मालूम नहीं था। बस वे खुश थे। इसलिए कि उनको बहुत देर के बाद खुशी का एक मौका मिला था।

रामपुरी दादा रेस्तराओं में कई-कई कप चाय के पिए जा रहे थे और पासिंग शो सिगरेट भी और पाकिस्तान बनने की ख़ुशी मना रहे थे। कालाकांडी और सलेंकि की सुपारी के पान धड़ाधड़ आ रहे थे और बाहर वाले की अँगुलियों पर चूना भी।

मैं हैरान था कि यह क्या हो रहा है। लेकिन सबसे हैरत में डालने वाली बात यह थी कि 14 अगस्त को बंबई में कोई ख़ून नहीं हुआ। लोग आज़ादी हासिल करने की ख़ुशी में मगन थे। यह आज़ादी क्या थी, क्योंकर हासिल हुई और आज़ाद होकर उनकी ज़िंदगी में क्या तब्दीली होगी, इसके बारे में कोई भी नहीं जानता था।

एक तरफ 'पाकिस्तान ज़िंदाबाद' के नारे गूँजते थे, दूसरी तरफ 'हिंदुस्तान ज़िंदाबाद' के। अब कुछ लतीफ़े पाकिस्तान के विषय में सुनिए जो कि हमारी नयी पैदा हुई इस्लामी हुकूमत है। पिछले साल यौमे-इस्तकलाल पर एक साहब सूखा हुआ दरख़्त काटकर घर ले जाने की कोशिश कर रहे थे। मैंने उनसे कहा, "यह आप क्या कर रहे हैं। यह दरख़्त काटने का आपको कोई हक़ नहीं।" आपने फ़रमाया, "यह पाकिस्तान है। यह माल हमारा है।" मैं ख़ामोश हो गया।

हमारा मुहल्ला किसी ज़माने में, उस ज़माने में बँटवारा नहीं हुआ था, बड़ी ख़ूबसूरत जगह थी। अब यह हाल है कि वह गोल जगह जहाँ किसी ज़माने में घास के तख़्ते थे, अब बिलकुल उजाड़ है। वहाँ नंगे बच्चे दिन-रात गालियाँ बकते और वाहियात खेल खेलते रहते हैं। मेरी एक बच्ची की एक बड़ी गेंद ग़ायब हो गई। मैंने सोचा कहीं घर में होगी। लेकिन चौथे दिन कुछ बच्चों को उनमें खेलते देखा। जब उनसे पूछा गया तो उन्होंने, "यह हमारी है। एक रुपये चार आने में ख़रीदी थी।"

लतीफ़ा यह है कि उस गेंद की क़ीमत चार रुपया पंद्रह आना थी।

पाकिस्तान में लड़ाई नहीं हो सकती, इसलिए मैंने उससे हाथ खींच लिया और अपनी बच्ची की गेंद उन्हीं के पास रहने दी, कि ये उनका हक़ था।

इसी जगह का एक और ज़िक्र करना चाहता हूँ। एक साहब बाहर फ़र्श पर से ईंटें उखाड़ रहे थे। मैंने उनसे कहा, "भाई ऐसा न करते। यह बहुत ज़्यादती है।"

आपने फ़रमाया, "पाकिस्तान है। तुम कौन हो मुझे रोकने वाले।" मैं ख़ामोश हो गया।

मैंने एक रेडियो मरम्मत करने वाले को अपना रेडियो मरम्मत के लिए दिया। याद्दाश्त कमज़ोर होने से भूल गया कि उसके पास जाना है। एक महीने बाद याद आया। जब उसके पास गया तो उसने कहा, "तुम इतने दिन नहीं आए। मैंने तुम्हारा रेडियो बेच दिया और अपनी उजरत वसूल कर ली है।"

पिछले से पिछले साल यौमे-इस्तकलाल से एक दिन पहले मुझे नोटिस मिला कि तुम गैर-ज़रूरी आदमी हो। वजह बताओ कि तुम्हें क्यों न तुम्हारे क़ाबिज मकान से बेदख़ल कर दिया जाए।

अगर मैं गैर-ज़रूरी आदमी हूँ तो हुकूमत को भी यह विशेष हक़ हासिल है कि वह मुझे प्लेग का चूहा करार देकर पकड़ ले और नष्ट कर दे। लेकिन मैं अभी तक बचा हुआ हूँ।

आख़िर में एक बहुत बड़ा लतीफ़ा बताना चाहता हूँ। जब पाकिस्तान बनने के ठीक बाद मैं कराची आया तो वहाँ एक हुल्लड़ मचा हुआ था। मैंने चाहा कि फ़ौरन लाहौर का रुख करूँ। चुनांचे मैं रेलवे स्टेशन गया और बुकिंग क्लर्क से कहा कि मुझे एक टिकट फर्स्ट क्लास का लाहौर के लिए चाहिए।

उसने जवाब दिया, "यह टिकट आपको नहीं मिल सकता। इसलिए कि सब सीटें बुक हैं।"

मैं बंबई के माहौल का आदी था जहाँ हर चीज ब्लैक मार्केट में मिल सकती है। मैंने उससे कहा, "भई, तुम कुछ रुपये ज़्यादह ले लो।"

उसने बड़ी संजीदगी और बड़ी मलामत-भरे लहजे में मुझसे कहा, "यह पाकिस्तान है—मैं इससे पहले ऐसा काम करता रहा हूँ मगर अब नहीं कर सकता। सीटें सब बुक हैं। आपको टिकट किसी भी क़ीमत पर कभी नहीं मिल सकता।

और मुझे टिकट किसी क़ीमत पर नहीं मिला।

नारा

उसे यों महसूस हुआ कि पत्थर की उस इमारत की सातों मंज़िलें उसके कंधों पर धर दी गयी हैं।

वह सातवीं मंज़िल से एक-एक सीढ़ी करके नीचे उतरा और उन तमाम मंज़िलों का बोझ उसके चौड़े लेकिन कमज़ोर कंधों पर सवार होता गया। जब वह मकान-मालिक से मिलने के लिए ऊपर चढ़ रहा था तो उसे ऐसा लगा था कि उसका बोझ कुछ हल्का हो गया है और कुछ हल्का हो जाएगा। इसलिए कि उसने अपने मन में सोचा था कि मकान-मालिक को वह 'सेठ' के नाम से पुकारता है, उसकी मुसीबत ज़रूर सुनेगा और किराया चुकाने के लिए उसे एक महीने की मोहलत बख़्श देगा। बख़्श देगा—यह सोचते हुए उनके अभिमान को ठेस लगी थी, लेकिन फ़ौरन ही उसको असलियत मालूम हो गया थी। वह भीख माँगने ही तो जा रहा था और भीख हाथ फैलाकर, आँखों में आँसू भरकर, अपने दुख-दर्द सुनाकर और अपने घाव दिखाकर ही माँगी जाती है।

उसने यही कुछ किया। जब वह इमारत के बड़े दरवाज़े में दाख़िल होने लगा तो उसने अपने गुरूर को, उस चीज़ को, जो भीख माँगने में आम तौर पर रुकावट पैदा किया करती है, निकालकर, फुटपाथ पर डाल दिया था।

वह अपना दीया बुझाकर अपने आपको अँधेरे में लपेटकर मकान-मालिक के उस जगमगाते कमरे में दाख़िल हुआ, जहाँ 'सेठ' अपनी दो बिल्डिंगों का किराया वसूल करता था और हाथ जोड़कर एक तरफ खड़ा हो गया। सेठ के तिलक लगे माथे पर कई सिलवटें पड़ गयीं। उसका बालों-भरा हाथ एक मोटी-सी कापी की ओर बढ़ा। दो बड़ी-बड़ी आँखों ने उस कॉपी पर कुछ अल्फ़ाज़ पढ़े और भद्दी-सी आवाज़ गूँजी—

"केशव लाल...पाँचवी खोली, दूसरा माला...दो महीने का किराया...ले आए हो क्या?"

यह सुनकर उसने अपना दिल, जिसके सारे पुराने और नये ज़ख़्म, सीढ़ियाँ चढ़ते हुए, वह कुरेद-कुरेद कर हरे कर चुका था, सेठ को दिखाने चाहे। उसे

पूरा यक़ीन था कि उसे देखकर उसके मन में ज़रूर हमदर्दी हो जाएगी। पर...
सेठजी ने कुछ न सुनना चाहा और उसके सीने में एक हुल्लड़-सा मच गया।

सेठ के मन में हमदर्दी जगाने के लिए उसने अपने वे सारे दुख, जो बीत चुके थे, बीतते दिनों की गहरी खाई से निकालकर अपने दिल में भर लिये थे और कुछ वक़्त पहले मिट चुके उन तमाम ज़ख़्मों की जलन उसने बड़ी मुश्किल से इकट्ठी करके, अपनी छाती में जमा की थी। अब उसकी समझ में नहीं आता था कि इतनी चीज़ों को कैसे संभाले।

उसके घर में बिन-बुलाए मेहमान आ गए होते तो वह उनसे बड़े रूखेपन के साथ कह सकता था-जाओ भई जाओ। मेरे पास इतनी जगह नहीं है कि तुम्हें बिठा सकूँ और न मेरे पास रुपया है कि तुम सब की ख़ातिर-तवज्जोह कर सकूँ। पर यहाँ तो मामला ही दूसरा था। उसने तो अपने भूले-भटके दुखों को इधर-उधर से पकड़कर, ख़ुद ही अपने सीने में जमा किया था। अब भला वे बाहर निकल सकते थे?

हड़बड़ाहट में उसे कुछ पता न चला कि उसकी छाती में कितनी चीज़ें भर गयी हैं। पर जैसे-जैसे उसने सोचना शुरू किया, वह पहचानने लगा कि अमुक दुख, अमुक वक़्त का है और दर्द उसे अमुक वक़्त पर हुआ था। और जब यह सोच-विचार शुरू हुआ तो याद ने बढ़कर वह धुँध हटा दी जो इनमें लिपटी हुई थी और कल के तमाम दुख-दर्द आज की तकलीफ़ें बन गए और उसने अपनी ज़िंदगी की बासी रोटियाँ फिर अंगारों पर सेंकनी शुरू कर दीं।

उसने सोचा, थोड़े-से समय में बहुत कुछ सोचा। उसके घर का अंधा लैम्प कई बार बिजली के उस बल्ब से टकराया, जो मकान-मालिक के गंजे सिर के ऊपर मुस्करा रहा था। कई बार उसके पैबंद-लगे कपड़े उन खूँटियों पर, जो दीवार में गड़ी चमक रही थी, लटककर, फिर उसके मैले बदन से चिपट गए। कई बार उसे अन्नदाता भगवान का ध्यान आया, जो बहुत दूर न जाने कहा बैठा, अपने बंदों का ख़याल रखता है। पर अपने सामने सेठ को कुर्सी पर बैठा देखकर, जिसके कलम की एक हरकत कुछ-का-कुछ कर सकती थी, वह उस बारे में कुछ भी न सोच सका। कई बार उसे ख़याल आया और वह सोचने लगा कि उसे क्या ख़याल आया था, पर वह उसके

पीछे भाग-दौड़ न कर सका। वह बेहद घबरा गया था। उसने आज तक अपने सीने में इतनी खलबली पहले कभी महसूस नहीं की थी।

वह खलबली पर अभी ताज्जुब ही कर रहा था कि मकान-मालिक ने गुस्से में आकर उसे गाली दी—गाली...यों समझिए कि कानों के रास्ते पिघला हुआ सीसा शाँय-शाँय करता, उसके दिल में उतर गया और उसके सीने के अंदर जो हुल्लड़ मच गया, उसका तो कुछ ठिकाना ही नहीं था। जिस तरह किसी गर्मा-गर्म जलसे में किसी की शरारत से भगदड़ मच जाया करती है, ठीक उसी तरह, उसके मन में हलचल पैदा हो गयी। उसने बहुत जतन किए कि उसके वे दुख-दर्द जो उसने सेठ को दिखाने के लिए इकट्ठे किए थे, चुपचाप रहें; पर कुछ न हो सका। सेठ के मुँह से गाली का निकलना था कि सबके सब बेचैन हो गए और अंधाधुंध एक-दूसरे के साथ टकराने लगे। अब वह इस नयी तकलीफ़ को न सह सका और उसकी आँखों में, जो पहले ही से तप रही थी, आँसू आ गए, जिससे उनकी गर्मी और भी बढ़ गयी और उनसे धुआँ निकलने लगा।

उसके मन में आया कि उस गाली को, जिसे वह बड़ी हद तक निगल चुका था, सेठ के झुरियों पड़े चेहरे पर कै की तरह उगल दे, पर वह इस ख़याल से बाज आ गया, क्योंकि उसका गुरूर तो बाहर फुटपाथ पर पड़ा था। अपोलो बन्दर पर नमक लगी मूँगफली बेचने वाले का गुरूर—उसकी आँखें हँस रही थीं और उनके आगे नमक लगी मूँगफली के वे सारे दाने, जो उसके घर में एक थैले के अंदर, बरसात की वजह से गीले हो रहे थे, नाचने लगे।

उसकी आँखें हँसी, उसका दिल भी हँसा। यह सब कुछ हुआ पर वह कड़वाहट दूर न हुई, जो उसके गले में सेठ ने गाली पैदा कर दी थी। वह कड़वाहट अगर सिर्फ़ जुबान पर होती तो वह उसे थूक देता, पर वह तो बुरी तरह उसके गले में अटक गयी थी और निकाले न निकलती थी। फिर एक अजीब क़िस्म का दुख, जो उस गाली ने पैदा कर दिया था, उसकी घबराहट को और भी बढ़ा रहा था। उसे यूँ महसूस होता था कि उसकी आँखें, जो सेठ के सामने रोना बेकार समझती थीं, उसके सीने के अंदर उतरकर आँसू बहा रही है, जहाँ हर चीज़ पहले ही से दुख में डूबी हुई थी।

सेठ ने उसे फिर गाली दी। उतनी ही मोटी, जितनी सेठ की चर्बी-भरी गर्दन थी। और उसे ऐसा लगा कि किसी ने ऊपर से उस पर कूड़ा-करकट फेंक दिया है। चुनांचे उसका एक हाथ अपने आप चेहरे की हिफ़ाज़त के लिए बढ़ा। पर उस गाली की सारी गर्द उस पर फैल चुकी थी। उसे कुछ पता न था–वह सिर्फ़ इतना जानता था कि ऐसे हालात में किसी बात की सुध-बुध नहीं रहा करती।

वह जब नीचे उतरा तो ऐसा महसूस हुआ कि पत्थर की उस इमारत की सातों मंज़िलें उसके कंधे पर धर दी गयी हैं।

एक नहीं, दो गालियाँ...बार-बार ये गालियाँ, जो सेठ ने पान की पीक की तरह अपने मुँह से उगल दी थीं, उसके कानों के पास ज़हरीली बर्रों की तरह भिनभिनाना शुरू कर देती थीं और वह बेहद बेचैन हो जाता था। वह कैसे उस...उस...उसकी समझ में नहीं आता था कि इस गड़बड़ का नाम क्या रखे, जो उसके दिल और दिमाग़ में उन गालियों ने मचा रखी थी–यह कैसे उस ताप को दूर कर सकता था, जिसमें वह फुँका जा रहा था। कैसे? पर वह सोच-विचार के क़ाबिल भी तो नहीं रहा था। उसका दिल-दिमाग़ तो उस समय एक ऐसा अखाड़ा बना हुआ था, जिसमें बहुत-से पहलवान कुश्ती लड़ रहे हों। जो भी ख़याल वहाँ पैदा होता, किसी दूसरे ख़याल से, जो पहले ही से यहाँ मौजूद होता भिड़ जाता और वह कुछ सोच न सकता।

चलते-चलते, जब एकाएक उसके दुख, कै के रूप में, बाहर निकलने को थे, उसके मन में आया। मन में क्या आया, मजबूरी की हालत में वह उस आदमी को रोककर, जो लंबे-लंबे डग भरता उसके पास से गुज़र रहा था, यह कहने ही वाला था–'भैया, मैं मरीज़ हूँ' पर जब उसने राह चलते आदमी की शक्ल देखी तो बिजली का वह खम्भा, जो उसके पास ही ज़मीन में गड़ा था, उसे उस आदमी से कहीं ज़्यादा रहम-दिल दिखायी दिया और जो कुछ वह अपने अंदर से बाहर निकालने वाला था, एक-एक घूँट करके फिर निगल गया।

फुटपाथ में चौकोर पत्थर एक तरतीब के साथ जुड़े थे। वह उन पत्थरों पर चल रहा था। आज तक कभी उसने उनकी सख़्ती महसूस न की थी, पर आज उनकी कठोरता उसके दिल तक पहुँच रही थी। फुटपाथ का हर पत्थर, जिस पर उसके क़दम पड़े थे, उसके दिल के साथ टकरा रहा था।

सेठ के मकान से निकलकर, अभी वह थोड़ी ही दूर गया होगा कि उसका जोड़-जोड़ ढीला हो गया।

चलते-चलते, उसकी टक्कर एक लड़के से हुई और उसे ऐसा लगा, मानो वह टूट गया है। इसलिए उसने झट उस आदमी की तरह, जिसकी झोली से बेर गिर रहे थे, इधर-उधर अपने हाथ फैलाए और अपने आपको इकट्ठा करके हौले-हौले चलना शुरू किया।

उसका दिमाग़ उसकी टाँगों के मुक़ाबले में ज्यादा तेज़ी के साथ चल रहा था। चुनांचे कभी-कभी चलते-चलते, उसे यह महसूस होता था कि उसका निचला धड़, सारा-का-सारा बहुत पीछे रह गया है और दिमाग़ बहुत आगे निकल गया है। कई बार उसे इस ख़याल से ठहरना पड़ा कि दोनों चीज़ें एक-दूसरे के साथ-साथ हो जाएँ।

वह फुटपाथ पर चल रहा था, जिसके उस तरफ, सड़क पर, पों-पों करती मोटरों का ताँता बँधा हुआ था। घोड़ा-गाड़ियाँ, ट्रामें, भारी-भरकम ट्रक, लारियाँ—ये सब सड़क की काली छाती पर दनदनाती हुई चल रही थीं। एक शोर मचा हुआ था, पर उसके कानों को कुछ सुनाई न देता था। वे तो पहले ही शाँय-शाँय कर रहे थे, जैसे रेलगाड़ी का इंजन फालतू भाप बाहर निकाल रहा हो।

चलते-चलते, एक लँगड़े कुत्ते से उसकी टक्कर हुई। कुत्ते ने, इस ख़याल से कि शायद उसका ज़ख़्मी पैर कुचल दिया गया है, 'चाँऊ' किया और परे हट गया। वह समझा कि, सेठ ने उसे फिर गाली दी है।...गाली...गाली ठीक इसी तरह उससे उलझकर रह गयी थी, जैसे झड़बेरी के काँटों में कोई कपड़ा। वह अपने आपको छुड़ाने की जितनी कोशिश करता था, उतनी ही ज्यादा उसकी रूह ज़ख़्मी होती जा रही थी।

उसे उस नमक-लगी मूँगफली का ख़याल नहीं था, जो उसके घर में बारिश की वजह से गीली हो रही थी और न उसे रोटी-कपड़े का ख़याल था। उसकी उम्र तीस बरस के क़रीब थी और इन तीस बरसों में, जिनमें भगवान जाने कितने दिन होते हैं, वह कभी भूखा न सोया था, न कभी नंगा ही फिरा था। उसे सिर्फ़ इस बात का दुख था कि उसे हर महीने किराया देना पड़ता था। वह अपना और अपने बाल-बच्चों का पेट भरे, उस बकरे जैसी दाढ़ी वाले हकीम की दवाइयों के दाम दे, शाम को ताड़ी की एक बोतल के लिए

दुअन्नी पैदा करे या उस गंजे सेठ के मकान के कमरे का किराया अदा करे! मकानों और किरायों की फिलासफ़ी उसकी समझ से सदा ऊँची रही थी। वह जब भी दस रुपये गिनकर सेठ या उसके मुनीम की हथेली पर रखता तो समझता था कि उससे यह रकम जबरदस्ती छीन ली गयी है और अब अगर वह पाँच बरस तक बराबर किराया देते रहने के बाद सिर्फ़ दो महीने का किराया चुकता न कर सका तो क्या सेठ को इस बात का हक़ हासिल हो गया कि वह उसे गाली दे? सबसे बड़ी बात तो यही थी, जो उसे खाए जा रही थी। उसे इन बीस रुपयों की परवाह नहीं थी, जो उसे आज नहीं तो कल चुका देने थे वह उन दो गालियों के बारे में सोच रहा था, जो उन बीस रुपयों के बीच में से निकली थी। न वह बीस रुपयों का कर्जदार होता और सेठ के कुठाली जैसे मुँह से यह गंदगी बाहर निकलती।

मान लिया, वह धनवान था। उसके पास दो बिल्डिंगें थीं, जिनके एक सौ चौबीस कमरों का किराया उसको आता था। पर उन एक सौ चौबीस कमरों में जितने लोग रहते हैं, वे उसके गुलाम तो नहीं? और अगर गुलाम भी हैं तो वह उन्हें गाली कैसे दे सकता है?

ठीक है, उसे किराया चाहिए, पर मैं कहाँ से लाऊँ? पाँच बरस तक उसको देता ही रहा हूँ। जब होगा, दे दूँगा। पिछले बरस, बरसात का सारा पानी हम पर टपकता रहा, पर मैंने उसे कभी गाली न दी, हालाँकि मुझे उससे कई ज्यादा गंदी गालियाँ याद हैं। मैंने सेठ जी से हज़ार बार कहा कि मेरी सीढ़ी का डंडा टूट गया है, उसे बनवा दीजिए, पर मेरी एक न सुनी गयी। मेरी फूल-सी बच्ची गिरी। उसका दाहिना हाथ हमेशा के लिए बेकार हो गया। मैं गालियों की जगह, उसे कोस सकता था, पर मुझे इसका ध्यान ही नहीं आया।...और दो महीने का किराया न चुकाने पर मैं गालियों के क़ाबिल हो गया। उसको यह ध्यान तक न आया कि उसके बच्चे अपोलो बन्दर पर मेरे थैले से मुट्ठियाँ भर-भरकर के मूँगफली खाते हैं।

इसमें कोई शक नहीं कि उसके पास इतनी दौलत नहीं थी, जितनी कि दो बिल्डिंगों वाले उस सेठ के पास थी और ऐसे लोग भी होंगे, जिनके पास उससे भी ज्यादा दौलत होगी। पर वह ग़रीब कैसे हो गया? उसे ग़रीब समझकर ही तो गाली दी गयी थी। नहीं तो उस गंजे सेठ की क्या मजाल थी

कि कुर्सी पर बड़े इत्मीनान से बैठकर उसे दो गालियाँ सुना देता। जैसे किसी के पास दौलत का न होना बहुत बुरी बात है। अब यह उसका कसूर नहीं था कि उसके पास दौलत की कमी थी। सच पूछिए तो उसने कभी धन-दौलत के सपने देखे ही न थे। वह अपने हाल पर मस्त था। उसकी जिंदगी बड़े मज़े से गुज़र रही थी। पर पिछले महीने एकाएक उसकी बीवी बीमार पड़ गयी और उसकी दवा-दारू पर वे तमाम रुपये खर्च हो गए, जो किराये में जाने वाले थे। अगर वह ख़ुद बीमार होता तो मुमकिन था वह दवाओं पर रुपया खर्च न करता। लेकिन यहाँ तो उसके होने वाले बच्चे की बात थी जो अपनी माँ के पेट ही में था। उसको औलाद बहुत प्यारी थी—जो पैदा हो चुकी थी और जो पैदा होने वाली थी—सबकी सब उसे प्यारी थीं। वह कैसे अपनी बीवी का इलाज न कराता? क्या वह उस बच्चे का बाप न था? यह तो सिर्फ़ दो महीने के किराये की बात थी। अगर उसे अपने बच्चे के लिए चोरी भी करनी पड़ती तो वह कभी न चूकता।

चोरी! नहीं-नहीं, वह चोरी कभी न करता—यों समझिए कि वह अपने बच्चे के लिए बड़े-से-बड़ी कुर्बानी करने के लिए तैयार था, पर वह चोरी कभी न करता—वह अपनी छिपी हुई चीज़ वापिस लेने के लिए लड़ने-मरने को तैयार था, पर वह चोरी न कर सकता था।

अगर वह चाहता तो उस वक़्त जब सेठ ने उसे गाली दी थी, आगे बढ़कर उसका टेंटुआ दबा देता और उस तिजोरी में से वे तमाम नीले और हरे नोट निकालकर भाग जाता, जिनको वह आज तक लाजवंती के पत्ते समझा करता था...नहीं-नहीं, वह ऐसा कभी न करता। लेकिन फिर उस सेठ ने उसे गाली क्यों दी?...पिछले बरस, चौपाटी पर एक ग्राहक ने उसे गाली दी थी इसलिए कि दो पैसे की मूँगफली में चार दाने कड़वे चले गए थे और उसके जवाब में उसने उसकी गर्दन पर ऐसी धौल जमायी थी कि दूर बेंच पर बैठे आदमियों ने उसकी आवाज़ सुन ली थी। पर सेठ ने उसे दो गालियाँ दीं और वह चुप रहा। ख़ामोश सुनता रहा। केशव लाल, खारी सींग वाला जिसके बारे में मशहूर था कि वह नाक पर मक्खी भी नहीं बैठने देता।...सेठ ने एक गाली दी और वह कुछ न बोला...दूसरी गाली दी, तब भी वह चुप रहा, जैसे वह मिट्टी का पुतला है...वह मिट्टी का पुतला कैसे हुआ? उसने उन दो गालियों

को सेठ के थूक-भरे मुँह से निकलते देखा, जैसे बड़े-बड़े चूहे मोरियों से बाहर निकलते हैं। वह जान-बूझकर चुप रहा इसलिए कि वह अपना गुरूर नीचे छोड़ आया था। पर उसने अपना गुरूर अपने से क्यों अलग किया—सेठ से गालियाँ खाने के लिए?

यह सोचते हुए उसे एकाएक ख़याल आया कि शायद सेठ ने उसे नहीं, किसी और को गालियाँ दी थीं...नहीं-नहीं गालियाँ उसे ही दी गयी थीं। इसलिए कि दो महीने का किराया उसी की तरफ निकलता था। अगर उसे गालियाँ न दी गयी होतीं तो इस सोच-विचार की ज़रूरत ही क्या थी, और यह जो सीने में हुल्लड़-सा मच रहा था, क्या अकारण उसे दुख दे रहा था? उसी को वे गालियाँ दी गयी थीं।

जब उसके सामने एक मोटर ने अपने माथे की बत्तियाँ रोशन की तो उसे ऐसा लगा कि वे दो गालियाँ पिघलकर, उसकी आँखों में धँस गयी हैं।... गालियाँ...गालियाँ...वह झुँझला गया। वह जितनी कोशिश करता था कि उन गालियों के बारे में न सोचे, उतनी ही शिद्दत से उसे उनके बारे में सोचना पड़ता था और यह मजबूरी उसे बहुत चिड़चिड़ा बना रही थी, चुनांचे उस चिड़चिड़ेपन में उसने ख़्वाहमख़्वाह दो-तीन आदमियों को, जो उसके पास से गुज़र रहे थे, मन-ही-मन गालियाँ दीं "यों अकड़ के चल रहे हैं, जैसे इनके बाबा का राज है।"

अगर उसका राज होता तो वह उस सेठ को मज़ा चखा देता, उसे ऊपर-तले दो गालियाँ सुनाकर अपने घर में यों आराम से बैठा था, जैसे उसने अपनी गद्देदार कुर्सी में से दो खटमल निकाल कर बाहर फेंक दिए हों। सचमुच अगर उसका अपना राज होता तो वह चौक में बहुत-से लोगों को इकट्ठा करके सेठ को बीच में खड़ा कर देता और उसकी गंजी चँदिया पर इतने ज़ोर से धप्पा मारता कि सेठ बिलबिला उठता। फिर वह सब लोगों से कहता कि हँसो, जी भर के हँसो और ख़ुद इतना हँसता कि हँसते-हँसते उसका पेट दुखने लगता।...पर उस समय उसे बिलकुल हँसी नहीं आ रही थी।...क्यों?...अपना राज न होने पर भी तो वह सेठ के गंजे सिर पर धप्पा मार सकता था। उसे किस बात की रुकावट थी?...रुकावट थी...रुकावट थी—तभी तो वह गालियाँ सुनकर चुप हो रहा।

उसके क़दम रुक गए। उसका दिमाग़ भी एक पल के लिए सुस्ताया और उसने सोचा कि चलो अभी इस झंझट का फ़ैसला ही कर दूँ।...भागा हुआ जाऊँ और एक ही झटके में सेठ की गर्दन मरोड़कर उस तिजोरी पर रख दूँ, जिसका ढकना मगरमच्छ के मुँह की तरह खुलता है।...लेकिन वह खंभे की तरह जमीन में क्यों गड़ गया था? सेठ के घर की तरफ पलटा क्यों नहीं था? क्या उसमें हौसला न था?

उसमें हौसला न था। कितने दुख की बात है कि उसकी सारी ताक़त ठंडी पड़ गयी थी। ये गालियाँ...वह उन गालियों को क्या कहता? उन गालियों ने उसकी चौड़ी छाती पर रोलर-सा फेर दिया था...सिर्फ़ दो गालियों ने...हालाँकि पिछले हिंदु-मुस्लिम दंगे में एक हिंदू ने उसे मुसलमान समझकर लाठियों से बहुत पीटा था और अधमुआ कर दिया था, लेकिन उसे इतनी कमज़ोरी महसूस न हुई थी। केशव लाल, खारी सींग वाला, जो अपने दोस्तों को बड़े गर्व के साथ कहा करता था कि वह कभी बीमार नहीं पड़ा, आज यों चल रहा था, जैसे बरसों का रोगी हो! और यह रोग किसने पैदा किया था? दो गालियों ने।

गालियाँ...गालियाँ...कहाँ थी ये दो गालियाँ? उसके मन में आया कि अपने सीने के अंदर हाथ डालकर, वह उन दो पत्थरों को, जो किसी तरह गलते ही न थे, बाहर निकाल ले और जो कोई भी उसके सामने आए, उसके सिर पर दे मारे, पर यह कैसे हो सकता था। उसका सीना मुरब्बे का मर्तबान थोड़े ही था।

ठीक है, लेकिन फिर कोई और तरकीब भी तो समझ में आए, जिससे ये गालियाँ दफा हो जाएँ। क्यों...क्यों नहीं कोई आदमी बढ़कर उसे इस दुख से छुट्टी दिलाने की कोशिश करता? क्या वह हमदर्दी के क़ाबिल न था?... होगा, पर किसी को उसके दिल के हाल का क्या पता था। वह खुली किताब थोड़े ही था और न उसने अपना दिल बाहर लटका रखा था। अंदर की बात किसी को क्या मालूम?

न मालूम हो। भगवान करे किसी को अंदर की बात का पता चल गया तो केशव लाल, खारी सींग वाले के लिए डूब मरने की बात थी। गालियाँ सुनकर चुप रहना, मामूली बात थी क्या?

मामूली बात नहीं, बहुत बड़ी बात है...हिमालय पहाड़ जितनी बड़ी बात है। उसमें भी बड़ी बात है। उसका गरूर मिट्टी में मिल गया, उसकी ज़िल्लत हुई

है, उसकी नाक कट गयी है. उसका सब कुछ लुट गया है। चलो भई, छुट्टी हुई। अब तो ये गालियाँ उसका पीछा छोड़ दें। वह कमीना था, जलील था, नीच था, गंदगी साफ करने वाला भंगी था...उसको गालियाँ मिलनी ही चाहिए थीं।

नहीं, नहीं, किसी की क्या मजाल थी कि उसे गालियाँ दे और फिर बिना कसूर के! वह उसे कच्चा न चबा जाता...यार हटाओ, ये सब कहने की बातें हैं! तुमने तो सेठ से यूँ गालियाँ सुनीं, जैसे मीठी-मीठी बोलियाँ थीं।

मीठी-मीठी बोलियाँ थीं, बड़े मजेदार घूँट थे–चलो यही सही।...अब तो मेरा पीछा छोड़ दो; वरना सच कहता हूँ, पागल हो जाऊँगा।...ये लोग, जो बड़े आराम से इधर-उधर चल-फिर रहे हैं, मैं उनमें से हरएक का सिर फोड़ दूँगा। भगवान की क़सम, मुझमें अब ज्यादा ताब नहीं रही। मैं ज़रूर पागल कुत्ते की तरह सब को काटना शुरू कर दूँगा। लोग मुझे पागलखाने में बंद कर देंगे और मैं दीवारों के साथ अपना सिर टकराकर मर जाऊँगा...मर जाऊँगा, सच कहता हूँ, मर जाऊँगा और मेरी राधा विधवा और मेरे बच्चे यतीम हो जाएँगे। यह सब कुछ इसलिए होगा कि मैंने सेठ से दो गालियाँ सुनीं और चुप रहा। जैसे मेरे मुँह पर ताला लगा हुआ था। मैं लूला-लँगड़ा, अपंग था।...भगवान करे, मेरी टाँगें उस मोटर के नीचे आकर टूट जाएँ...मैं मर जाऊँ, ताकि यह बक-बक तो खत्म हो छि: कोई ठिकाना है इस दुख का...कपड़े फाड़कर नंगा नाचना शुरू कर दूँ...उस ट्राम के नीचे सिर दे दूँ, ज़ोर-ज़ोर से चिल्लाना शुरू कर दूँ...क्या करूँ, क्या न करूँ?

यह सोचते हुए उसे एकाएक ख़याल आया कि बाज़ार के बीच खड़ा हो जाए और सब ट्रैफिक को रोककर जो उसके मुँह में आए, बकता चला जाए, यहाँ तक कि उसका सीना सारा-का-सारा खाली हो जाए, या फिर उसके मन में आया कि खड़े-खड़े यहीं से चिल्लाना शुरू कर दें–"मुझे बचाओ...मुझे बचाओ।"

इतने में एक आग बुझाने वाला इंजन सड़क पर 'टन-टन' करता आया और उधर, उस मोड़ में गुम हो गया। उसे देखकर वह ऊँची आवाज़ में कहने ही वाला था, 'ठहरो।...मेरी आग बुझाते जाओ!' पर न जाने क्यों रुक गया।

अचानक उसने अपने क़दम तेज़ कर दिए। उसे ऐसा महसूस हुआ था कि उसकी साँस रुकने लगी है और अगर तेज़ न चलेगा तो बहुत मुमकिन है

कि वह फट जाए। लेकिन जैसे ही उसकी रफ़्तार बढ़ी, उसका दिमाग़ आग का एक चक्कर-सा बन गया। उस चक्कर में उसके सारे पुराने और नये ख़याल एक हार की तरह गुंथ गए। दो महीने का किराया, पत्थर की बिल्डिंग में उसका दरख़्वास्त लेकर जाना...सात मंजिलों की एक सौ बारह सीढ़ियाँ, सेठ की भद्दी आवाज़, उसके गंजे सिर पर मुस्कराता हुआ बिजली का लैम्प और...यह मोटी गाली...फिर दूसरी...और उसकी ख़ामोशी...यहाँ पहुँचकर आग के उस चक्कर में से तड़-तड़ गालियाँ सी निकलना शुरू हो जातीं और उसे ऐसा महसूस होता कि उसका सीना छलनी हो गया है।

उसने अपने क़दम और तेज़ किए और आग का यह चक्कर इतनी तेजी से घूमना शुरू हुआ कि शोलों की एक बहुत बड़ी गेंद-सी बन गयी, जो उसके आगे-आगे ज़मीन पर उछलने-कूदने लगी।

वह अब दौड़ने लगा। लेकिन फ़ौरन ही ख़यालों की भीड़-भाड़ में एक नया ख़याल ऊँची आवाज़ में चिल्लाया—"तुम क्यों भाग रहे हो? किससे भाग रहे हो? तुम बुज़दिल हो!"

उसके क़दम धीरे-धीरे उठने लगे, फिर ब्रेक-सी लग गयी और वह आहिस्ता-आहिस्ता चलने लगा।...वह सचमुच बुज़दिल था...भाग क्यों रहा था...उसे तो बदला लेना था..ब...द...ला...यह सोचते हुए उसे अपनी जीभ पर लहू का नमकीन स्वाद महसूस हुआ और उसके बदन में एक झुरझुरी-सी पैदा हुई! लहू...लहू..उसे आसमान-ज़मीन-सब लहू में ही रंगे हुए नज़र आने लगे। लहू...उस समय उसमें इतनी शक्ति थी कि पत्थर की रगों में से भी लहू निचोड़ सकता था।

उसकी आँखों में लाल डोरे उभर आए। मुट्ठियाँ भिंच गयीं और कदमों में मज़बूती आ गयी।...अब वह बदला लेने पर तुल गया था।

वह बढ़ा।

आने-जाने वाले लोगों में से तीर की तरह अपना रास्ता बनाता आगे बढ़ता रहा—आगे और आगे!

जिस तरह तेज़ चलने वाली रेलगाड़ी, छोटे-छोटे स्टेशनों को छोड़ जाया करती है, उसी तरह वह बिजली के खंभों, दुकानों और लंबे-लंबे बाजारों को अपने पीछे छोड़ता, आगे बढ़ रहा था। आगे...आगे...बहुत आगे।

रास्ते में एक सिनेमा की रंगीन बिल्डिंग आयी। उसने उसकी तरफ आँख उठाकर भी न देखा और उसके पास से बेपरवाह, हवा की तरह बढ़ गया। बढ़ता ही गया। भीतर-ही-भीतर उसने अपने हर ज़र्रें को एक बम बना लिया था, ताकि वक़्त पर काम आए।

कई बाज़ारों से, जहरीले साँप की तरह फुफकारता हुआ, वह अपोलो बंदर पहुँचा। अपोलो बंदर...गेटवे ऑफ इंडिया के सामने, अनगिनत मोटरें कतार-दर-कतार खड़ी थीं। उनको देखकर उसने यह समझा कि बहुत-से गिद्ध पंख जोड़कर, किसी लाश के इर्द-गिर्द बैठे हैं। जब उसने ख़ामोश समुंदर की तरफ देखा तो उसे वह एक लंबी-चौड़ी लाश मालूम हुई।...उस समुद्र के इस तरफ एक कोने में लाल-लाल रोशनी की लकीरें हौले-हौले बल खा रही थीं। यह एक आलीशान होटल के माथे पर, बिजली की ट्यूबों में लिखा हुआ नाम था, जिसकी लाल रोशनी समुद्र के पानी में गुदगुदी पैदा कर रही थी।

केशव लाल, खारी सींग वाला, उस आलीशान होटल के नीचे खड़ा हो गया। उस बिजली के बोर्ड के ठीक नीचे क़दम गाड़कर उसने ऊपर देखा। पत्थर की इमारत की तरफ, जिसके रोशन कमरे चमक रहे थे और...उसके गले से एक नारा...कानों के पर्दे फाड़ देने वाला नारा, पिघले हुए गर्म-गर्म लावे की तरह निकला—"हत तेरी...।"

जितने कबूतर होटल की मुँडेरों पर ऊँघ रहे थे, बेतरह डर गए और पंख फड़फड़ाने लगे।

नारा लगाकर, जब उसने अपने क़दम जमीन से बड़ी मुश्किल के साथ अलग किए और वापस मुड़ा तो उसे इस बात का पूरा यक़ीन था कि होटल की संगीन इमारत अर-अरा कर नीचे गिर गयी है।

और यह नारा सुनकर एक आदमी ने अपनी पत्नी से, जो यह नारा सुनकर डर गयी थी, कहा—"पगला है!"

❑

सड़क के किनारे

यही दिन थे–आसमान उसकी आँखों की तरह ऐसा ही नीला था जैसा आज है। खुला हुआ, निखरा हुआ और धूप भी ऐसी ही कुनकुनी थी। सुहाने सपनों की तरह मिट्टी की गंध भी ऐसी ही थी जैसी इस वक़्त मेरे दिल-व-दिमाग़ में रच रही है और मैंने इसी तरह लेटे-लेटे अपनी फड़फड़ाती हुई रूह उसके हवाले कर दी थी।

उसने मुझसे कहा था–"तुमने मुझे जो ये लम्हे दान किए हैं, यक़ीन जानो, मेरी ज़िंदगी इनसे खाली थी–जो खाली जगहें तुमने आज मेरी हस्ती में पुर की है, तुम्हारा शुक्रगुज़ार हूँ। तुम मेरी ज़िंदगी में न आतीं तो शायद वे हमेशा अधूरी रहतीं। मेरी समझ में नहीं आता कि मैं तुमसे और क्या कहूँ... मेरी तकमील हो गई है। मुझे पूरे तौर पर महसूस होता है, मुझे अब तुम्हारी ज़रूरत नहीं रही..." और वह चला गया। हमेशा के लिए चला गया।

मेरी आँखें रोई। मेरा दिल रोया। मैंने उसकी मिन्नत-समाजत की। उससे लाख बार पूछा कि मेरी ज़रूरत अब तुम्हें क्यों नहीं रही...जबकि तुम्हारी ज़रूरत अपनी तमाम शिद्दतों के साथ अब शुरू हुई है। इन क्षणों के बाद जिन्होंने तुम्हारे कहने के अनुसार तुम्हारी हस्ती की खाली जगहें पुर की हैं।

उसने कहा–"तुम्हारे अस्तित्व के जिस कण को मेरी हस्ती के निर्माण और पुष्टि की ज़रूरत थी, ये लम्हे चुन-चुनकर देते रहे–अब जब पुष्टि हो गई है, तुम्हारा और मेरा रिश्ता अपने आप कम हो गया है।"

किस क़दर ज़ालिमाना शब्द थे–मुझसे यह पथराव बर्दाश्त न किया गया। मैं चीख-चीखकर रोने लगी। मगर उस पर कुछ असर न हुआ। मैंने उससे कहा–"ये कण जिससे तुम्हारी हस्ती की पुष्टि हुई है मेरे वजूद का एक हिस्सा थे–क्या उनका मुझसे कोई रिश्ता नहीं–क्या मेरे वजूद का शेष हिस्सा उनसे अपना नाता तोड़ सकता है? तुम मुकम्मल हो गए हो लेकिन मुझे अधूरा करके–क्या मैंने इसीलिए तुम्हें अपना देवता बनाया था?"

उसने कहा–"भँवरे फूलों और कलियों का रस चूस-चूसकर शहद निकालते हैं मगर वे उसकी तलछट भी इन फूलों और कलियों के होठों तक

नहीं लाते! ख़ुदा अपनी इबादत कराता है मगर ख़ुद बंदगी नहीं करता! अदम के साथ एकान्त में कुछ लम्हे बिताकर उसने अस्तित्व की पुष्टि की–लेकिन अब अदम कहाँ–उसकी अब अस्तित्व को क्या ज़रूरत है–वह एक ऐसी माँ थी जो सृष्टि को जन्म देते ही प्रसव के बिस्तर पर नष्ट हो गई थी।"

औरत रो सकती है–दलील नहीं दे सकती। उसकी सबसे बड़ी दलील उसकी आँखों से ढलका हुआ आँसू है। मैंने उससे कहा–"देखो, मैं रो रही हूँ–मेरी आँखें आँसू बरसा रही हैं। तुम जा रहे हो तो जाओ। मगर इनमें से कुछ आँसुओं को तो अपने ख़याल के क़फ़न में लपेटकर साथ लेते जाओ। मैं तो सारी उम्र रोती रहूँगी–मुझे इतना तो याद रहेगा कि चंद आँसुओं के क़फ़न-दफ़न का सामान तुमने भी किया था–मुझे ख़ुश करने के लिए।"

उसने कहा–"मैं तुम्हें ख़ुश कर चुका हूँ–क्या उसका आनंद, उसका अहसास तुम्हारी ज़िंदगी के बाकी लम्हे का सहारा नहीं बन सकता? तुम कहती हो कि मेरी तकमील ने तुम्हें अधूरा कर दिया है। लेकिन यह अधूरापन ही क्या तुम्हारी ज़िंदगी को चलाने के लिए काफ़ी नहीं। मैं मर्द हूँ–आज तुमने मेरी तकमील की है। कल कोई और करेगा–मेरा अस्तित्व कुछ ऐसे धूल-पानी से बना है, ज़िंदगी में कई ऐसे क्षण आएँगे, जब वह ख़ुद को संपूर्ण व पुष्ट समझेगा और तुम जैसी कई औरतें आएँगी जो इन क्षणों की पैदा की हुई खाली जगहों को पुर करेंगी।"

मैं रोती रही। झुँझलाती रही।

मैंने सोचा–ये कुछ लम्हे जो अभी-अभी मेरी मुट्ठी में थे...नहीं मैं इन लम्हों की मुट्ठी में थी...मैंने क्यों ख़ुद को उनके हवाले कर दिया...मैंने क्यों अपनी फड़फड़ाती रूह उनके मुँह खोले पिंजरे में डाल दी। इसमें मज़ा था, एक लुत्फ़ था–एक कैफ़ था...ज़रूर था और यह उसके और मेरे संघर्ष में था–लेकिन यह क्या, वह साबित-ओ-सा-लिम रहा और मुझमें तरेड़ें पड़ गए, यह क्या, कि वह अब मेरी ज़रूरत को महसूस नहीं करता लेकिन मैं और भी तेज़ी से उसकी ज़रूरत महसूस करती हूँ–वह ताकतवर बन गया है, मैं कमज़ोर हो गई हूँ। यह क्या कि आसमान पर दो बादल गले मिल रहे हों। एक रो-रोकर बरसने लगे, दूसरा बिजली का टुकड़ा बनकर उस बारिश से खेलता, कोड़े लगाता भाग जाए–यह किसका क़ानून है? आसमानों का? ज़मीनों का? या इनके बनाने वाले का?

मैं सोचती रही और झुँझलाती रही।

दो रूहों का सिमटकर एक हो जाना, और एक होकर असीम विस्तार प्राप्त कर लेना–क्या यह सब शायरी है दो रूहें सिमटकर ज़रूर इस नन्हे से बिंदु पर पहुँचती हैं जो फैलकर सृष्टि बनता है–लेकिन इस सृष्टि में एक रूह क्यों कभी-कभी घायल छोड़ दी जाती है? क्या इस कसूर पर कि उसने दूसरी रूह को इस नन्हे-से बिन्दु पर पहुँचने में मदद दी थी?

"यह कैसी सृष्टि है?"

यही दिन थे–आसमान उसकी आँखों की तरह ऐसा ही नीला था जैसा कि आज है।

और धूप भी ऐसी ही कुनकुनी थी–और मैंने इसी तरह लेटे-लेटे अपनी फड़फड़ाती हुई रूह उसके हवाले कर दी थी–वह मौजूद नहीं हैं–बिजली कौंध कर जाने वह किन बदलियों के आँसू बहा रही है–वह अपनी पुष्टि करके चला गया था–एक साँप था जो मुझे डस कर चला गया–लेकिन अब उसकी छोड़ी हुई लकीर क्यों मेरे पेट में करवटें ले रही है–क्या यह मेरी पुष्टि हो रही है?

नहीं, नहीं–यह कैसे तकमील हो सकती है–यह तो फ़ना है।

लेकिन यह मेरे जिस्म की खाली जगहें क्यों पुर हो रही हैं–ये जो गड्ड थे किस मलबे से पुर किए जा रहे हैं–मेरी रगों में ये कैसी सरसराहटें दौड़ रही हैं। ये सिमटकर अपने पेट में किस नन्हे से बिंदु पर पहुँचने के लिए संघर्ष कर रही है। मेरी नाव डूबकर अब किन समुद्रों में उभरने के लिए उठ रही है?

यह मेरे अंदर दहकते हुए चूल्हों पर किस मेहमान के लिए दूध गर्म किया जा रहा है–यह मेरा दिल मेरे खून को धुनक-धुनककर किसके लिए नर्म-नाजुक रज़ाइयाँ तैयार कर रहा है। यह मेरा दिमाग़ मेरे ख़यालात के रंग-बिरंगे धागों से किसके लिए नन्ही-मुन्नी पोशाकें तैयार कर रहा है?

मेरा रंग किसलिए निखर रहा है–अंग-अंग और रोम-रोम में फँसी हिचकियाँ लोरियों में क्यों बदल रही हैं?

यही दिन थे–आसमान उसकी आँखों की तरह ऐसा ही नीला था जैसा कि आज है–लेकिन यह आसमान अपनी बुलंदियों से उतरकर मेरे पेट में तन गया है–इसकी नीली-नीली आँखें क्यों मेरी रगों में दौड़ती फिरती हैं?

मेरे सीने की गोलाइयों में मस्जिदों की मेहराबों जैसा आकार क्यों आ रहा है? नहीं, नहीं, यह आकार कुछ भी नहीं—मैं इन मेहराबों को ढाह दूँगी। मैं अपने अंदर के तमाम चूल्हे ठंडे कर दूँगी जिन पर बिन बुलाए मेहमान की ख़ातिर हाडियां चढ़ी हैं। मैं अपने ख़यालात के तमाम रंग-बिरंगे धागे आपस में उलझा दूँगी।

यही दिन थे—आसमान उसकी आँखों की तरह ऐसा ही नीला था जैसा कि आज है।

लेकिन मैं वह दिन क्यों याद करती हूँ जिसके सीने पर से वह अपने पदचिह्न भी उठाकर ले गया था।

लेकिन यह...यह पदचिह्न किसका है—जो मेरे पेट की गहराइयों में तड़प रहा है। क्या मेरा जाना-पहचाना नहीं—मैं इसे खुरच दूँगी—यह रसौली है, फोड़ा है, बहुत ख़ौफ़नाक फोड़ा।

लेकिन मुझे क्यों महसूस होता है कि यह फाहा है—फाहा है तो किस ज़ख़्म का? उस ज़ख़्म का जो मुझे वह लगाकर चला गया था?—नहीं, नहीं—यह तो ऐसा लगता है कि किसी पैदाइशी ज़ख़्म के लिए है—एक ज़ख़्म के लिए जो मैंने कभी देखा ही नहीं था—जो मेरी कोख में जाने कब से सो रहा था।

यह कोख क्या? फिजूल-सी मिट्टी की हिण्ड कुल्हिया—बच्चों का खिलौना—मैं इसे तोड़-फोड़ दूँगी।

लेकिन यह कौन मेरे कान में कहता है—"यह दुनिया एक चौराहा है—अपना भांडा क्यों इसमें फोड़ती है—याद रख तुझ पर अँगुलियाँ उठेंगी।"

अँगुलियाँ उधर क्यों न उठेंगी जिधर वह अपनी हस्ती पूर्ण करके चला गया था—क्या उन अँगुलियों को वह रास्ता मालूम नहीं—यह दुनिया एक चौराहा है—लेकिन इस वक़्त तो वह मुझे एक दोराहे पर छोड़कर चला गया था। इधर भी अधूरापन था, उधर भी अधूरापन। इधर भी आँसू और उधर भी आँसू।

लेकिन यह किसका आँसू मेरे सीप में मोती बन रहा है—यह कहाँ बँधेगा?

अँगुलियाँ उठेंगी, जब सीप का मुँह खुलेगा और मोती फिसलकर बाहर चौराहे पर गिर पड़ेगा तो अँगुलियाँ उठेंगी—सीपी की तरफ भी और मोती की

तरफ भी और ये अँगुलियाँ सँपोलियाँ बनकर इन दोनों को डसेंगी और अपने ज़हर से इनको नीला कर देंगी।

आसमान उसकी आँखों की तरह ऐसा ही नीला था जैसा कि आज है–यह गिर क्यों नहीं पड़ता–वे कौन से सुतन हैं जो इसे थामे हुए हैं–क्या उस दिन जो भूकंप आया था, वह इन सुतूनों की बुनियादें हिला देने के लिए काफ़ी न था? यह क्यों अब तक मेरे सिर के ऊपर उसी तरह बना हुआ है?

मेरी रूह पसीने में ग़र्क़ है। इसका हर मसाम चुना हुआ है। चारों तरफ आग दहक रही है–मेरे अंदर कुठाली में सोना पिघल रहा है–धौकनियाँ चल रही है। शोले भड़क रहे हैं। सोना, ज्वालामुखी पहाड़ के लावे की तरह उबल रहा है। मेरी रगों में नीली आँखें दौड़-दौड़कर हाँफ रही हैं–घंटियाँ बज रही हैं–कोई आ रहा है–कोई आ रहा है–

बंद कर दो, बंद कर दो किवाड़।

कुठाली उलट गई–पिघला हुआ सोना बिखर रहा है-घंटियाँ बज रही हैं–वह आ रहा है–मेरी आँखें मुँद रही है–नीला आसमान गँदला होकर नीचे आ रहा है।

यह किसके होने की आवाज़ है-उसे चुप कराओ–उसकी चीखे मेरे दिल पर हथौड़े मार रही हैं। चुप कराओ–उसे चुप कराओ–मैं गोद बन रही हूँ। मैं क्यों गोद बन ही हूँ?

मेरी बाँहे खुल रही हैं, चूल्हों पर दूध उबल रहा है। मेरे सीने की गोलाइयाँ प्यालियाँ बन रही हैं–लाओ, उस गोश्त के लोथड़े को मेरे दिल के धुनके हुए ख़ून के नर्म-नर्म गालों में लिटा दो।

मत छीनो–मत छीनो इसे–मुझमें अलग न करो। ख़ुदा के लिए मुझसे अलग न करो।

अँगुलियाँ...–उठने दो अँगुलियाँ–मुझे कोई परवाह नहीं–यह दुनिया चौराहा है–फूटने दो मेरी ज़िंदगी के तमाम भाँडे–मेरी ज़िंदगी तबाह हो जाएगी–हो जाने दो–मुझे मेरा गोश्त वापस दे दो–मेरी रूह का यह टुकड़ा मुझसे मत छीना–तुम नहीं जानते यह कितना क़ीमती है–यह गौहर है जो मुझे उन कुछ लम्हों ने प्रदान किया है–उन कुछ लम्हों ने जिन्होंने मेरे वजूद

के कई कण चुन-चुनकर किसी की पुष्टि की थी और मुझे अपने ख़याल में अधूरा छोड़कर चले गए थे–मेरी पुष्टि आज हुई है।

मान लो–मान लो–मेरे पेट की खला से पूछो–मेरी दूध से भरी छातियों से पूछो–इन लोरियों से पूछो–ये मेरे अंग-अंग और रोम-रोम में तमाम हिचकियाँ सुलाकर आगे बढ़ रही हैं–इन झूलनों से पूछो जो मेरे बाजुओं में डाले जा रहे हैं।

अँगुलियाँ...उठने दो अँगुलियाँ–मैं इन्हें काट डालूँगी–शोर मचेगा। मैं ये अँगुलियाँ उठाकर अपने कानों में ठूँस लूँगी। मैं गूँगी हो जाऊँगी, बहरी हो जाऊँगी, अंधी हो जाऊँगी–मेरा गोश्त मेरे इशारे समझ लिया करेगा–मैं इसे टटोल-टटोलकर पहचान लिया करूँगी।

मत छीनो–मत छीनो इसे–यह मेरी कोख की माँग का सिंदूर है। यह मेरी ममता के माथे की बिंदिया है–मेरे पास का कड़वा फल है–लोग इस पर थू-थू करेंगे?–मैं चाट लूँगी ये सब थूकें–

देखो मैं हाथ जोड़ती हूँ–तुम्हारे पाँव पड़ती हूँ।

मेरे भरे हुए दूध के बर्तन औंधे न करो–मेरे दिल के धुनके हुए खून के नर्म-नर्म गालों में आग न लगाओ–मेरी बाँहों के झूले की रस्सियाँ न तोड़ो–मेरे कानों को उन गीतों से वंचित न करो जो इसके रोने में मुझे सुनाई देते हैं।

मत छीनो–मत छीनो–मुझसे अलग न करो–खुदा के लिए मुझसे अलग न करो।

लाहौर, 21 जनवरी–धोबी मंडी से पुलिस ने एक नवजात बच्ची को सर्दी से ठिठुरते हुए सड़क के किनारे पड़ी हुई पाया और अपने क़ब्जे में ले लिया। किसी पत्थरदिल ने बच्ची की गर्दन को मज़बूती से कपड़े से जकड़ रखा था और कोमल जिस्म को पानी के गीले कपड़े से बाँध रखा था ताकि सर्दी से वो मर जाए। मगर वह जिंदा थी। बच्ची बहुत खूबसूरत है। आँखें नीली है–उसको अस्पताल पहुँचा दिया गया है।

नया क़ानून

मंगू कोचवान अपने अड्डे में बहुत समझदार माना जाता था। वह पढ़ा-लिखा नहीं था और न ही उसने कभी स्कूल का मुँह देखा था लेकिन इसके बावजूद उसे दुनिया-भर की चीज़ों का इल्म था। अड्डे के वे तमाम कोचवान जिनको यह जानने की इच्छा होती थी कि दुनिया में क्या हो रहा है, उस्ताद मंगू की जानकारी से लाभ उठाते थे।

पिछले दिनों जब उस्ताद मंगू ने अपनी एक सवारी से स्पेन में जंग छिड़ जाने की अफ़्वाह सुनी थी तो उसने गामा चौधरी के चौड़े कंधे पर थपकी देकर समझदारीपूर्ण अंदाज़ में भविष्यवाणी की थी–"देख लेना चौधरी, थोड़े ही दिनों में स्पेन में जंग छिड़ जाएगी।"

और जब गामा चौधरी ने उसने पूछा था कि स्पेन कहाँ है तो उस्ताद मंगू ने बड़ी गंभीरता से जवाब दिया था, "विलायत में और कहाँ?" स्पेन में जंग छिड़ी और जब प्रत्येक व्यक्ति को उसका पता चला तो स्टेशन के अड्डे में जितने कोचवान झुंड बनाए हुक्का पी रहे थे, मन ही मन उस्ताद मंगू की महानता को मान रहे थे। और उस्ताद मंगू उस वक़्त माल रोड की चमकीली सतह पर ताँगा चलाते हुए अपनी सवारी से ताजा हिंदू-मुस्लिम झगड़े पर विचारों का आदान-प्रदान कर रहा था।

उस दिन शाम के क़रीब जब वह अड्डे में आया तो उसका चेहरा गैरमामूली तौर पर तमतमाया हुआ था। हुक्के का दौर चलते-चलते जब हिंदू-मुस्लिम झगड़े की बात चली तो उस्ताद मंगू ने सिर पर से खाली पगड़ी उतारी और बग़ल में दबाकर बड़े चिंतित स्वर में कहा–

"यह किसी पीर के शाप का नतीजा है कि आए दिन हिंदुओं और मुसलमानों में चाकू और छुरियाँ चलती रहती हैं, और मैंने अपने बड़ों से सुना है कि अकबर बादशाह ने किसी दरवेश का मन दुखाया था और उस दरवेश ने दुखी होकर यह शाप दिया था–जा, तेरे हिंदुस्तान में हमेशा फ़साद ही होते रहेंगे। और देख लो, जब से अकबर बादशाह का राज खत्म हुआ है हिंदुस्तान में फ़साद पर फ़साद होते रहते हैं।" यह कहकर उसने ठंडी साँस भरी और

फिर हुक़्क़े का दम लगाकर अपनी बात शुरू की–"ये कांग्रेसी हिंदुस्तान को आज़ाद कराना चाहते हैं। मैं कहता हूँ, अगर ये लोग हज़ार साल भी सिर पटकते रहे तो कुछ न होगा। बड़ी से बड़ी बात यह होगी कि अंग्रेज़ चला जाएगा और कोई इटली वाला आ जाएगा या रूस वाला, जिसके विषय में मैंने सुना है कि बहुत शक्तिशाली आदमी है। लेकिन हिंदुस्तान सदा ग़ुलाम रहेगा। हाँ, मैं यह कहना भूल ही गया कि पीर ने यह शाप भी दिया था कि हिंदुस्तान पर हमेशा बाहर के आदमी राज करते रहेंगे।"

उस्ताद मंगू को अंग्रेज़ों से बड़ी घृणा थी और इस घृणा का कारण तो वह यह बताया करता था कि वे उसके हिंदुस्तान पर अपना सिक्का चलाते हैं और तरह-तरह के ज़ुल्म ढाते हैं। मगर घृणा करने का सबसे बड़ा कारण यह था कि छावनी के गोरे उसे बहुत सताया करते थे। वे उसके साथ ऐसा व्यवहार करते थे जैसे वह कोई एक ज़लील कुत्ता है। इसके अलावा उसे उनका रंग भी बिलकुल पसंद न था। जब कभी वह गोरे के सुर्ख़ व सफेद चेहरे को देखता तो उसे मितली-सी आ जाती थी। न मालूम क्यों वह कहा करता था कि उनके लाल झुर्रियों-भरे चेहरे को देखकर मुझे वह लाश याद आ जाती है जिसके जिस्म पर से ऊपर की झिल्ली गल-गलकर झड़ रही हो।

जब किसी शराबी गोरे से उसका झगड़ा हो जाता तो सारा दिन उसका मन अशांत रहता और वह शाम को अड्डे में आकर दम मारकर सिगरेट पीता या हुक़्क़े के कश लगाते हुए किसी गोरे को जी भरकर गाली सुनाया करता।

एक मोटी गाली देने के बाद वह अपने सिर को ढीली पगड़ी समेत झटका देकर कहा करता था–"आग लेने आए थे, अब घर के मालिक ही बन गए हैं। नाक में दम कर रखा है इन बंदरों की औलाद ने। यूँ रौब गाँठते हैं जैसे हम इनके बाबा के नौकर है..." इस पर भी उसका ग़ुस्सा ठंडा नहीं होता था। जब तक उसका कोई साथी उसके पास बैठा रहता वह अपने सोने की आग उगलता रहता।

"शक्ल देखते हो न तुम उसकी–जैसे कोढ़ हो रहा है–बिलकुल मुर्दार। एक धप्पे की मार और गटपट-गटपट यूँ बक रहा था जैसे मार ही डालेगा। तेरी जान की क़सम, पहल जी में आया कि मलऊन की खोपड़ी के पुर्ज़े उड़ा दूँ, लेकिन इस ख़याल से टल गया कि इस मरदूद को मारना अपनी हतक

है..." यह कहते-कहते थोड़ी देर के लिए वह ख़ामोश हो जाता और नाक को ख़ाकी कमीज़ की आस्तीन से साफ करने के बाद फिर बडबड़ाते लग जाता।

"क़सम है भगवान की इस लाट साहबों के नाज़ उठाते-उठाते तंग आ चुका हूँ। जब कभी उनका मनहूस चेहरा देखता हूँ, रगों में ख़ून खौलने लग जाता है। कोई नया क़ानून बने तो इन लोगों से नजात मिले। तेरी क़सम, जान में जान आ जाए।"

और जब एक रोज़ उस्ताद मंगू ने कचहरी से अपने ताँगे पर दो सवारियाँ लादीं और उनकी गुफ़्तगू से उसको पता चला कि हिंदुस्तान में जदीद क़ानून लागू होने वाला है तो उसकी ख़ुशी की कोई सीमा न रही।

वे मारवाड़ी जो कचहरी में अपने दीवानी मुक़दमे के सिलसिले में आए थे, घर जाते समय नया क़ानून यानी इंडिया एक्ट के विषय में आपस में बातचीत कर रहे थे—"सुना है कि पहली अप्रैल से हिंदुस्तान में नया क़ानून चलेगा—क्या हर चीज़ बदल जाएगी?"

"हर चीज़ तो नहीं बदलेगी मगर कहते हैं कि बहुत कुछ बदल जाएगा और हिन्दुस्तानियों को आज़ादी मिल जाएगी।"

"क्या ब्याज के विषय में भी कोई नया क़ानून पास होगा?"

इन मारवाड़ियों की बातचीत उस्ताद मंगू के मन में अवर्णनीय ख़ुशी पैदा कर रही थी। वह अपने घोड़े को हमेशा गालियाँ देता था और चाबुक से बुरी तरह पीटा करता था, मगर उस दिन वह बार-बार पीछे मुड़कर मारवाड़ियों की तरफ देखता और अपनी बड़ी हुई मूँछों के बाल एक अँगुली से बड़ी सफाई के साथ ऊँचे करके घोड़े की पीठ पर बागें ढीली करते हुए बड़े प्यार में कहता—"चल बेटा चल—जरा हवा से बातें करके दिखा दे।"

मारवाड़ियों को उनके ठिकाने पहुँचाकर अपने अनारकली में दीनू हलवाई की दुकान पर आधा सेर दही की लस्सी पीकर एक बड़ी डकार ली और मूँछों को मुँह में दबाकर उनको चूसते हुए ऐसे ही बुलंद आवाज़ में कहा, "हत् तेरी ऐसी की तैसी।"

शाम को जब वह अड्डे पर लौटा तो उसे वहाँ अपनी जान-पहचान का कोई आदमी न मिला। इससे उसके सीने में एक अजीब-सा तूफ़ान उठ खड़ा

हुआ। आज वह एक बड़ी ख़बर अपने दोस्तों को सुनाने वाला था-बहुत बड़ी ख़बर, और उस ख़बर को अपने अंदर से बाहर निकालने के लिए वह ख़ुद को बहुत मज़बूर पा रहा था। लेकिन वहाँ कोई था ही नहीं।

आधे घंटे तक वह चाबुक बगल में दबाए स्टेशन के अड्डे की लोहे की छड़ के नीचे बेदिली की हालत में टहलता रहा। उसके दिमाग़ में बड़े अच्छे-अच्छे विचार आ रहे थे। नये क़ानून के लागू होने की ख़बर ने उसको एक नयी दुनिया में लाकर खड़ा कर दिया था। वह उस नये क़ानून के विषय में, जो पहली अप्रैल से हिंदुस्तान में लागू होने वाला था, अपने मस्तिष्क की तमाम बत्तियाँ रोशन करके सोच-विचार कर रहा था। उसके कानों में मारवाड़ी की यह आशंका 'क्या ब्याज के विषय में भी कोई क़ानून पास होगा?' बार-बार गूँज रही थी और उसके तमाम जिस्म में ख़ुशी की लहर दौड़ा रही थी। कई बार अपनी घनी मूँछों के अंदर हँसकर उसने मारवाड़ियों को गाली दी–"गरीबों की खटिया में घुसे हुए खटमल–नया क़ानून उनके लिए खौलता हुआ पानी होगा?"

वह बहुत ख़ुश था। खास तौर पर उस वक़्त उसके मन को बहुत ठंडक पहुँची जब उसे यह ख़याल आता कि गौरों-सफेद चूहों (वह उनको इसी नाम से याद करता था) की थूथनियाँ नये क़ानून के आते ही बिलों में सदा के लिए ग़ायब हो जाएँगी।

जब नत्थू गंजा पगड़ी बग़ल में दबाये अड्डे में दाख़िल हुआ तो उस्ताद मंगू बढ़कर उससे मिला और उसका हाथ अपने हाथ में लेकर ऊँची आवाज़ में कहने लगा, "ला हाथ इधर–ऐसी ख़बर सुनाऊँ कि जी ख़ुश हो जाए-तेरी इस गंजी खोपड़ी पर बाल उग आएँ।"

और यह कहकर मंगू ने बड़े मज़े ले-लेकर नये क़ानून के बारे में अपने दोस्त से बातें शुरू कर दीं। बातचीत के दौरान उसने कई बार नत्थू गंजे के हाथ पर जोर से अपना हाथ मारकर कहा, "तू देखता रह क्या बनता है। यह रूस वाला बादशाह कुछ-न-कुछ ज़रूर करके रहेगा।"

उस्ताद मंगू तत्कालीन सोवियत निज़ाम की साम्यवादी हलचलों के विषय में बहुत कुछ सुन चुका था और उसे वहाँ के नये क़ानून और दूसरी नयी

चीजें बहुत पसंद थीं। इसीलिए उसने 'रूस वाले बादशाह' को इंडिया एक्ट यानी नये क़ानून के साथ मिला दिया। और पहली अप्रैल को पुराने निज़ाम में जो नये परिवर्तन पैदा होने वाले थे वह उन्हें 'रूस वाले बादशाह' के प्रभाव का नतीजा समझता था।

कुछ समय से पेशावर और अन्य शहरों में लाल कुर्ती वालों का एक आंदोलन जारी था। उस्ताद मंगू ने इस आंदोलन को अपने मस्तिष्क में 'रूस वाले बादशाह' और फिर नये क़ानून के साथ ख़लत-मलत कर दिया था। इसके अलावा वह जब कभी किसी से सुनता कि फलाँ शहर में इतने बम बनाने वाले पकड़े गए हैं या फलाँ जगह इतने आदमियों पर विद्रोह के जुर्म में मुक़दमा चलाया गया है तो इन तमाम घटनाओं को नये क़ानून की पूर्व कार्रवाई समझता और मन ही मन बहुत ख़ुश होता था।

एक दिन उसके ताँगे में दो बैरिस्टर बैठे नये क़ानून पर बड़े जोर-शोर से समीक्षा कर रहे थे और वह ख़ामोशी से उनकी बातें सुन रहा था। उनमें से एक दूसरे से कह रहा था—

"नये क़ानून का दूसरा भाग फ़ैडरेशन है जो मेरी समझ में अभी तक नहीं आया। ऐसी फ़ैडरेशन संसार के इतिहास में आज तक न सुनी, न देखी गयी है। सियासी नज़रिये से देखने पर भी यह फ़ैडरेशन बिलकुल ग़लत है बल्कि यूँ कहना चाहिए कि यह फ़ैडरेशन है ही नहीं।"

इन बैरिस्टरों के बीच जो बातचीत हुई, चूँकि उसमें ज़्यादातर शब्द अंग्रेज़ी के थे, इससे उस्ताद मंगू उपर्युक्त वाक्यों को किसी तरह समझा और उसने ख़याल किया कि ये लोग हिंदुस्तान में नये क़ानून के आने को बुरा समझते हैं और नहीं चाहते कि इनका वतन आज़ाद हो। चूँकि इस विचार के प्रभावाधीन उसने कई बार इन दो बैरिस्टरों को नफ़रत की नज़र से देखकर मन-ही-मन में कहा, "टोडी बच्चे!"

जब कभी वह किसी को दबी जुबान में 'टोडी बच्चा' कहता तो दिल में यह महसूस करके बड़ा ख़ुश होता था कि उसने इस नाम का सही जगह प्रयोग किया है। और यह कि वह शरीफ़ आदमी और 'टोडी बच्चा' में फ़र्क़ करने की योग्यता रखता है।

इस घटना के तीसरे दिन गवर्नमेंट कालेज के तीन छात्रों को अपने ताँगे में बिठाकर मजंग जा रहा था कि उसने इन तीन लड़कों को आपस में बातें करते सुना–

"नये क़ानून ने मेरी उम्मीदें और बढ़ा दी हैं। अगर साहब असेंबली के मेंबर हो गए तो किसी सरकारी दफ़्तर में नौकरी जरूर मिल जाएगी।"

"वैसे भी बहुत-सी जगहें और निकलेंगी। शायद इसी गड़बड़ी में हमारे हाथ भी कुछ आ जाए।"

"हाँ-हाँ, क्यों नहीं।"

"वे बेकार ग्रेजुएट जो मारे-मारे फिर रहे हैं उनमें कुछ तो कमी होगी।"

इस गुफ़्तगू ने उस्ताद मंगू के दिल में नये क़ानून का महत्त्व और भी बढ़ा दिया और उसको ऐसी चीज़ समझने लगा जो बहुत चमकती हो। 'नया क़ानून...!' और वह दिन में कई बार सोचता–'यानी कोई नई चीज़।' और हर बार उसकी नज़रों के सामने अपने घोड़े का वह नया साज़ आ जाता जो उसने दो वर्ष हुए चौधरी ख़ुदाबख़्श से अच्छी तरह ठोक-बजाकर ख़रीदा था। इस साज़ पर जब वह नया था, जगह-जगह लोहे की निकल चढ़ी हुई कीलें चमकती थीं और जहाँ-जहाँ पीतल का काम था वह तो सोने की तरह दमकता था। इस दृष्टि से भी 'नये क़ानून' का चमक-दमक वाला होना भी जरूरी था।

पहली अप्रैल तक उस्ताद मंगू ने नये क़ानून के ख़िलाफ और उसके हक़ में बहुत कुछ सुना मगर उसके विषय में जो कल्पना वह अपने मन में कायम कर चुका था, बदल न सका। वह समझता था कि पहली अप्रैल को नये क़ानून के आते ही सब मामला साफ हो जाएगा और उसको यक़ीन था कि उसके आने पर जो चीजें नज़र आएँगी उनसे उसकी आँखों को ज़रूर ठंडक पहुँचेगी।

आख़िर मार्च के इक्त्तीस दिन खत्म हो गए और अप्रैल के शुरू होने में रात के कुछ ख़ामोश घंटे बाकी रह गए। मौसम सामान्य के प्रतिकूल सर्द था और हवा में ताज़गी थी। पहली अप्रैल को सुबह-सबेरे उस्ताद मंगू उठा और अस्तबल में जाकर ताँगे में घोड़े को जोता और बाहर निकल गया। उसका मन आज गैरमामूली तौर पर ख़ुश था–वह नये क़ानून को देखने वाला था।

उसने सुबह के सर्द धुँधलके में कई तंग और खुले बाज़ारों का चक्कर लगाया, मगर उसे हर चीज़ पुरानी नज़र आई–आसमान की तरह पुरानी। उसकी निगाहें आज खास तौर पर नया रंग देखना चाहती थीं, मगर सिवाय इस कलग्री के जो रंग-बिरंग के परों से बनी थी और उसके घोड़े के सिर पर जमी हुई थी, और सब चीज़ें पुरानी नज़र आती थीं। यह नयी कलग्री उसने नये क़ानून की ख़ुशी में 31 मार्च को चौधरी ख़ुदाबख़्शा से साढ़े चौदह आने में ख़रीदी थी।

घोड़े की टापों की आवाज़, काली सड़क और उसके आसपास थोड़ा-थोड़ा फ़ासला छोड़कर लगाए हुए बिजली के खंभे, दुकान के बोर्ड इसके घोड़े के गले में पड़े घुँघरुओं की झनझनाहट, बाज़ार में चलते-फिरते आदमी...इनमें से कौन-सी चीज़ नई थी, ज़ाहिर है कि कोई भी नहीं। लेकिन उस्ताद मंगू मायूस नहीं था।

"अभी बहुत सवेरा है। दुकानें भी तो सबकी सब बंद हैं।" इस ख़याल से उसे संतोष था। इसके अतिरिक्त वह यह भी सोचता था, "हाईकोर्ट में नौ बजे के बाद ही काम शुरू होता है। अब इससे पहले नये क़ानून का क्या नज़र आएगा।"

जब उसका ताँगा गवर्नमेंट कॉलेज के दरवाज़े पर पहुँचा तो कॉलेज के घड़ियाल ने बड़े रौब में नौ बजाए। जो विद्यार्थी कॉलेज के बड़े दरवाज़े से बाहर निकल रहे थे, ख़ुशपोश थे। मगर उस्ताद मंगू को न जाने उनके कपड़े मैले-मैले से क्यों नज़र आए। शायद इसकी वजह यह थी कि उनकी निगाहें आज किसी चमकीले दृश्य को देखने वाली थीं।

ताँगे को दायें हाथ मोड़कर वह थोड़ी देर के बाद फिर अनारकली में था। बाज़ार की आधी दुकानें खुल चुकी थीं और अब लोगों का आवागमन भी बढ़ गया था। हलवाई की दुकानों पर ग्राहकों की खूब भीड़ थी। मनिहारी वालों की नुमाइशी चीज़ें शीशे की अलमारियों में लोगों को देखने के लिए आमंत्रित कर रही थीं और बिजली के तारों पर कई कबूतर आपस में लड़-झगड़ रहे थे। मगर उस्ताद मंगू के लिए इन तमाम चीज़ों में कोई दिलचस्पी न थी। वह नये क़ानून को देखना चाहता था। ठीक उसी तरह जिस तरह वह अपने घोड़े को देख रहा था।

जब उस्ताद मंगू के घर में बच्चा पैदा होने वाला था तो उसने चार-पाँच महीने बड़ी बेक़रारी में गुज़ारे थे। उसको यक़ीन था कि बच्चा किसी-न-किसी दिन ज़रूर पैदा होगा। मगर वह इंतज़ार की घड़ियाँ नहीं काट सकता था। वह चाहता कि अपने बच्चे को केवल एक नज़र देख ले। उसके बाद वह पैदा होता रहे। चुनांचे इस दुर्दमनीय इच्छा के प्रभावस्वरूप अमन कई बार अपनी बीमार पत्नी के पेट को दबा-दबाकर और उसके ऊपर कान रख-रखकर अपने बच्चे के बारे में जानना चाहा था, मगर नाकाम रहा। एक बार वह इंतज़ार करते-करते इतना तंग आ गया कि अपनी पत्नी पर बरस ही पड़ा था—"तू हर वक़्त मुर्दे की तरह पड़ी रहती है। उठा ज़रा चल-फिर। तेरे अंग में थोड़ी-नयी ताक़त तो आए। यूँ तख़्ता बने रहने से कुछ न हो सकेगा। तू समझती है कि इस तरह लेटे-लेटे बच्चा जन देगी?"

उस्ताद मंगू स्वभाव में ही बहुत जल्दबाज़ था। वह प्रत्येक कारण को व्यावहारिक रूप में देखने का न सिर्फ़ इच्छुक था बल्कि जिज्ञासु भी था। उसकी पत्नी गंगावती उसकी हर प्रकार की बेक़रारियों को देखकर प्राय: यह कहा करती थी—"अभी कुआँ खोदा नहीं गया और तुम प्यास से बेहाल हो।"

कुछ भी हो, मगर उस्ताद मंगू नये क़ानून के इंतज़ार में इतना बेक़रार नहीं था जितना उसे अपने स्वभाव के अनुसार होना चाहिए था। वह आज नये क़ानून को देखने के लिए घर से निकला था। ठीक उसी तरह जैसे गांधी या जवाहरलाल के जुलूस का दृश्य देखने के लिए निकलता था।

लीडरों की महानता का अंदाज़ा उस्ताद मंगू सदा उनके जुलूस के हंगामों और उनके गले में डाले हुए फूलों के हार से किया करता था। अगर कोई लीडर गेंद के फूलों से लदा हो तो उस्ताद मंगू के नज़दीक वह बड़ा आदमी है। और अगर किसी लीडर के जुलूस में भीड़ के कारण दो तीन फ़साद होते-होते रह जाएँ तो उसकी निगाहों में वह और भी बड़ा था। अब नये क़ानून को अपने दिमाग़ की इसी तराज़ू में तौलना चाहता था।

अनारकली से मिलकर वह माल रोड़ की चमकीली सतह पर अपने तांगे को आहिस्ता-आहिस्ता चला रहा था कि मोटरों की दुकान के पास उसे छावनी की एक सवारी मिल गई। किराया तय करने के बाद उसने अपने घोड़े

को चाबुक दिखाया और दिल में यह ख़याल किया–“चलो यह भी अच्छा हुआ–शायद छावनी ही से उसे नये क़ानून का कुछ पता चल जाए।”

छावनी पहुँचकर उस्ताद मंगू ने सवारी को उसकी मंजिल पर उतार दिया और जेब से सिगरेट निकालकर बायें हाथ की आख़िरी दो अंगुलियों में दबाकर सुलगाया और अगली सीट के गद्दे पर बैठ गया–जब उस्ताद मगूं, को किसी सवारी की तलाश नहीं थी या उसे किसी बीती हुई घटना पर गौर करना होता था तो वह आम तौर पर अगली सीट छोड़कर पिछली सीट पर बड़े संतोष से बैठकर अपने घोड़े की बागें दायें हाथ के गिर्द लपेट लिया करता था। ऐसे मौकों पर उसका घोड़ा थोड़ा-सा हिनहिनाने के बाद बड़ी धीमी चाल चलना शुरू कर देता था गोया उसे कुछ देर के लिए भाग-दौड़ से छुट्टी मिल गई हो। घोड़े की चाल और उस्ताद मंगू के मस्तिष्क में विचारो का आवागमन बहुत सुस्त था। जिस तरह घोड़ा धीरे-धीरे क़दम उठा रहा था उसी तरह उस्ताद के दिमाग़ में क़ानून के विषय में नयी कल्पनाएँ प्रवेश कर रही थीं।

वह नये क़ानून की मौजूदगी में म्युनिसिपल कमेटी से ताँगों के नंबर मिलने के तरीक़े पर गौर कर रहा था और इस ध्यान देने योग्य बात को नये क़ानून की रोशनी में देखने की कोशिश कर रहा था। वह इस सोच-विचार में ग़र्क़ था। उसे यूँ मालूम हुआ जैसे किसी सवारी ने उसे बुलाया है। पीछे पलटकर देखने से उसे सड़क के इस तरफ दूर बिजली के खंभे के पास एक 'गोरा' खड़ा दिखाई दिया जो उसे हाथ से बुला रहा था।

जैसा कि बताया जा चुका है, उस्ताद मंगू को गोरों से बेहद नफ़रत थी। जब उसने अपने ताज़ा ग्राहक को गोरे की शक्ल में देखा तो उसके मन में नफ़रत की भावना जाग उठी।

पहले उसके जी में आया कि बिलकुल ध्यान न दे और उसको छोड़कर चला जाए, मगर बाद में उसको ख़याल आया उनके पैसे छोड़ना भी बेवकूफ़ी है। कलग्री पर जो मुफ्त में साढ़े चौदह आने खर्च कर दिए हैं, उनकी जेब ही से वसूल करने चाहिए। चलो चलते हैं।

खाली सड़क पर बड़ी सफाई से ताँगा मोड़कर उसने घोड़े को चाबुक दिखाया और आँख झपकते वह बिजली के खंभे के पास था। घोड़े की बागें

खींचकर उसने ताँगा ठहराया और पिछली सीट पर बैठे-बैठे गोरे से पूछा—"साहब बहादुर, कँहा जाना माँगता है?"

इस सवाल में बहुत अधिक व्यंग्यात्मक ढंग था। साहब बहादुर कहते वक्त उसका ऊपर का मूँछों भरा होठ नीचे की ओर खिंच गया और पास ही गाल के इस तरफ जो मध्यम-सी लकीर नाक के नथुने से ठोड़ी के ऊपरी हिस्से तक चली आ रही थी, एक झटके के साथ गहरी हो गई, जैसे किसी ने नुकीले चाकू से शीशम की साँवली लकड़ी में धारी डाल दी हो। उसका चेहरा हँस रहा था और अपने अंदर उसने उस 'गोरे' को सीने की आग में जलाकर भस्म कर डाला था।

जब 'गोरे' ने जो बिजली के खंभे की ओट में हवा का रुख बचाकर सिगरेट सुलगा रहा था, मुड़कर तांगे के पायदान की तरफ कदम बढ़ाया तो अचानक उस्ताद मंगू और उसकी निगाहें चार हुईं और ऐसा मालूम हुआ कि एक वक्त आमने-सामने की दो बंदूकों से गोलियाँ ख़ारिज हुईं और आपस में टकराकर एक आग का बगूला बनकर ऊपर को उड़ गईं।

उस्ताद मंगू जो अपने दायें हाथ से बाग़ के बल खोलकर ताँगे पर से नीचे उतरने वाला था, अपने सामने खड़े 'गोरे' को यूँ देख रहा था जैसे वह उसके अस्तित्व के कण-कण को अपनी निगाहों से चबा रहा है और 'गोरा' कुछ इस तरह अपनी नीली पतलून पर से अनपेक्षित चीज़ें झाड़ रहा है, जैसे वह उस्ताद मंगू के इस हमले से अपने अस्तित्व के कुछ भाग को सुरक्षित रखने का प्रयत्न कर रहा था।

'गोरे' ने सिगरेट का धुआँ निगलते हुए कहा, "जाना माँगता है या फिर गड़बड़ करेगा?"

"वही है।" उसने ये शब्द अपने मुँह के अंदर ही दुहराए और साथ ही उसे पूरा यक़ीन हो गया कि वह 'गोरा' जो उसके सामने खड़ा था, वही है जिससे पिछले वर्ष उसकी झड़प हुई थी। और इस व्यर्थ के झगड़े में, जिसका कारण 'गोरे' के दिमाग़ में चढ़ी हुई शराब थी, उसे विवशतापूर्वक बहुत-सी बातें सहनी पड़ी थी। उस्ताद मंगू ने 'गोरे' का दिमाग़ दुरुस्त कर दिया होता, बल्कि उसके पुर्जे उड़ा दिए होते, मगर वह विशेष कारणवश ख़ामोश हो गया

था। उसको पता था कि इस प्रकार के झगड़ों में अदालत का नज़ला आम तौर पर कोचवानों पर ही गिरता है।

उस्ताद मंगू ने पिछले वर्ष की लड़ाई और पहली अप्रैल के नये क़ानून पर गौर करते हुए 'गोरे' से कहा–"कहाँ जाना माँगता है?"

उस्ताद मंगू के लहजे में चाबुक जैसी तेजी थी।

'गोरे' ने जवाब दिया–"हीरा मण्डी।"

"किराया पाँच रुपये होगा।" उस्ताद मंगू की मूँछें थरथराई।

यह सुनकर गोरा हैरान हो गया। वह चिल्लाया, "पाँच रुपये? क्या तुम..."

"पाँच रुपये।" यह कहते हुए उस्ताद मंगू, का दाहिना बालों भरा हाथ भिंचकर एक वजनी घूँसे की शक्ल अख़्तियार कर गया–"क्यों जाते हो, या बेकार बातें बनाओगे?"

उस्ताद मंगू का लहजा ज़्यादा सख़्त हो गया।

'गोरा' पिछले वर्ष की घटना को दृष्टि में रखकर उस्ताद मंगू के सीने की चौड़ाई नज़रअंदाज़ कर चुका था। वह ख़याल कर रहा था कि उसकी खोपड़ी फिर खुजला रही है। इस साहसपूर्ण विचार के प्रभावाधीन वह ताँगे की ओर अकड़कर बढ़ा और अपनी छड़ी से उस्ताद मंगू को ताँगे से नीचे उतरने का इशारा किया। बेंत की यह पालिश की हुई पतली छड़ी उस्ताद मंगू की मोटी रान के साथ दो-तीन बार छुई। उसने खड़े-खड़े ऊपर से छोटे क़द के 'गोरे' को देखा जैसे वह अपनी निगाहों के वजन से ही उसे पीस डालना चाहता है। फिर उसका घूँसा कमान में से तीर की तरह ऊपर को उठा और आँख झपकते ही गोरे की ठुड्डी के नीचे जम गया। धक्का देकर उसने गोरे का पैर हटाया और नीचे उतरकर उसे धड़ाधड़ पीटना शुरू कर दिया।

विस्मित और चकित 'गोरे' ने इधर-उधर सिमटकर उस्ताद मंगू के वजनी घूँसों से बचने की कोशिश की और जब देखा कि उसके विरोधी पर दीवानगी की-सी हालत छाई हुई है और उसकी आँखों में से अंगारे बरस रहे हैं तो उसने ज़ोर-ज़ोर से चिल्लाना शुरू किया। इस चीख व पुकार ने उस्ताद मंगू की बाँहों का काम और भी तेज कर दिया जो 'गोरे' को जी भरकर पीट

रहा था और साथ-साथ यह कहता जाता था–"पहली अप्रैल को भी वही अकड़ फूँ...पहली अप्रैल को भी वही अकड़ फूँ...अब हमारा राज है, बच्चा।"

लोग जमा हो गए और पुलिस के दो सिपाहियों ने बड़ी मुश्किल से गोरे को उस्ताद मंगू की पकड़ से छुड़ाया। उस्ताद मंगू दो सिपाहियों के बीच खड़ा था। उसकी चौड़ी छाती फूली हुई साँस के कारण ऊपर-नीचे हो रही थी। मुँह से झाग वह रहा था और अपनी मुस्कराती हुई आँखों से आश्चर्यचकित भीड़ की तरफ देखकर वह अपनी हाँफती हुई आवाज़ में कह रहा था–"वे दिन गुज़र गए जब ख़लील ख़ाँ फाख़्ता उड़ाया करते थे–अब नया क़ानून है, मियाँ–नया क़ानून।

और बेचारा गोरा अपने बिगड़े हुए चेहरे के साथ बेवकूफ़ों की तरह कभी उस्ताद मंगू की तरफ देखता था और कभी भीड़ की तरफ।

उस्ताद मंगू को पुलिस के सिपाही थाने ले गए। रास्ते में और थाने के अन्दर कमरे में वह 'नया क़ानून, नया क़ानून' चिल्लाता रहा मगर किसी ने एक न सुनी।

"नया क़ानून, नया क़ानून–क्या बक रहे हो–क़ानून वही पुराना है।"

और उसको हवालात में बंद कर दिया गया।

❑

हतक

दिन-भर की थकी-माँदी वह अभी-अभी अपने बिस्तर पर लेटी थी और लेटते ही सो गई थी। नगरपालिका का सफाई दरोग़ा, जिसे वह सेठ के नाम से पुकारा करती थी-अभी-अभी उसकी हड्डी-पसलियाँ झिंझोड़कर शराब के नशे में चोर-घर वापस गया था-वह रात को यहाँ भी ठहर जाता, मगर उसे अपनी धर्मपत्नी का बहुत ज़्यादा ख़याल था, जो उसे बेहद प्रेम करती थी।

वे रुपये, जो उसने अपने शारीरिक श्रम के बदले उस दरोग़ा से वसूल किए थे, उसकी चुस्त चोली के नीचे से ऊपर को उभरे हुए थे। कभी साँस के उतार-चढ़ाव में चाँदी के ये सिक्के खनखनाने लगते और उसकी खनखनाहट उसके दिल की लयहीन धड़कनों में घुलमिल जाती। ऐसा मालूम होता कि उन सिक्कों की चाँदी पिघलकर उसके दिल के खून में टपक गई है।

उसका सीना अंदर से तप रहा था। यह गर्मी तो कुछ उस ब्रांडी के कारण थी, जिसका अद्धा दरोग़ा अपने साथ लाया था। कुछ इस 'बेबड़ा' का नतीजा थी, जिसका सोडा खत्म होने पर दोनों ने पानी मिलाकर पिया था।

वह सागवान के लंबे-चौड़े पलंग पर औंधे मुँह लेटी थी। उसकी बाँहें, जो कंधों तक नंगी थीं, पलंग की उस काँप की तरह फैली हुई थीं, जो ओस में भीग जाने के कारण पतले काग़ज़ से अलग हो जाए-दायें बाजू की बग़ल में शिकन-भरा गोश्त उभरा हुआ था। जो बार-बार मुड़ने के कारण नीली रंगत धारण कर गया था, जैसे नुची हुई मुर्ग़ी की खाल का एक टुकड़ा वहाँ पर रख दिया गया है।

कमरा बहुत छोटा था जिसमें असंख्य चीज़ें अस्त-व्यस्त बिखरी हुई थीं। तीन-चार सूखे-सड़े चप्पल पलंग के नीचे पड़े थे जिनके ऊपर मुँह रखकर एक ख़ारिश वाला कुत्ता सो रहा था और नींद में किसी अदृश्य चीज़ को मुँह चिढ़ा रहा था। उस कुत्ते के बाल जगह-जगह से ख़ारिश के कारण उड़े हुए थे। दूर से यदि कोई उस कुत्ते को देखता तो समझता कि पैर पोंछने वाला पुराना टाट दुहरा करके ज़मीन पर रखा है।

उस तरफ छोटे-से दीवारगीर पर सिंगार का सामान रखा था। गालों पर लगाने की सुर्ख़ी, होंठों की सुर्ख़ बत्ती, पाउडर, कंघी और लोहे की पिन

जो वह प्रायः अपने जूड़े में लगाया करती थी। पास ही एक लंबी खूँटी के साथ हरे तोते का पिंजरा लटक रहा था जो गर्दन को अपनी पीठ के बालों में छुपाए सो रहा था। पिंजरा कच्चे अमरूद के टुकड़ों और गले हुए संतरे के छिलकों से भरा हुआ था। इन बदबूदार टुकड़ों पर छोटे-छोटे काले रंग के मच्छर-पतंगे उड़ रहे थे।

पलंग के पास ही बेंत की एक कुर्सी पड़ी थी, जिसकी पीठ सिर टिकाने के कारण अत्यन्त मैली हो रही थी। इस कुर्सी के दायें हाथ को एक खूबसूरत तिपाई थी जिस पर हिज़ मास्टर्स वायस का पोर्टेबल ग्रामोफोन पड़ा था। इस ग्रामोफोन पर मढ़े हुए काले कपड़े की बहुत बुरी हालत थी। जंग लगी सुइयाँ तिपाई के अलावा कमरे के प्रत्येक कोने में बिखरी हुई थीं। उस तिपाई के ठीक ऊपर दीवार पर चार फ्रेम लटक रहे थे, जिनमें विभिन्न व्यक्तियों की तस्वीरें जड़ी थीं।

इन तस्वीरों से ज़रा उधर हटकर यानी दरवाज़े में दाख़िल होते ही बायीं तरफ की दीवार के कोने में शोख रंग की गणेश जी की तस्वीर थी जो ताज़ा और सूखे हुए फूलों से लदी थी। शायद यह तस्वीर कपड़े के किसी थान से उतारकर फ्रेम में जड़वाई गई थी। इस तस्वीर के साथ छोटे-से दीवारगीर पर जो कि बेहद चिकना हो रहा था तेल की एक प्याली धरी थी जो दिये को रोशन करने के लिए वहाँ रखी गई थी। पास ही दिया पड़ा था जिसकी लौ हवा बंद होने के कारण माथे के तिलक की तरह सीधी खड़ी थी। इस दीवारगीर पर धूप की छोटी-बड़ी मरोड़ियाँ भी पड़ी थीं।

जब वह बोहनी करती थी तो दूर गणेश जी की इस मूर्ति से रुपये छुआकर और फिर अपने माथे से लगाकर उन्हें अपनी चोली में रख लिया करती थी। उसकी छातियाँ चूँकि काफ़ी उभरी हुई थीं, इसलिए वह जितने रुपये भी अपनी चोली में रखती, सुरक्षित पड़े रहते थे। यद्यपि जब कभी-कभी माधो पूने से छुट्टी लेकर आता तो उसे अपने कुछ रुपये पलंग के पाये के नीचे उस छोटे-से गड्ढे में छुपाने पड़ते थे जो उसने खास इस काम के लिए खोदा था। माधो से रुपये सुरक्षित रखने का यह तरीका सुगंधी को रामलाल ने बताया था। उसने जब यह सुना था कि माधो पूने से आकर सुगंधी पर भी धावा बोलता है तो कहा था–"उस साले को तूने कब से यार बनाया है–यह बड़ी अनोखी आशिक़ी-माशूक़ी है। साला एक पैसा अपनी जेब से निकालता

नहीं और तेरे साथ मज़े उड़ाता रहता है। मज़े अलग रहे। तुझसे कुछ ले भी मरता है। सुगंधी, मुझे कुछ दाल में काला नज़र आता है। इस साले में कोई नई बात ज़रूर है जो तुझे भा गया है। सात साल से यह धंधा कर रहा हूँ। तुम छोकरियों की सारी कमजोरियाँ जानता हूँ।"

यह कहकर रामलाल दलाल ने, जो बंबई शहर के विभिन्न भागों में दस रुपये से लेकर सौ रुपये तक वाली एक सौ बीस छोकरियों का धंधा करता था, सुगंधी को बताया–"साली, अपना धन यूँ न बर्बाद कर। तेरे अंग पर से ये कपड़े उतारकर ले जाएगा वह तेरी माँ का यार! इस पलंग के पाये के नीचे छोटा-सा गड्ढा खोदकर इसमें सारे पैसे दबा दिया कर और जब वह यार आया करे तो उससे कहा कर–'तेरी जान की कसम माधो, आज सुबह से एक धेले का मुँह नहीं देखा। बाहर वाले से कहकर एक कप चाय और एक अफ़लातून बिस्कुट तो मँगा। भूख से मेरे पेट में चूहे दौड़ रहे हैं'–समझी? बहुत नाजुक वक़्त आ गया है मेरी जान–इस साली कांग्रेस ने शराब बंद करके बाज़ार बिलकुल मंदा कर दिया है। पर मुझे तो कहीं न कहीं से पीने को मिल ही जाती है। भगवान क़सम, जब तेरे यहाँ रात की खाली की हुई बोतल देखता हूँ और दारू की बास सूँघता हूँ तो जी चाहता है, तेरी जून में चला जाऊँ।"

सुगंधी को अपने जिस्म में सबसे ज़्यादा अपना सीना पसंद था। एक बार जमुना ने उससे कहा था–"नीचे से इन वक्ष के गोलों को बाँधकर रखा कर। अँगिया पहना करेगी तो उनकी दृढ़ता ठीक रहेगी।"

सुगंधी यह सुनकर हँस दी–"जमुना, तू सबको अपनी सरीखी समझती है। दस रुपये में लोग तेरी बोटियाँ नोचकर चले जाते हैं तो तू समझती है कि सबके साथ भी ऐसा ही होता होगा। कोई मुआ लगाए तो ऐसी-वैसी जगह हाथ–अरे हाँ, कल रात की बात तुझे सुनाऊँ। रामलाल रात के दो बजे एक पंजाबी को लाया। रात का तीस रुपया तय हुआ–जब सोने लगा तो मैंने बत्ती बुझा दी–अरे, वह तो डरने लगा। सुनती हो जमुना। तेरी क़सम, अँधेरा होते ही उसका सारा ठाठ किरकिरा हो गया–वह डर गया। मैंने कहा, चलो-चलो, देर क्यों करते हो! तीन बजने वाले हैं। अभी दिन चढ़ आएगा–बोला, रोशनी करो–रोशनी करो। मैंने कहा, यह रोशनी क्या हुआ–बोला, लाइट-लाइट।

"उसकी दबी हुई आवाज़ सुनकर मुझसे हँसी न रुकी, 'भई, मैं तो लाइट न करूँगी।' और यह कहकर मैंने उसकी गोश्तभरी रान की चुटकी

ली–तड़पकर उठ बैठा और लाइट ऑन कर दी। मैंने झट से चादर ओढ़ ली और कहा, तुझे शर्म नहीं आती मरदुए–वह पलंग पर आया तो मैं उठी और लपककर लाइट बुझा दी–वह फिर घबराने लगा–तेरी कसम, बड़े मजे में रात कटी–कभी अँधेरा कभी उजाला, कभी उजाला, कभी अँधेरा–ट्राम की खड़खड़ाहट हुई तो पतलून–वतलून पहनकर वह भागा–साले ने तीस रुपये सट्टे में जीते होंगे जो यूँ मुफ्त दे गया–जमना, तू बिलकुल अल्हड़ है। बड़े-बड़े गुर याद है मुझे, उन लोगों को ठीक करने के लिए।"

सुगंधी को वाक़ई बहुत गुर याद थे, जो उसने अपनी दो-एक सहेलियों को बताए भी थे। प्राय: वह ये गुर सबसे बताया करती थी–"अगर आदमी शरीफ़ हो, ज़्यादा बातें न करने वाला हो तो खूब शरारतें करो। अनगिनत बातें करो। उसे छेड़ो, सताओ, उसके गुदगुदी करो, उससे खेलो–अगर दाढ़ी रखता हो तो उससे अँगुलियों से कंघी करते-करते दो-चार बाल भी नोच लो। पेट बड़ा हो तो थपथपाओ–उसको इतनी मोहलत ही न दो कि अपनी मर्ज़ी के अनुसार कुछ कर पाए–वह खुशी-खुशी चला जाए और तुम भी बची रहोगी–ऐसे मर्द, जो गुपचुप रहते हैं, बड़े ख़तरनाक होते हैं बहन–हड्डी-पसली तोड़ देते हैं अगर उनका दाँव चल जाए!"

सुगंधी इतनी चालाक नहीं थी जितनी स्वयं को प्रकट करती थी। उसके ग्राहक बहुत कम थे। अत्यंत भावुक लड़की थी। यही वजह है कि वे तमाम गुर जो उसे याद थे, उसके दिमाग़ से फिसलकर उसके पेट में आ जाते थे जिस पर एक बच्चा होने के कारण कई लकीरें पड़ गयी थीं। इन लकीरों को पहली बार देखकर उसे ऐसा लगा था कि ख़ारिशयुक्त कुत्ते ने अपने पंजों से ये निशान बना दिए हैं–जब कोई कुतिया बड़ी उपेक्षा से उसके पालतू कुत्ते के पास से गुज़र जाती थी तो वह शर्मिंदगी दूर करने के लिए ज़मीन पर अपने पंजों से इस किस्म के निशान बनाया करता था।

सुगंधी दिमाग़ में ज़्यादा रहती थी, लेकिन ज्यों ही कोई नर्म व नाजुक बात–कोई कोमल बोल उससे कहता, झट पिघलकर वह अपने जिस्म के दूसरे हिस्से में फैल जाती। यद्यपि मर्द और औरत के शारीरिक मिलाप को उसका दिमाग़ बिलकुल व्यर्थ समझता था मगर उसके शरीर के बाकी अंग सबके-सब उसके बुरी तरह क़ायल थे। वे थकन चाहते थे–ऐसी थकन, जो उन्हें झिंझोड़कर–उन्हें मारकर सुलाने पर मजबूर कर दे। ऐसी नींद, जो थककर चूर-चूर होने के बाद आए, कितनी मजेदार होती हैं वह बेहोशी, जो मार खाकर

बंद-बंद ढीले हो जाने के बाद छा जाती है, कितना आनंद देती हैं–कभी ऐसा मालूम होता है कि तुम हो और कभी ऐसा मालूम होता है कि तुम नहीं हो, और इस होने और न होने के बीच में कभी ऐसा महसूस होता कि तुम हवा में बहुत ऊँची जगह लटकी हुई हो। ऊपर हवा, नीचे हवा, दायें, बायें हवा। बस, हवा ही हवा हो और फिर इस हवा में दम घुटना भी एक खास मज़ा देता है।

बचपन में जब वह आँख-मिचौली खेला करती थी और अपनी माँ का बड़ा संदूक खोलकर उसमें छुप जाया करती थी तो नाकाफ़ी हवा में दम घुटने के साथ-साथ पकड़े जाने के डर से वह तेज़ धड़कन, जो उसके दिल में पैदा हो जाया करती थी, कितना मज़ा दिया करती थी।

सुगंधी चाहती थी कि अपनी सारी ज़िंदगी किसी ऐसे बने सन्दूक में छुपकर गुज़ार दे, जिसके बाहर ढूँढ़ने वाले फिरते रहें। कभी-कभी उसको ढूँढ़ निकाले ताकि वह भी उनको ढूँढ़ने की कोशिश करे। यह ज़िंदगी जो वह पाँच वर्ष से गुज़ार रही थी आँख-मिचौली ही तो थी। कभी वह किसी को ढूँढ़ लेती और कभी कोई उसे ढूँढ़ लेता था–बस यूँ ही उसका जीवन बीत रहा था। वह खुश थी इसलिए कि उसको खुश रहना पड़ता था। हर रोज़ रात को कोई-न-कोई मर्द उसके चौड़े सागवान के पलंग पर होता था और सुगंधी, जिसको मर्दों को ठीक करने के असंख्य गुर याद थे, इस बात का बार-बार निश्चय करने पर भी कि वह इन मर्दों की कोई ऐसी-वैसी बात नहीं मानेगी और उनके साथ बड़े रूखेपन के साथ पेश आएगी, हमेशा अपनी भावनाओं की धार में बह जाया करती थी और केवल एक प्यासी औरत रह जाया करती थी।

हर रोज़ रात को उसका पुराना या नया मुलाक़ाती उससे कहा करता था, "सुगंधी, मैं तुमसे प्रेम करता हूँ।" और सुगंधी यह जान-बूझकर कि वह झूठ बोलता है, बस मोम हो जाती थी और ऐसा महसूस करती थी, जैसे सचमुच उससे प्रेम किया जा रहा है–प्रेम–कितना सुंदर बोल है। वह चाहती थी कि उसको पिघलाकर अपने सारे अंगों पर मल ले। उसकी मालिश करे ताकि यह सारे का सारा उसके मसानों में रच जाए–या फिर वह स्वयं उसके अंदर चली जाए। सिमट-सिमटकर उसके अंदर दाख़िल हो जाए और ऊपर से ढकना बंद कर दे। कभी-कभी जब प्रेम करने और प्रेम किए जाने की भावना उसके अंदर बहुत तीव्रता धारण कर लेती तो कई बार उसके जी में आता कि अपने पास पड़े हुए आदमी को गोद में लेकर थपथपाना शुरू कर दे और लोरियाँ देकर उसे अपनी गोद में सुला दे।

प्रेम करने की लालसा उसके अंदर इतनी अधिक थी कि हर उस मर्द से, जो उसके पास आता था, वह मुहब्बत कर सकती थी और फिर उसको निबाह भी सकती थी। अब तक चार मर्दों से अपना प्रेम निबाह ही तो रही थी, जिनकी तस्वीरें उसके सामने दीवार पर लटक रही थीं। हर वक़्त यह अहसास उसके मन में मौजूद रहता कि वो बहुत अच्छी है, लेकिन अच्छापन मर्दों में क्यों नहीं होता, यह बात उसकी समझ में नहीं आती थी। एक बार आइना देखते हुए अनायास उसके मुँह से निकल गया–"सुगंधी, तुझसे ज़माने ने अच्छा सलूक नहीं किया।"

यह ज़माना–यानी पाँच वर्षों के दिन और उनकी रातें–उसके जीवन के हर तार के साथ लिपटा हुआ था, मानो उस ज़माने से उसकी ख़ुशी नसीब नहीं होती थी जिसकी इच्छा उसके मन में मौजूद थी। फिर भी वह चाहती थी कि यूँ ही उसके दिन बीतते चले जाएँ। उसे कौन-से महल खड़े करने थे जो रुपये-पैसे का लालच करती। दस रुपये का आम भाव था जिसमें ढाई रुपये रामलाल अपनी दलाली के काट लेता था। साढ़े सात रुपये उसे रोज़ मिल ही जाया करते थे, जो उस उसकी अकेली जान के लिए काफ़ी थे और माधो जब पूने से रामलाल दलाल के कथनानुसार सुगंधी पर धावे बोलने के लिए आता था तो यह दस-पंद्रह रुपये खिराज भी अदा करती थी। यह खिराज सिर्फ़ इस बात का था कि सुगंधी को उससे कुछ वो हो गया था। रामलाल दलाल ठीक कहता था, उसमें ऐसी बात जरूर थी जो सुगंधी को बहुत भा गयी थी। अब इसको छुपाना क्या है, बता ही क्यों न दे! सुगंधी से जब माधो की पहली मुलाक़ात हुई तो उसने कहा था–"तुझे लाज नहीं आती अपना भाव करते? जानती है, तू मेरे साथ किस चीज़ का सौदा कर रही है? और मैं तेरे पास क्यों आया हूँ? छी-छी दस रुपये और जैसा कि तू कहती है, ढाई रुपये दलाली के। बाकी रहे साढ़े सात–रहे न साढ़े सात–अब इन साढ़े सात रुपल्लियों पर तो मुझे ऐसी चीज़ देने का वचन देती है, जो तू दे ही नहीं सकती और मैं ऐसी चीज़ लेने आया हूँ, जो मैं ले ही नहीं सकता मुझे औरत चाहिए, पर तुझे क्या इस वक़्त, इसी घड़ी मर्द चाहिए? मुझे तो औरत भी भा जाएगी, पर क्या मैं तुझे जँचता हूँ–तेरा-मेरा नाता ही क्या है? कुछ भी नहीं बस, ये दस रुपये, जिनमें ढाई रुपये दलाली के चले जाएँगे और बाकी इधर-उधर बिखर जाएँगे तेरे और मेरे बीच में बज रहे हैं–तू भी इनका बजना सुन रही है और मैं भी। तेरा मन कुछ और सोचता है, मेरा मन कुछ और–क्यूँ न कोई ऐसी बात करें कि तुझे मेरी ज़रूरत हो और मुझे तेरी। पूने

में हवलदार हूँ, महीने में एक बार आया करूँगा। तीन-चार दिन के लिए–यह धंधा छोड़–मैं तुझे ख़र्च दिया करूँगा–क्या भाड़ा है इस खोली का...?"

माधो ने और भी बहुत कुछ कहा था, जिसका असर सुगंधी पर इस क़दर ज़्यादा हुआ था कि वह कुछ क्षणों के लिए स्वयं को हवलदारनी समझने लगी थी। बातें करने के बाद माधो ने उसके कमरे की बिखरी हुई चीज़ें ढंग से रखी थीं और नंगी तस्वीरें, जो सुगंधी ने अपने सिरहाने लटका रखी थीं, बिना पूछे-ताछे फाड़ दी थीं, और कहा था, सुगंधी, भई मैं ऐसी तस्वीरें यहाँ नहीं रखने दूँगा–और पानी का यह घड़ा–देखो कितना मैला है और ये चिथड़े-से चित्तियाँ–उफ, कितनी बुरी बास आती है। उठाकर बाहर फेंक इनको और तूने अपने बालों का क्या सत्यानास कर रखा है...और...

तीन घंटे की बातचीत के बाद सुगंधी और माधो दोनों आपस में घुलमिल गए थे और सुगंधी को ऐसा महसूस हो रहा था कि वर्षों से हवालदार को जानती हैं। इस वक़्त तक किसी ने भी कमरे में बदबूदार चिथड़ों, मैले घड़े और नंगी तस्वीरों की मौजूदगी का ख़याल नहीं किया था और न कभी किसी ने उसको यह महसूस करने का मौका दिया था कि उसका एक घर है जिसमें घरेलूपन आ सकता है। लोग आते थे और बिस्तर तक की गन्दगी को महसूस किए बिना चले जाते थे। कोई सुगंधी से यह नहीं कहता था–"देख तो आज तेरी नाक कितनी लाल हो रही है, कहीं जुकाम न हो जाए तुझे! ठहर, मैं तेरे वास्ते दवा लाता हूँ।" माधो कितना अच्छा था। उसकी हर बात बावन तोले पाव रत्ती की थी। क्या खरी-खरी सुनाई थी उसने सुगंधी को। उसे महसूस होने लगा कि उसे माधो की ज़रूरत है। चुनांचे दोनों में संबंध हो गया।

महीने में एक बार माधो पूने से आता था और वापस जाते हुए हमेशा सुगंधी से कहा करता था, "देख सुगंधी, अगर तूने फिर से अपना धंधा शुरू किया तो बस तेरी-मेरी टूट जाएगी।–अगर तूने एक बार भी किसी मर्द को अपने यहाँ ठहराया तो चुटिया से पकड़कर बाहर निकाल दूँगा–देख, इस महीने का ख़र्च मैं तुझे पूना पहुँचते ही मनीऑर्डर कर दूँगा।"

"हाँ, क्या भाड़ा है इस खोली का...?"

न माधो ने कभी पूना से ख़र्च भेजा था और न सुगंधी ने अपना धंधा बन्द किया था। दोनों अच्छी तरह जानते थे, क्या हो रहा है। न सुगंधी ने कभी माधो से यह कहा था, तू यह टर्र-टर्र क्या करता है, एक फूटी कौड़ी भी दी है कभी तूने? और न माधो ने कभी सुगंधी से पूछा था, 'यह माल

तेरे पास कहाँ से आया है जबकि मैं तुझे कुछ देता ही नहीं।' दोनों झूठे थे। दोनों एक मुलम्मा की हुई ज़िंदगी बिता रहे थे–लेकिन सुगंधी ख़ुश थी। जिसको असल सोना पहनने को न मिले वह मुलम्मा किए हुए गहनों पर ही राज़ी हो जाया करता है।

इस वक़्त सुगंधी थकी-माँदी सो रही थी। बिजली का लट्टू, जिसे ऑफ करना भूल गयी थी, उसके सिर के ऊपर लटक रहा था। उसकी तेज़ रोशनी उसकी मुँदी हुई आँखों के साथ टकरा रही थी मगर वह गहरी नींद में सो रही थी।

दरवाज़े पर दस्तक हुई–रात के दो बजे यह कौन आया था? सुगंधी के स्वप्निल कानों में दस्तक की आवाज़ भनभनाहट बनकर पहुँची। दरवाज़ा जब ज़ोर से खटखटाया गया तो चौंककर उठ बैठी–वह मिली-जुली शराबों और दाँतों की रेज़ों में फँसे हुए मछली के रेज़ों ने उसके मुँह के अंदर ऐसा लुआब पैदा कर दिया था कि जो अत्यन्त कसैला और लेसदार था। धोती के पल्लू से उसने यह बदबूदार लुआब साफ किया और आँखें मलने लगी। पलंग पर वह अकेली थी। झुककर उसने देखा तो उसका कुत्ता सूखी हुई चप्पलों पर मुँह रखे सो रहा था और नींद में किसी अदृश्य चीज़ को मुँह चिढ़ा रहा था और तोता पीठ के बालों में सिर दिए सो रहा था।

दरवाज़े पर दस्तक हुई। सुगंधी बिस्तर पर से उठी। सिरदर्द के मारे फटा जा रहा था। घड़े से पानी का एक डोंगा निकालकर उसने कुल्ली की और दूसरा डोंगा गटागट पीकर उसने दरवाज़े का पट थोड़ा-सा खोला और कहा–“रामलाल?”

रामलाल जो बाहर दस्तक देते-देते थक गया था, भन्नाकर कहने लगा–“तुझे साँप सूँघ गया था या क्या हो गया था? एक क्लाक (घंटे) से बाहर खड़ा दरवाज़ा खटखटा रहा हूँ। क्या मर गयी थी?” फिर आवाज़ दबाकर उसने हौले से कहा था–“अंदर कोई है तो नहीं?”

जब सुगंधी ने कहा–“नहीं” तो रामलाल की आवाज़ फिर ऊँची हो गयी–“तो दरवाज़ा क्यों नहीं खोलती? भई हद हो गयी। क्या नींद पायी है। यूँ एक-एक छोकरी उतारने में दो-दो घंटे खपाना पड़े तो मैं अपना धंधा कर चुका–अब तू मुँह क्या देखती है। झटपट यह धोती उतारकर वह फूलों वाली साड़ी पहन। पौडर-वौडर लगा और चल मेरे साथ–बाहर मोटर में एक सेठ बैठे तेरा इंतज़ार कर रहे हैं–चल-चल, एकदम जल्दीकर।”

सुगंधी आरामकुर्सी पर बैठ गई और रामलाल आईने के सामने अपने बालों में कंघी करने लगा।

सुगंधी ने तिपाई की तरफ हाथ बढ़ाया और बाम की शीशी उठाकर उसका ढकना खोलते हुए कहा–"रामलाल, आज मेरा जी अच्छा नहीं।"

रामलाल ने कंघी दीवारगीर पर रख दी और मुड़कर कहा–"तो पहले ही कह दिया होता।"

सुगंधी ने माथे और कनपटियों पर बाम मलते हुए रामलाल की ग़लतफ़हमी दूर कर दी–"वह बात नहीं, रामलाल–ऐसे ही मेरा जी अच्छा नहीं, बहुत पी गयी।"

रामलाल के मुँह में पानी भर आया थोड़ी बची हो तो ला–"जरा हम भी मुँह का मज़ा ठीक कर ले।"

सुगंधी ने बाम की शीशी तिपाई पर रख दी और कहा–"बचाई होती तो यह मुआ सिर में दर्द ही क्यों होता–देख रामलाल! जो बाहर मोटर में बैठा है, उसे अंदर ही ले आ।"

रामलाल ने जवाब दिया–"नहीं भई, वह अंदर नहीं आ सकते। जैंटलमैन आदमी है। वह तो मोटर को गली के बाहर खड़ी करते हुए भी घबराते थे–तू कपड़े-वपड़े पहन ले और ज़रा गली के नुक्कड़ तक चल–सब ठीक हो जाएगा।"

साढ़े सात रुपये का सौदा था। सुगंधी इस हालत में जबकि उसके सिर में तेज़ दर्द हो रहा था, कभी कुबूल न करती, मगर उसे रुपयों की सख़्त ज़रूरत थी। उसके पास वाली खोली में एक मद्रासी औरत रहती थी जिसका पति मोटर के नीचे आकर मर गया था। इस औरत को अपनी जवान लड़की समेत अपने वतन जाना था, लेकिन उसके पास चूँकि किराया ही नहीं था इसलिए वह दयनीय स्थिति में पड़ी थी। सुगंधी ने कल ही उसको ढाढ़स दी थी और उससे कहा था, "बहन, तू चिन्ता न कर। मेरा मर्द पूने से आने ही वाला है। मैं उससे कुछ रुपये लेकर तेरे जाने का बंदोबस्त कर दूँगी।" माधो पूना से आने वाला था। मगर रुपयों का बंदोबस्त तो सुगंधी को ही करना था। चुनांचे वह उठी और जल्दी-जल्दी कपड़े बदलने लगी। पाँच मिनट में उसने धोती उतारकर फूलों वाली साड़ी पहनी और गालों पर सुर्ख

पाउडर लगाकर तैयार हो गयी। घड़े के ठंडे पानी का एक और डोंगा पीया और रामलाल के साथ हो ली।

गली, जो कि छोटे शहरों के बाज़ार से भी कुछ बड़ी थी बिलकुल ख़ामोश थी। गैस के वे लैंप, जो कि खंबों पर जड़े थे, पहले की अपेक्षा बहुत धुँधली रोशनी दे रहे थे। जंग के कारण इनके शीशों को गँदला कर दिया गया था। इस अंधी रोशनी में गली के अंतिम सिरे पर एक मोटर नज़र आ रही थी।

कमज़ोर रोशनी में उस काले रंग की मोटर की छाया-सी नज़र आना और पिछले पहर की रहस्यमयी ख़ामोशी–सुगंधी को ऐसा लगा कि उसके सिर का दर्द वातावरण में भी छा गया है। ऐसा कसैलापन उसे हवा के अंदर भी महसूस होता था जैसा ब्रांडी और 'ब्योड़ा' की बास से वह भी बोझिल हो रही है।

आगे बढ़कर रामलाल ने मोटर के अंदर बैठे हुए आदमियों से कुछ कहा। इतने में जब सुगंधी मोटर के पास पहुँच गयी तो रामलाल ने एक तरफ हटकर कहा–"लीजिए, वह आ गयी–बड़ी अच्छी छोकरी है। थोड़े ही दिन हुए हैं इसे धंधा शुरू किए!।" फिर सुगंधी से संबोधित होकर कहा, "सुगंधी, इधर आ, सेठजी बुलाते हैं।"

सुगंधी साड़ी का एक किनारा अपनी अँगुली पर लपेटती हुई आगे बढ़ी और मोटर के दरवाज़े के पास खड़ी हो गयी। सेठ साहब ने बीड़ी से उसके चेहरे के पास रोशनी की। एक क्षण के लिए उस रोशनी ने सुगंधी की ख़ुमार-भरी आँखों में चकाचौंध पैदा की। बटन दबाने की आवाज़ पैदा हुई और रोशनी बुझ गयी। साथ ही सेठ के मुँह से उँह निकला। फिर एकदम मोटर का इंजन फड़फड़ाया और कार यह जा, वह जा...!

सुगंधी कुछ सोचने भी न पाई थी कि मोटर चल दी। उसकी आँखों में अभी तक बीड़ी की तेज़ रोशनी घुसी हुई थी। वह ठीक तरह से सेठ का चेहरा भी तो न देख सकी थी। यह आख़िर हुआ क्या था? उस उँह का क्या मतलब था जो अभी तक उसके कानों में भनभना रही थी? क्या?...क्या?

रामलाल दलाल की आवाज़ सुनायी दी–"पसंद नहीं किया तुझे। अच्छा भई, मैं चलता हूँ। दो घंटे मुफ़्त ही बर्बाद किए।"

यह सुनकर सुगंधी की टाँगों में, उसकी बाँहों में, उसके हाथों में एक ज़बरदस्त हरकत पैदा हुई। कहाँ है वह मोटर–कहाँ है वह सेठ–तो उँह का मतलब यह था कि उसने मुझे पसंद नहीं किया–उसकी...।

गाली उसके पेट के अंदर से उठी और जुवान की नोक पर आकर रुक गयी। वह आख़िर गाली किसे देती? मोटर तो जा चुकी थी। उसकी दुम की सुख़ बत्ती उसके सामने बाज़ार के अँधेरे में डूब रही थी और सुगंधी को ऐसा महसूस हो रहा था कि लाल-लाल अंगारा 'उँह' है, जो उसके सीने में बरछे की तरह उतरा चला जा रहा है। उसके जी में आया कि ज़ोर से पुकारे ..."ओ सेठ–ओ सेठ...ज़रा मोटर रोकना अपनी–बस, एक मिनट के लिए।" पर वह सेठ मूडी है।

वह सुनसान बाज़ार में खड़ी थी। फूलों वाली साड़ी जो वह खास-खास अवसरों पर पहना करती थी, रात के पिछले पहर की हल्की-फुल्की हवा में लहरा रही थी। यह साड़ी और उसकी रेशमी सरसराहट सुगंधी को कितनी बुरी महसूस होती थी। वह चाहती थी कि उस साड़ी के चिथड़े उड़ा दे क्योंकि साड़ी हवा में लहराकर 'उँह, उँह' कर रही थी।

गालों पर उसने पाउडर लगाया था और होंठों पर सुख़ी। जब उसे ध्यान आया कि यह सिंगार उसने स्वयं को पसंद कराने के लिए किया था तो शर्म के मारे उसे पसीना आ गया। यह शर्मिंदगी दूर करने के लिए उसने क्या कुछ न सोचा–"मैंने इस मुए को दिखाने के लिए थोड़ी अपने आपको सजाया था। ये तो मेरी आदत है। मेरी क्या, सबकी आदत है! पर...पर...यह रात के दो बजे और रामलाल दलाल और यह बाज़ार और वह मोटर और बीड़ी की चमक।" यह सोचते ही रोशनी के धब्बे उसकी दृष्टि-सीमा वातावरण में इधर-उधर तैरने लगे और मोटर के इंजन की फड़फड़ाहट उसे हवा के प्रत्येक झोंके में सुनायी देने लगी।

उसके मस्तक पर बाम का लेप जो सिंगार करने के दौरान बिलकुल हल्का हो गया था, पसीना आने के कारण उसके मसामों में दाख़िल होने लगा और सुगंधी को अपना मस्तक किसी और का मस्तक मालूम हुआ। जब हवा का एक झोंका उसके अर्क-भरे मस्तक के पास से गुज़रा तो-उसे ऐसा लगा कि सर्द-सर्द टीन का टुकड़ा काटकर उसके मस्तक के साथ चिपका दिया गया है। सिर में दर्द वैसे का वैसा मौजूद था, मगर विचारो की भीड़-भाड़ और उनके शोर ने इस दर्द को अपने नीचे दबा रखा था।

सुगंधी ने कई बार इस दर्द को अपने विचारों के नीचे से निकालकर लाना चाहा, मगर असफल रही। वह चाहती थी कि किसी न किसी तरह

उसका अंग-अंग दुखने लगे। उसके सिर में दर्द हो, उसकी टाँगों में दर्द हो, उसके पेट में दर्द हो, उसकी बाँहों में दर्द हो—ऐसा दर्द कि वह केवल दर्द ही का ख़याल करे और सब कुछ भूल जाए। यह सोचते-सोचते उसके दिल में कुछ हुआ—क्या यह दर्द था? एक क्षण के लिए उसका दिल सिकुड़ा और फिर फैल गया—यह क्या था...लानत! यह तो वही उँह थी, जो उसके दिल के अंदर कभी सिकुड़ती और कभी फैलती थी।

घर की तरफ सुगंधी के कदम उठे ही थे कि रुक गए। और वह ठहरकर सोचने लगी—"रामलाल दलाल का ख़याल है कि उसे मेरी शक्ल पसंद नहीं आयी—शक्ल का तो उसने ज़िक्र नहीं किया।" उसने तो यह कहा था—"सुगंधी, तुझे पसंद नहीं किया।" उसे...उसे...सिर्फ़ मेरी शक्ल ही पसंद नहीं आयी—नहीं आयी तो क्या हुआ? मुझे भी तो कई आदमियों की शक्लें पसंद नहीं आतीं—वह जो अमावस्या की रात को आया था, कितनी बुरी सूरत थी उसकी-क्या मैंने नाक-भौं नहीं चढ़ाई थी? जब वह मेरे साथ सोने लगा था तो मुझे घिन नहीं आयी थी?—क्या मुझे उबकाई आते-आते नहीं रुक गयी थी?—ठीक है। पर सुगंधी-तूने दुत्कारा नहीं था। तूने उसे-ठुकराया नहीं था—इस मोटर वाले सेठ ने तो तेरे मुँह पर थूका है—उँह—इस 'उँह' का और मतलब ही क्या है? यह कि इस छछूंदर के सिर में चमेली का तेल और यह मुँह और मसूर की दाल—अरे रामलाल, "तू यह छिपकली कहाँ से पकड़कर ले आया है—इस लौंडिया की इतनी तारीफ़ कर रहा है तू—दस रुपये और यह औरत—खच्चर क्या बुरी है...।"

सुगंधी सोच रही थी और उसके पैर के अँगूठे से लेकर चोटी तक गर्म लहरें दौड़ रही थीं। उसको कभी अपने-आप पर गुस्सा आता था और कभी रामलाल दलाल पर, जिसने रात के दो बजे उसे बेआराम किया। लेकिन फ़ौरन ही दोनों को बेक़सूर पाकर वह सेठ का ख़याल करती थी। उसके ख़याल के आते ही उसकी आँखें, उसके कान, उसकी बाँहें, उसकी टाँगें, उसका सब कुछ मुड़ता था कि उस सेठ को कहीं देख पाए—उसके अंदर यह इच्छा बड़ी तीव्रता से पैदा हो रही थी कि जो कुछ हो चुका है, एक बार फिर—केवल एक बार ही—वह धीरे-धीरे मोटर की तरफ बढ़े। मोटर के अंदर से एक हाथ बीड़ी निकाले और उसके चेहरे पर रोशनी फेंके। 'उँह' की आवाज़ आए और वह सुगंधी अंधाधुंध अपने दोनों पंजों से उसका मुँह नोचना शुरू कर दे। जंगली बिल्ली की तरह झपटे और अपनी अँगुलियों के सारे नाखून, जो

उसने आधुनिक फ़ैशन के अनुसार बढ़ा रखे थे, उस सेठ के गालों में गाड़ दे—बालों से पकड़कर उसे बाहर घसीट ले और धड़ाधड़ मुक्के मारना शुरू कर दे और जब थक जाए तो रोना शुरू कर दे।

रोने का ख़याल सुगंधी को केवल इसलिए आया था कि उसकी आँखों में गुस्से और बेबसी की तीव्रता के कारण चार बड़े-बड़े आँसू बच रहे थे। एकाएक सुगंधी ने अपनी आँखों से सवाल किया—"तुम रोती क्यों हो? तुम्हें क्या हुआ है कि टपकने लगी हो? आँखों से किया हुआ प्रश्न कुछ क्षणों तक उन आँसुओं में तैरता रहा। जवाब पलकों पर काँप रहे थे। सुगंधी इन आँसुओं में से देर तक उस शून्य को घूरती रही, जिधर सेठ की मोटर गयी थी।

फड़-फड़-फड़...यह आवाज़ कहाँ से आयी? सुगंधी ने चौंककर इधर-उधर देखा, लेकिन किसी को न पाया—अरे, यह तो उसका दिल फड़फड़ाया था। वह समझी थी, मोटर का इंजन बोला है—उसका दिल—यह क्या हो गया था उसके दिल को? आज ही यह रोग लग गया था उसे—अच्छा-भला चलता-चलता एक जगह रुककर फड़फड़ क्यों करता था—बिलकुल उस घिसे हुए रेकार्ड की तरह जो सुई के नीचे एक जगह रुक जाता था—'रात कटी गिन-गिन तारे' —कहता-कहता तारे-तारे की रट लगा देता है।

आसमान तारों से अटा हुआ था। सुगंधी ने उनकी तरफ देखा और कहा, 'कितने सुंदर है' —वह चाहती थी कि अपना ध्यान किसी और तरफ पलट दे, पर जब उसने सुंदर कहा तो झट से यह ख़याल उसके मस्तिष्क में कौंधा —"ये तारे सुंदर हैं, पर तू कितनी भौंडी है। क्या भूल गयी कि अभी-अभी तेरी सूरत को फटकारा गया है?"

सुगंधी बदसूरत तो नहीं थी। यह ख़याल आते ही वे तमाम अक्स एक-एक करके उसकी आँखों के सम्मुख आने लगे, जो इन पाँच वर्षों के दौरान वह दर्पण में देख चुकी थी। इसमें तो शक नहीं कि उसका रंग-रूप अब वह नहीं रहा था जो आज से पाँच साल पहले था, जब वह तमाम चिंताओं से मुक्त अपने माँ-बाप के साथ रहा करती थी। लेकिन वह बदसूरत तो नहीं हो गयी थी। उसकी शक्ल-व-सूरत उन आम औरतों की-सी थी, जिनकी तरफ मर्द गुज़रते-गुज़रते घूरकर देख लिया करते थे। उनमें वे तमाम खूबियाँ मौजूद थीं, जो सुगंधी के विचार में हर मर्द उस औरत में ज़रूरी समझता है, जिसके साथ उसे एक-दो रातें बितानी होती हैं। वह जवान थी। उसके अंग संतुलित थे। कभी-कभी नहाते

समय जब उसकी दृष्टि अपनी रानों पर पड़ी थी तो वह स्वयं उनकी गोलाई और गदराहट को पसंद किया करती थी। उसका स्वभाव मृदुल था। इन पाँच वर्षों के दौरान में शायद ही कोई आदमी उससे नाखुश होकर गया हो–बड़ी मिलनसार थी। बड़ी रहमदिल थी। पिछसे दिनों क्रिसमस में जब वह गोलपीठा में रहा करती थी, एक नौजवान लड़का उसके पास आया था। सुबह उठकर जब उसने दूसरे कमरे में जाकर खूँटी से अपना कोट उतारा तो अपना बटुआ ग़ायब पाया। सुगंधी का नौकर यह बटुआ ले उड़ा था। बेचारा बहुत परेशान हुआ। छुट्टियाँ बिताने के लिए हैदराबाद से बंबई आया था। अब उसके पास वापस जाने के लिए दाम न थे। सुगंधी ने तरस खाकर उसे उसके दस रुपये वापस दे दिए थे।–'मुझ में क्या बुराई है?' सुगंधी ने यह प्रश्न उस प्रत्येक चीज से किया था, जो उसकी आँखों के सामने थी। गैस के अंधे लैंप, लोहे के खंबे, फुटपाथ के चौकोर पत्थर और सड़क की उखड़ी हुई बजरी–इन सब चीजों की तरफ उसने बारी-बारी से देखा, फिर आसमान की तरफ निगाहें उठायीं, जो उसके ऊपर झुका हुआ था, मगर सुगंधी को कोई जवाब न मिला। जवाब उसके अंदर मौजूद था। वह जानती थी कि वह बुरी नहीं, अच्छी, है; परंतु वह चाहती थी कि कोई इसका समर्थन करे। कोई...कोई...इस वक़्त कोई उसके कंधों पर हाथ रखकर केवल इतना कह दे–'सुगंधी, कौन कहता है, तू बुरी है। जो तुझे बुरा कहे वह स्वयं बुरा है।' –नहीं, यह कहने की कोई खास ज़रूरत नहीं थी। किसी का इतना कह देना ही काफ़ी था–'सुगंधी, तू बहुत अच्छी है।'

वह सोचने लगी कि वह क्यों चाहती है कि कोई उसकी तारीफ़ करे। उससे पहले उसे इस बात की इतनी तेज़ी से ज़रूरत महसूस नहीं हुई थी। आज वह क्यों निर्जीव चीज़ों को भी अपनी नज़रों से देखती है, जैसे उन पर अपने अच्छा होने का अहसास छा देना चाहती है। उसके शरीर का कण-कण क्यों 'माँ' बन रहा था–वह माँ बनकर धरती की प्रत्येक वस्तु को अपनी गोद में लेने के लिए क्यों तैयार हो रही थी? उसका जी क्यों चाहता था कि सामने वाले गैस के लोहे के खंबे के साथ चिपट जाए और उसके ठंडे लोहे पर अपने गाल रख दे। अपने गर्म-गर्म गाल और उसकी सारी सर्दी चूस ले।

थोड़ी देर के लिए उसे ऐसा महसूस हुआ कि गैस के अंधे लैंप, लोहे के खंबे, फुटपाथ के चौकोर पत्थर और प्रत्येक वह वस्तु जो रात के सन्नाटे

में उसके आस-पास थी, हमदर्दी की नज़रों से उसे देख रही है और उसके ऊपर झुका हुआ आसमान भी, जो मटियाले रंग की ऐसी मोटी चादर लगता था, जिसमें असंख्य छिद्र हो रहे हों उसकी बातें समझता था। और सुगंधी को भी ऐसा लगता था कि वह तारों का टिमटिमाना समझती है–लेकिन उसके अंदर यह क्या गड़बड़ थी? वह क्यों अपने अंदर इस मौसम की फ़िज़ा को महसूस करती थी, जो वर्षा के पूर्व देखने में आया करता है–उसका मन चाहता था कि उसके शरीर का प्रत्येक मसाम खुल जाए और जो कुछ उसके अंदर उबल रहा है। उनके रास्ते बाहर निकल जाए। पर यह कैसे हो–कैसे हो?

सुगंधी गली के नुक्कड़ पर ख़त डालने वाले लाल ढोल के पास खड़ी थी–हवा के तेज़ झोंके से उस ढोल की इस्पाती जुबान, जो उसके खुले मुख में लटकी रहती थी लड़खड़ाती हुई सुगंधी की निगाहें एकाएक उसकी तरफ उठीं, जिधर मोटर गयी थी, मगर उसे कुछ नज़र न आया। उसकी कितनी तीव्र आकांक्षा थी कि वह मोटर पर फिर एक बार आए और...और...

'न आए–बला से–मैं जान क्यों हल्कान करूँ–घर चलते हैं और लंबी तानकर सोते हैं। इन झगड़ों में रखा ही क्या है। मुफ़्त का दर्द-ए-सिर ही तो है। चल सुगंधी, घर चल–ठंडे पानी का एक डोंगा पी और थोड़ा-सा बाम मलकर सो जा–फर्स्ट क्लास नींद आएगी और सब ठीक हो जाएगा–सेठ और उस मोटर की ऐसी-तैसी।'

यह सोचते हुए सुगंधी का बोझ हल्का हो गया, जैसे वह किसी ठंडे तालाब से नहाकर बाहर निकली है। जिस तरह पूजा करने के बाद उसका जिस्म हल्का हो जाता था, इसी तरह अब भी हल्का हो गया था। घर की तरफ चलने लगी तो विचारों का बोझ न होने के कारण उसके क़दम कई बार लड़खड़ाए।

अपने मकान के पास पहुँची तो एक टीस के साथ फिर तमाम घटनाएँ उसके मन में उठीं और दर्द की तरह उसके रोम-रोम में छा गयीं–क़दम फिर बोझिल हो गए और वह इस बात को तेज़ी महसूस करने लगी कि घर से बुलाकर, बाहर बाज़ार में मुँह पर रोशनी का चाँटा मारकर एक आदमी ने अभी-अभी उसकी हतक की है। यह ख़याल आया तो उसने अपनी पसलियों पर किसी के सख़्त अँगूठे महसूस किए जैसे कोई उसे भेड़-बकरी की तरह

देख रहा है कि क्या गोश्त भी है या बाल ही बाल हैं—इस सेठ ने—परमात्मा करे—सुगंधी ने चाहा कि उसे शाप दे, मगर सोचा, शाप देने से क्या बनेगा? मज़ा तो जब था कि वह सामने होता और उसके अस्तित्व के प्रत्येक कण पर अपनी लानतें लिख देती—उसके मुँह पर ऐसे-ऐसे शब्द कहती कि जिंदगी-भर बेचैन रहता—कपड़े फाड़कर उसके सामने नंगी हो जाती और कहती—‘यही लेने आया था न तू? ले, दाम दिए बिना ले जा इसे—परंतु जो कुछ मैं हूँ, जो कुछ मेरे अंदर हुआ है—वह तू क्या तेरा बाप भी नहीं ख़रीद सकता…।’

प्रतिशोध के नये-नये तरीक़े सुगंधी के मस्तिष्क में आ रहे थे। अगर उस सेठ से एक बार—केवल एक बार—उसकी मुठभेड़; हो जाए तो वह यह करे—नहीं यह नहीं, यह करे। यूँ इससे प्रतिशोध ले, नहीं, यूँ नहीं, यूँ—लेकिन जब सुगंधी सोचती कि सेठ से उसका दोबारा मिलना कठिन है तो वह उसे एक छोटी-सी गाली देकर ही स्वयं को राजी कर लेती—बस केवल एक छोटी गाली जो उसकी नाक पर चिपकू मक्खी की तरह बैठ जाए और सदा वहीं जमी रहे।

इस उधेड़बुन में वह दूसरी मंजिल में अपनी खोली के पास पहुँच गयी। चोली में से चाबी निकालकर ताला खोलने के लिए हाथ बढ़ाया तो चाबी हवा में ही घूमकर रह गयी। कुंडे में ताला नहीं था। सुगंधी ने किवाड़ अंदर की तरफ दबाए तो हल्की-सी चरचराहट पैदा हुई। अंदर से किसी ने कुंडी खोली और दरवाज़े ने जम्हाई ली। सुगंधी अन्दर दाख़िल हो गयी।

माधो मूँछों में हँसा और दरवाज़ा बन्द करके सुगंधी से कहने लगा, “आज तूने मेरा कहा मान ही लिया—सुबह की सैर तन्दुरुस्ती के लिए बड़ी अच्छी होती है। प्रति दिन सुबह उठकर इसी तरह घूमने जाया करेगी तो तेरी सारी सुस्ती दूर हो जाएगी और वह तेरी कमर का दर्द भी ग़ायब हो जाएगा, जिस बात की तू आए दिन शिकायत किया करती है—विक्टोरिया गार्डन तक तो हो आई होगी तू, क्यों?”

सुगंधी ने कोई जवाब नहीं दिया और न माधो ने जवाब की उत्सुकता प्रकट की। वास्तव में जब माधो बात करता था तो इसका जवाब यह नहीं हुआ करता था कि सुगंधी ज़रूर उसमें हिस्सा ले और सुगंधी जब कोई बात किया करती थी तो यह ज़रूरी नहीं होता था कि माधो उसमें हिस्सा ले। चूँकि कोई बात करनी होती थी, इसलिए वे कुछ कह दिया करते थे।

माधो बेंत की कुर्सी पर बैठ गया, जिसकी पीठ पर उसके तेल के चुपड़े हुए सिर ने मैल का बहुत बड़ा धब्बा बना रखा था, और टाँग पर टाँग रखकर अपनी मूँछों पर अँगुलियाँ फेरने लगा।

सुगंधी पलंग पर बैठ गयी और माधो से कहने लगी–"मैं आज तेरा इंतज़ार कर रही थी।"

माधो सिटपिटाया–"इंतज़ार?, तुझे कैसे मालूम हुआ कि मैं आज आने वाला हूँ?"

सुगंधी के भिंचे हुए होठ खुले। उन पर एक पीली मुस्कराहट प्रकट हुई, "मैंने रात तुझे सपने में देखा था–उठा तो कोई भी न था। सो, जी ने कहा, चलो कही जाकर घूम आएँ..."

माधो खुश होकर बोला, "और मैं आ गया–भई बड़े लोगों की बातें बड़ी पक्की होती हैं। किसी ने ठीक कहा है–दिल को दिल से राह है–तूने यह सपना कब देखा था?"

सुगंधी ने जवाब दिया, "चार बजे के क़रीब।"

माधो कुर्सी से उठकर सुगंधी के पास बैठ गया–"और मैंने ठीक दो बजे सपने में देखा–जैसे तू फूलों वाली साड़ी–अरे, बिलकुल यही साड़ी पहने मेरे पास खड़ी है। तेरे हाथों में–क्या था तेरे हाथों में? हाँ तेरे हाथों में–क्या था तेरे हाथों में? हाँ, तेरे हाथों में रुपयों से भरी थैली थी। तूने यह थैली मेरी झोली में रख दी और कहा–"माधो, तू चिंता क्यों करता है–ले यह थैली–अरे, तेरे-मेरे रुपये क्या दो हैं? सुगंधी, तेरी जान की क़सम, फ़ौरन उठा और टिकट कटाकर इधर का रुख किया–क्या सुनाऊँ, बड़ी परेशानी हुई! बैठे-बिठाए एक केस हो गया है। अब बीस-तीस रुपये हो तो इंस्पेक्टर की मुट्ठी गर्म करके छुटकारा मिले–थक तो नहीं गयी तू? लेट जा, मैं तेरे पैर दबा दूँ। सैर की आदत न हो तो थकान हो ही जाया करती है–इधर मेरी तरफ पैर करके लेट जा।"

सुगंधी लेट गयी। दोनों बाँहों का तकिया बनाकर वह उन पर सिर रखकर लेट गयी और उस लहजे में, जो उसका अपना नहीं था, माधो से कहने लगी, "माधो–यह किस मुए ने तुम पर केस किया है?–जेल-वेल का डर

हो तो मुझसे कह दे–बीस-तीस भी क्या सौ-पचास भी ऐसे मौकों पर पुलिस के हाथ में थमा दिए जाएँ तो फ़ायदा अपना ही है–जुबान बची लाखों पाए –बस, अब जाने दे–थकान कुछ ज्यादा नहीं है। मुट्ठी–? छोड़कर मुझे सारी बात सुना–केस का नाम सुनते ही मेरा दिल धक्-धक् करने लगा–वापस कब जाएगा तू?"

माधो को सुगंधी के मुँह से शराब की बू आई। उसने यह मौका अच्छा समझा और झट से कहा–"दोपहर की गाड़ी से वापस जाना पड़ेगा–अगर शाम तक सब-इंस्पेक्टर को सौ-पचास न थमाए तो...ज्यादा देने की ज़रूरत नहीं। मैं समझता हूँ, पचास में काम चल जाएगा।"

"पचास!" यह कहकर सुगंधी बड़े आराम से उठी और उन चार तस्वीरों के पास आहिस्ता-आहिस्ता गयी, जो दीवार पर लटक रही थीं–बायीं तरफ से तीसरे फ्रेम में माधो की तस्वीर थी। बड़े-बड़े फूलों वाले परदे के आगे कुर्सी पर वह दोनों रानों पर अपने हाथ रखे बैठा था। एक हाथ में गुलाब का फूल था। पास ही तिपाई पर दो मोटी-मोटी किताबें धरी थीं। तस्वीर उतरवाते वक़्त तस्वीर उतरवाने का ख़याल माधो पर इस तरह छाया था कि उसकी हर चीज़ तस्वीर से बाहर निकलकर जैसे पुकार रही थी, 'हमारा फोटो उतरेगा! हमारा फोटो उतरेगा।'

कैमरे की ओर माधो आँखें फाड़-फाड़कर देख रहा था और ऐसा मालूम होता था कि फोटो उतरवाते वक़्त उसे बहुत कष्ट हो रहा था।

सुगंधी खिलखिलाकर हँस पड़ी–उसकी हँसी कुछ ऐसी तीखी और नुकीली थी कि माधो के सुइयाँ-सी चुभीं। पलंग पर से उठकर वह सुगंधी के पास गया, "किसकी तस्वीर देखकर तू इस तरह ज़ोर से हँसी है?"

सुगंधी ने बायें हाथ की पहली तस्वीर की तरफ इशारा किया, जो म्युनिस्पैलिटी के सफाई-दारोग़ा की थी–"उसकी-म्युनिस्पैलिटी के इस दारोग़ा की...ज़रा देख तो इसका थोबड़ा–कहता था, एक रानी मुझ पर आशिक़ हो गयी थी–उहँ यह मुँह और मसूर की दाल।" यह कहकर सुगंधी ने फ्रेम को इस जोर से खींचा कि दीवार में से कील भी पलस्तर समेत उखड़ आयी।

माधो की हैरत अभी दूर न हुई थी कि सुगंधी ने फ्रेम को खिड़की से बाहर फेंक दिया। दो मंजिलों से वह फ्रेम नीचे ज़मीन पर गिरा और काँच

टूटने की आवाज़ सुनाई दी। सुगंधी ने इस झंकार के साथ कहा, "रानी भंगिन कचरा उठाने आएगी तो मेरे इस राजा को भी साथ ले जाएगी।"

एक बार फिर इसी नुकीली और तीखी हँसी की फुहार सुगंधी के होठों से गिरना शुरू हुई, जैसे वह इन पर चाकू या छुरी की धार तेज़ कर रही है। माधो बड़ी मुश्किल से मुस्कराया। फिर हँसा, "ही ही ही..."

सुगंधी ने दूसरा फ्रेम भी नोच लिया और खिड़की से बाहर फेंक दिया "इस साले का यहाँ क्या मतलब है..? भोंडी शक्त का कोई आदमी यहाँ नहीं रहेगा। क्यों माधो..."

माधो फिर बड़ी मुश्किल से मुस्कराया और हँसा–"ही...ही...ही...।"

एक हाथ से सुगंधी ने पगड़ी वाले की तस्वीर उतारी और दूसरा हाथ इस फ्रेम की तरफ बढ़ रहा है। एक सेकंड में फ्रेम कील समेत सुगंधी के हाथ में था।

ज़ोर का क़हक़हा लगाकर उसने 'उँह' की और दोनों फ्रेम एकसाथ खिड़की से बाहर फेंक दिये। दो मंज़िलों पर से जब फ्रेम ज़मीन पर गिरे और काँच टूटने की आवाज़ आयी तो माधो को ऐसा मालूम हुआ कि उसके अंदर कोई चीज़ टूट गयी है। बड़ी मुश्किल से उसने हँसकर इतना कहा–"मुझे भी वह फोटो पसंद नहीं था।"

आहिस्ता-आहिस्ता सुगंधी माधो के पास आयी और कहने लगी–"तुझे यह फोटो पसंद नहीं था–पर मैं पूछती हूँ, तुझ में है ऐसी कौन-सी चीज़ जो किसी को पसंद आ सकती है–यह तेरी पकौड़े जैसी नाक, यह तेरा बालों भरा माथा, ये तेरे सूजे हुए नथुने, ये तेरे मुड़े हुए कान, यह तेरे मुँह की बास, यह तेरे बदन का मैल–तुझे अपना फोटो पसंद नहीं था। ऊँह...पसंद क्यों होता? तेरे ऐब जो छुपा रखे थे उसने...आजकल ज़माना ही ऐसा है। जो ऐब छुपाये वह ही बुरा...।"

माधो पीछे हटता गया। आख़िर जब वह दीवार के साथ लग गया तो उसने अपनी आवाज़ में ज़ोर पैदा करके कहा–"देख सुगंधी, मुझे ऐसा दिखाई देता है कि तूने फिर से अपना धंधा शुरू किया है–अब तुझको आख़िरी बार कहता हूँ..."

सुगंधी ने इससे आगे माधव के लहजे में कहना शुरू किया–“अगर तूने फिर से अपना धंधा शुरू किया तो बस तेरी-मेरी टूट जायेगी। तूने फिर किसी को अपने यहाँ ठहराया तो चुटिया से पकड़कर तुझे बाहर निकाल दूँगा। इस महीने का खर्च मैं तुझे पूना पहुँचते ही मनीआर्डर कर दूँगा–हाँ, क्या भाड़ा है इस खोली का?”

माधो चकरा गया।

सुगंधी ने कहना शुरू किया–“मैं बताती हूँ–पंद्रह रुपये भाड़ा है इस खोली का–और दस रुपये भाड़ा है मेरा और जैसा तुझे मालूम है, ढाई रुपये दलाल के। बाकी रहे साढ़े सात। रहे न साढ़े सात? इन साढ़े सात रुपल्लियों में मैंने ऐसी चीज़ देने का वचन दिया था जो मैं दे ही नहीं सकती थी और तू ऐसी चीज़ लेने आया था जो तू ले ही नहीं सकता था–तेरा-मेरा नाता क्या था? कुछ भी नहीं। बस, ये दस रुपये तेरे और मेरे बीच में बज रहे थे। सो हम दोनों ने मिलकर ऐसी बात की कि तुझे मेरी ज़रूरत हुई और मुझे तेरी–पहले मेरे और तेरे बीच में दस रुपये थे। आज पचास बज रहे हैं! तू भी इनका बजना सुन रहा है और मैं भी इनका बजना सुन रही हूँ–यह तूने अपने बालों का क्या सत्यानास मार रखा है?”

यह कहकर सुगंधी ने माधो की टोपी अँगुली से एक तरफ बढ़ा दी। यह हरकत माधो को बहुत नागवार गुज़री। उसने बड़े कड़े लहजे में कहा– “सुगंधी!”

सुगंधी ने माधो की जेब से रूमाल निकालकर सूँघा और ज़मीन पर फेंक दिया–“ये चिथड़े, ये चिंदियाँ, उफ़, कितनी बुरी बास आती है। उठाकर बाहर फेंक इनको...”

माधो चिल्लाया–“सुगंधी!”

सुगंधी ने तेज़ लहजे में कहा–“सुगंधी के बच्चे, तू आया किसलिए है यहाँ?...तेरी माँ रहती है इस जगह, जो पचास रुपये देगी? या तू कोई ऐसा बड़ा गबरू जवान है, जो मैं तुझ पर आशिक़ हो गयी हूँ...कुत्ते, कमीने, मुझ पर रौब गांठता है! मैं तेरी दबैल हूँ क्या? भिखमंगे, तू अपने-आपको समझ क्या बैठा है? मैं पूछती हूँ, तू है कौन? चोर या गठकतरा? इस वक़्त तू मेरे

मकान में करने क्या आया है? बुलाऊँ पुलिस को? पूने में तुझ पर केस हो न हो, यहाँ तो तुझ पर एक केस खड़ा कर दूँ...।"

माधो सहम गया। दबे हुए लहजे में वह केवल इतना ही कह सका–"सुगंधी, तुझे क्या हो गया है?"

"तेरी माँ का सिर–तू होता कौन है मुझसे ऐसे सवाल करने वाला–भाग यहाँ से वरना...।" सुगंधी की बुलंद आवाज़ सुनकर उसका ख़ारिशजदा कुत्ता, जो सूखी हुई चप्पलों पर मुँह रखे सो रहा था, हड़बड़ाकर उठा और माधो की तरफ मुँह उठाकर भौंकना शुरू कर दिया। कुत्ते के भौंकने के साथ ही सुगंधी ज़ोर-ज़ोर से हँसने लगी।

माधो डर गया। गिरी हुई टोपी उठाने के लिए वह झुका तो सुगंधी की गरज सुनायी दी–"खबरदार! पड़ी रहने दे वहीं–तू जा, तेरे पूना पहुँचते ही मैं इसको मनीआर्डर कर दूँगी।" यह कहकर वह और ज़ोर से हँसी और हँसती-हँसती बेंत की कुर्सी पर बैठ गयी। उसके ख़ारिश वाले कुत्ते ने भौंक-भौंककर माधो को कमरे से बाहर निकाल दिया। उसे सीढ़ियाँ उतार कर जब कुत्ता दुम हिलाता सुगंधी के पास वापस आया और उसके कदमों के पास बैठकर कान फड़फड़ाने लगा तो सुगंधी चौंकी–उसने अपने चारों तरफ एक भयावह सन्नाटा देखा–ऐसा सन्नाटा, जो उसने पहले कभी न देखा था। उसे ऐसा लगा कि प्रत्येक वस्तु खाली है–जैसे मुसाफ़िरों से लदी हुई रेलगाड़ी सब स्टेशनों पर मुसाफ़िर उतारकर अब लोहे के शेड में बिलकुल अकेली खड़ी है...यह शून्य जो अचानक सुगंधी के अन्दर पैदा हो गया था, उसे बहुत तकलीफ़ दे रहा था। उसने काफ़ी देर तक इस शून्य को भरने की कोशिश की, मगर व्यर्थ। वह एक ही समय में असंख्य विचारों को अपने दिमाग़ में ठूंसती थी, मगर बिलकुल छलनी-सा हिसाब था। इधर दिमाग़ को पुर करती थी, उधर वह खाली हो जाता था।

बहुत देर तक वह बेंत की कुर्सी पर बैठी रही। सोच-विचार के बाद भी जब उसको अपना दिल परचाने का कोई तरीका न मिला तो उसने अपने ख़ारिशज़दा कुत्ते को गोद में उठाया और सागवान के चौड़े पलंग पर उसे पहलू में लिटाकर सो गयी।

❑

ख़ुशिया

ख़ुशिया सोच रहा था।

बनवारी से काले तंबाकू वाला पान लेकर वह उसकी दुकान के पास उस पत्थर के चबूतरे पर बैठा था, जो दिन के वक़्त टायरों और मोटरों के मुख़्तलिफ़ पुर्ज़ों से भरा होता है। रात को साढ़े आठ बजे के क़रीब मोटर के पुर्ज़े और टायर बेचने वालों की यह दुकान बंद हो जाती है और यह चबूतरा ख़ुशिया के लिए खाली हो जाता है। वह काले तंबाकू वाला पान धीरे-धीरे चबा रहा था और सोच रहा था। पान की गाढ़ी, तंबाकू-मिली पीक उसके दाँतों से निकलकर उसके मुँह में इधर-उधर फिसल रही थी और उसे ऐसा लगता था कि उसके ख़याल, दाँतों तले पिसकर, उसकी पीक में घुल रहे हैं। शायद यही वजह है कि वह उसे फेंकना नहीं चाहता था।

ख़ुशिया पान की पीक मुँह में गुलगुला रहा था और उस घटना के बारे में सोच रहा था जो उसके साथ अभी-अभी घटी थी, यानी आध घंटे पहले।

वह उस चबूतरे पर रोज़ की तरह बैठने से पहले खेतवाड़ी की पाँचवीं गली में गया था। मंगलौर से जो नई छोकरी कांता आई थी, उसी गली के नुक्कड़ पर रहती थी। ख़ुशिया से किसी ने कहा था कि वह अपना मकान बदल रही है, इसलिए वह इसी बात का पता लगाने के लिए वहाँ गया था।

कांता की खोली का दरवाज़ा उसने खटखटाया। अन्दर से आवाज़ आई, "कौन है?"

इस पर ख़ुशिया ने कहा, "मैं ख़ुशिया।"

आवाज़ दूसरे कमरे से आई थी। थोड़ी देर के बाद दरवाज़ा खुला। ख़ुशिया अंदर दाख़िल हुआ। जब कांता ने दरवाज़ा अन्दर से बंद किया तब ख़ुशिया ने मुड़कर देखा। उसकी हैरत की कोई इंतहा न रही, जब उसने कांता को बिलकुल नंगी देखा। बिलकुल नंगी ही समझो, क्योंकि वह अपने अंगों को सिर्फ़ एक तौलिये से छिपाए हुए थी। छिपाए हुए भी तो नहीं कहा जा सकता, क्योंकि छिपाने की जितनी चीज़ें होती हैं वे तो सबकी सब ख़ुशिया की चकित आँखों के सामने थीं।

"कहो खुशिया, कैसे आए? मैं बस अब नहाने ही वाली थी। बैठो-बैठो... बाहर वाले से अपने लिए चाय के लिए तो कह आए होते...जानते तो हो, वह मुआ रामा यहाँ से भाग गया है।"

खुशिया, जिसकी आँखों ने कभी औरत को यूँ अचानक नंगा नहीं देखा था, बेहद घबरा गया। उसकी समझ में न आता था कि क्या कहे। उसकी निगाहें, जो एकदम नग्नता से चार हो गई थीं, अपने-आपको कहीं छिपाना चाहती थीं।

उसने जल्दी-जल्दी सिर्फ़ इतना कहा, "जाओ...जाओ तुम नहा लो। फिर एक दम उसकी जुबान खुल गई, पर जब तुम नंगी थीं तो दरवाज़ा खोलने की क्या ज़रूरत थी? अंदर से कह दिया होता, मैं फिर आ जाता...लेकिन जाओ...तुम नहा लो।"

कांता मुस्कराई, "जब तुमने कहा-खुशिया है तो मैंने सोचा, क्या हर्ज है, अपना खुशिया ही तो है, आने दो...।"

कांता की यह मुस्कराहट अभी तक खुशिया के दिलो-दिमाग़ में तैर रही थी। इस वक़्त भी कांता का नंगा जिस्म मोम के पुतले की तरह उसकी आँखों के सामने खड़ा था और पिघल-पिघलकर उसके अंदर जा रहा था।

उसका जिस्म सुंदर था। पहली बार खुशिया को मालूम हुआ था कि जिस्म बेचने वाली औरतें भी ऐसा सुडौल बदन रखती हैं। उसको इस बात पर हैरत हुई थी, पर सबसे ज्यादा ताज्जुब उसे इस बात पर हुआ था कि नंग-धड़ंग वह उसके सामने खड़ी हो गई और उसको लाज तक न आई-क्यों?

इसका जवाब कांता ने यह दिया था, "जब तुमने कहा, खुशिया है, तो मैंने सोचा, क्या हर्ज है, अपना खुशिया ही तो है...आने दो।"

कांता और खुशिया एक ही पेशे में शरीक थे। वह उसका दलाल था, इस लिहाज से वह उसी का था...पर यह कोई वजह नहीं थी कि वह उसके सामने नंगी हो जाती। कोई खास बात थी। कांता ने जो बात कही थी उसमें खुशिया का कोई और मतलब उसे कुरेद रहा था।

यह मतलब एक ही वक़्त इतना साफ और धुँधला था कि खुशिया किसी खास नतीजे पर नहीं पहुँच सका था। उस समय भी, वह कान्ता के नंगे जिस्म को देख रहा था, जो ढोल के ऊपर मढ़े हुए चमड़े की तरह तना हुआ

था...उसकी लुढ़कती हुई निगाहों से बिलकुल बेपरवाह। कई बार अचरज की हालत में भी उसने उसके सांवले-सलोने बदन पर टोह लेने वाली निगाहें गड़ा रखी थीं पर उसका एक रोआ भी न कँपकँपाया था। बस, वह ऐसे साँवले पत्थर की मूर्ति की तरह खड़ी रही जो एहसास रहित हो।

भई, एक मर्द उसके सामने खड़ा था—मर्द, जिसकी निगाहें कपड़ों में भी औरत के जिस्म तक पहुँच जाती हैं और जो परमात्मा जाने, ख़याल-ही-ख़याल में कहाँ-कहाँ पहुँच जाता है। लेकिन वह ज़रा भी न घबराई और...उसकी से, ऐसा समझ लो कि अभी लांड्री से धुलकर आई हैं...उसको थोड़ी-सी लाज तो आनी चाहिए थी। ज़रा-सी सुर्ख़ी तो उसकी आँखों में पैदा होनी चाहिए थी। मान लिया, कस्बी थी, पर कस्बियाँ यूँ नंगी तो नहीं खड़ी हो जातीं।

दस बरस उसे दलाली करते हो गए थे और इन दस वर्षों में वह पेशा कराने वाली लड़कियों के सारे भेदों से वाक़िफ़ हो चुका था। मिसाल के तौर पर, उसे यह मालूम था कि पायधोनी के आख़िरी सिरे पर जो छोकरी एक नौजवान लड़के को भाई बनाकर रहती है, इसलिए 'अछूत कन्या' का रिकार्ड—"काहे करता मूरख प्यार-प्यार-प्यार अपने टूटे हुए बाजे पर बजाया करती है कि उसे अशोक कुमार से बुरी तरह इश्क़ है। कई मनचले लौंडे, अशोककुमार से उसकी मुलाक़ात कराने का झांसा देकर अपना उल्लू सीधा कर चुके थे।" उसे यह भी मालूम था कि दादर में जो पंजाबिन रहती है सिर्फ़ इसलिए कोट-पतलून पहनती हैं कि उसके यार ने उससे कहा था कि तेरी टाँगें तो बिलकुल उस अंग्रेज़ ऐक्ट्रेस की तरह हैं, जिसने 'मराको' उर्फ 'ख़ूने-तमन्ना' में काम किया था। यह फ़िल्म उसने कई बार देखी और जब उसके यार ने कहा कि मालिन डीट्रिच इसलिए पतलून पहनती है कि उसकी टाँगें बहुत ख़ूबसूरत हैं और उसने उन टाँगों का दो लाख का बीमा करा रखा है तो उसने भी पतलून पहननी शुरू कर दी, जो उसके नितंबों में बहुत फँसकर आती थी...और उसे यह भी मालूम था कि मझगाँव वाली दक्षिणी छोकरी इसलिए कॉलेज के ख़ूबसूरत लौंडों को फाँसती है कि उसे एक ख़ूबसूरत बच्चे की माँ बनने का शौक है। उसको यह भी पता था कि वह कभी अपनी इच्छा पूरी न कर सकेगी, इसलिए कि बाँझ है...और उस काली मद्रासिन की बाबत, जो हर समय कानों में हीने की बूटियाँ पहने रहती थी, उसे यह बात अच्छी

तरह मालूम थी कि उसका रंग कभी गोरा नहीं होगा और वह उन दवाओं पर बेकार रुपया बर्बाद कर रही है, जो वह आए दिन ख़रीदती रहती थी।

उसको उन सभी छोकरियों के अंदर-बाहर का हाल मालूम था, जो उसके पेशे में शामिल था। मगर उसको यह ख़बर न थी कि एक दिन कांता कुमारी, जिसका असली नाम इतना मुश्किल था कि वह उम्र-भर याद नहीं कर सकता था, उसके सामने नंगी खड़ी हो जाएगी और उसको ज़िंदगी के सबसे बड़े ताज्जुब से दो-चार कराएगी।

सोचते-सोचते उसके मुँह में पानी की पीक इस क़दर जमा हो गई थी कि अब वह मुश्किल से छलिया के उन नन्हे-नन्हे रेज़ों को चबा सकता था, जो उसके दाँतों की रीखों में से इधर-उधर फिसलकर निकल जाते थे। उसके तंग माथे पर पसीने की नन्ही-नन्ही बूँदें उभर आयी थीं जैसे मलमल में पनीर को धीरे से दबा दिया गया हो। जब-जब वह कांता के नंगे जिस्म को अपनी कल्पना में देखता था, उसकी मर्दानगी को धक्का-सा पहुँचता था। उसे महसूस होता था जैसे उसका अपमान हुआ है।

एकदम उसने अपने मन में कहा-भई, यह बेइज़्ज़ती नहीं है तो क्या है. यानी एक छोकरी नंग-धड़ंग तुम्हारे सामने खड़ी हो जाती है और कहती है, इसमें हर्ज ही क्या है...तुम ख़ुशिया ही तो हो...ख़ुशिया न हुआ, साला वह बिल्ला हो गया, जो उसके बिस्तर पर हर समय ऊँघता रहता है...और क्या।

अब उसे विश्वास होने लगा कि सचमुच उसका अपमान हुआ है। वह मर्द था और अनजाने ही उसको इस बात की आशा थी कि औरतें, चाहे शरीफ़ हों चाहे बाज़ारू, उसको मर्द ही समझेंगी और उसके और अपने बीच वह पर्दा क़ायम रखेंगी, जो एक मुद्दत से चला आ रहा है। वह तो सिर्फ़ यह पता लगाने के लिए कांता के यहाँ गया था कि वह कब तक मकान बदल रही है और कहाँ जा रही है। कान्ता के पास उसका जाना बिलकुल बिजनेस से संबंधित था। अगर ख़ुशिया कांता के बारे में सोचता कि जब वह उसका दरवाज़ा खटखटाया तो वह अन्दर क्या कर रही होगी तो उसकी कल्पना से ज़्यादा से ज़्यादा इतनी ही बातें आ सकती थीं :

सिर पर पट्टी बाँधे लेटी होगी।

बिल्ले के बालों से पिस्तु निकाल रही होगी।

उस बाल-सफ़ा पाउडर से अपनी बग़लों के बाल उड़ा रही होगी, जो इतनी बास मारता था कि ख़ुशिया की नाक बर्दाश्त नहीं कर सकती थी।

पलंग पर अकेली बैठी, ताश फैलाए पेशंस खेलने में मशगूल होगी।

बस, इतनी चीज़ें थीं, जो उसके दिमाग़ में आतीं। घर में वह किसी को रखती न थी इसलिए इस बात का ख़याल ही नहीं था कि कोई आ सकता था। पर ख़ुशिया ने तो यह सोचा ही न था। वह तो काम से वहाँ गया था कि अचानक कांता-यानी कपड़े पहनने वाली कांता-मतलब यह कि वह कांता, जिसको वह हमेशा कपड़ों में देखा करता था, उसके सामने बिलकुल नंगी खड़ी हो गई-बिलकुल नंगी ही समझो, क्योंकि एक छोटा-सा तौलिया सब कुछ तो छिपा नहीं सकता। ख़ुशिया को यह दृश्य देखकर ऐसा महसूस हुआ था जैसे छिलका उसके हाथ में रह गया है और केले का गूदा बिलकुल उसके सामने आ गिरा है। अगर बात यहाँ तक खत्म हो जाती तो कुछ भी न होता। ख़ुशिया अपनी हैरत को किसी-न-किसी हीले से दूर कर देता। मगर यहाँ मुसीबत यह आन पड़ी थी कि उस लौंडिया ने मुस्कराकर कहा था, 'जब तुमने कहा ख़ुशिया है, तो मैंने सोचा, अपना ख़ुशिया ही तो है, आने दो...।' बस यही बात उसे खाए जा रही थी।

"साली मुस्करा रही थी..." वह बार-बार बड़बड़ाता। जिस तरह कांता नंगी थी, उसी तरह उसकी मुस्कराहट ख़ुशिया को नंगी नज़र आई थी। यह मुस्कराहट ही नहीं, उसे कांता का जिस्म भी इस हद तक नंगा दिखाई दिया था जैसे उस पर रंदा फिरा हुआ हो।

उसे बारम्बार बचपन के वे दिन याद आ रहे थे जब पड़ोस की एक औरत उससे कहा करती थी, "ख़ुशिया बेटा, जा दौड़कर जा, यह बाल्टी पानी से भर ला।" जब वह बाल्टी भरकर लाया करता था तो वह धोती से बनाए हुए पर्दे के पीछे से कहा करती थी, "अंदर आकर यहाँ मेरे पास रख दे। मैंने मुँह पर साबुन मला हुआ है। मुझे कुछ सुझाई नहीं देता।" वह धोती का पर्दा हटाकर बाल्टी उसके पास रख दिया करता था। उस समय साबुन की झाग में लिपटी हुई नंगी औरत उसे नज़र आती थी, पर उसके मन में किसी तरह की उथल-पुथल पैदा नहीं होती थी।

"भई, मैं उस समय बच्चा था। बिलकुल भोला-भाला। बच्चे और मर्द में बहुत फ़र्क़ होता है। बच्चों से कौन पर्दा करता है। मगर अब तो मैं पूरा

मर्द हूँ। मेरी उम्र इस वक़्त लगभग अट्ठाईस बरस की है और अट्ठाईस बरस के जवान आदमी के सामने तो कोई बूढ़ी औरत भी नंगी खड़ी नहीं होती।"

कांता ने उसे क्या समझा दिया था? क्या उसमें वे सारी बातें नहीं थीं, जो एक नौजवान मर्द में होती हैं? इसमें कोई शक नहीं कि वह कांता को एकाएक नंग-धड़ंग देखकर बहुत घबरा गया था लेकिन चोर निगाहों से क्या उसने कांता की उन चीज़ों का जायज़ा नहीं लिया था, जो रोज़ाना इस्तेमाल के बावजूद असली हालत पर क़ायम थी। क्या चकित रह जाने के बावजूद, उसके दिमाग़ में यह ख़याल नहीं आया था कि दस रुपये में कांता बिलकुल महँगी नहीं और दशहरे के दिन बैंक का वह बाबू जो दो रुपये की रिश्वत न मिलने पर वापस चला गया था, बिलकुल गधा था? और...

इन सबके ऊपर, क्या एक क्षण के लिए उसके सारे पुट्ठों में एक अजीब किस्म का तनाव नहीं पैदा हो गया था? और उसने एक ऐसी अंगड़ाई नहीं लेनी चाही थी जिससे उसकी हड्डियाँ तक चटखने लगें...? फिर क्या वजह थी कि मंगलौर की उस सांवली छोकरी ने उसको मर्द न समझा और सिर्फ़... सिर्फ़ खुशिया समझकर उसको अपना सब कुछ देखने दिया?

उसने गुस्से में आकर पान की गाढ़ी पीक थूक दी, जिसने फुटपाथ पर कई बेल-बूटे बना दिए। पीक थूककर वह उठा और ट्राम में बैठकर अपने घर चला गया।

घर में उसने नहा-धोकर नई धोती पहनी। जिस बिल्डिंग में वह रहता था, उसकी एक दुकान में सैलून था। उसके अंदर जाकर उसने आइने के सामने अपने बालों में कंघी की। फिर एकाएक कुछ ख़याल आया तो वह कुर्सी पर बैठ गया और बड़ी गंभीरता से उसने नाई से दाढ़ी मूँडने के लिए कहा। आज चूँकि वह दूसरी बार दाढ़ी मुँडवा रहा था, इसलिए नाई ने कहा, "अरे भाई खुशिया, भूल गए क्या? सुबह मैंने ही तो तुम्हारी दाढ़ी मूँडी थी।"

इस पर खुशिया ने बड़ी शान से दाढ़ी पर उल्टा हाथ फेरते हुए कहा, "खूँटी अच्छी तरह नहीं निकाली...।"

अच्छी तरह खूँटी निकलवाकर और चेहरे पर पाउडर मलवा कर, वह सैलून से बाहर निकला। सामने टैक्सियों का अड्डा था। बंबई के खास अंदाज़ में उसने 'शी...शी' करके एक टैक्सी ड्राइवर को अपनी ओर आकृष्ट किया और उँगली के इशारे से। उसे टैक्सी लाने के लिए कहा।

जब वह टैक्सी में बैठ गया तो ड्राइवर ने घूमकर उससे पूछा, "कहाँ जाना है, साब?"

इन चार शब्दों ने और खास तौर पर 'साब' शब्द ने ख़ुशिया को सचमुच ख़ुश कर दिया। मुस्कराकर उसने बड़े दोस्ताना लहजे में जवाब दिया—"बताएँगे। पहले तुम आपेरा हाउस की तरफ चलो—"लेमिंग्टन रोड से होते हुए, समझे?"

ड्राइवर ने मोटर की लाल झंडी का सिर नीचे दबा दिया। 'टन-टन' हुई और टैक्सी की लेमिंग्टन रोड का रुख किया। लेमिंग्टन रोड का जब आख़िरी सिरा आ गया तो ख़ुशिया ने ड्राइवर को हिदायत दी, "बायें हाथ मोड़ लो।"

टैक्सी बायें हाथ मुड़ गई। अभी ड्राइवर ने गियर भी न बदला था कि ख़ुशिया ने कहा, "यह सामने वाले खंभे के पास रोक लेना ज़रा।"

ड्राइवर ने ठीक खंभे के पास टैक्सी खड़ी कर दी। ख़ुशिया दरवाज़ा खोलकर बाहर निकला और पान बेचने वाले की दुकान की तरफ बढ़ा। वहाँ से उसने पान लिया और उस आदमी से जो दुकान के पास खड़ा था, चंद बातें कीं और उसे अपने साथ टैक्सी में बिठाकर ड्राइवर से बोला, "सीधे ले चलो।"

देर तक टैक्सी चलती रही। ख़ुशिया ने जिधर इशारा किया, ड्राइवर ने उधर हैंडल फेर दिया। रौनक वाले कई बाज़ारों से होते हुए टैक्सी एक नीम-रोशन गली में दाख़िल हुई, जिसमें बहुत कम लोग आ-जा रहे थे। कुछ लोग सड़क पर बिस्तर जमाए लेटे थे; उनमें से कुछ बड़े इत्मीनान से चंपी करा रहे थे। जब टैक्सी उन चंपी कराने वालों के आगे निकल गई और काठ के एक बँगलेनुमा मकान के पास पहुँची तो ख़ुशिया ने ड्राइवर को ठहरने के लिए कहा, "बस, अब यहाँ रुक जाओ।"

टैक्सी ठहर गई तो ख़ुशिया ने उस आदमी से, जिसको वह पान वाले की दुकान से अपने साथ लाया था, धीरे से कहा, "जाओ, मैं यहाँ इंतज़ार करता हूँ।"

वह आदमी, बेवकूफ़ों की तरह, ख़ुशिया की तरफ देखता हुआ टैक्सी से बाहर निकला और सामने वाले लकड़ी के मकान में घुस गया।

ख़ुशिया जमकर टैक्सी के गद्दे पर बैठ गया। एक टाँग दूसरी टाँग पर रखकर उसने जेब से बीड़ी निकालकर सुलगाई और दो कश लेकर बाहर सड़क पर फेंक दी। वह अब बड़ा बेचैन था इसलिए उसे लगा कि टैक्सी का इंजन बंद नहीं हुआ। उसके सीने में चूँकि फड़फड़ाहट-सी हो रही थी इसलिए वह

समझा कि ड्राइवर ने बिल बढ़ाने के लिए पेट्रोल छोड़ रखा है। चुनांचे उसने तेज़ी से कहा, "यों बेकार इंजन चालू रखकर तुम कितने पैसे और बढ़ा लोगे?"

ड्राइवर ने घूमकर ख़ुशिया की ओर देखा और कहा–"सेठ, इंजन तो बंद है।"

जब ख़ुशिया को अपनी गलती का अहसास हुआ तो उसकी बेचैनी और भी बढ़ गई और उसने कुछ कहने की बजाय होंठ चबाने शुरू कर दिए। फिर एकाएक सिर पर किश्तीनुमा काली टोपी पहनकर, जो अब तक उसकी बगल में दबी हुई थी, उसने ड्राइवर का कंधा हिलाया और कहा, "देखो, अभी छोकरी आएगी। जैसे ही अंदर आए, तुम मोटर चला देना...समझे?...घबराने की कोई बात नहीं है, मामला ऐसा-वैसा नहीं!"

इतने में सामने लकड़ी वाले मकान से दो आदमी बाहर निकले। आगे-आगे ख़ुशिया का दोस्त था और उसके पीछे-पीछे कांता, जिसने शोख रंग की साड़ी पहन रखी थी।

ख़ुशिया झट से उस तरफ को सरक गया, जिधर अँधेरा था। ख़ुशिया के दोस्त ने टैक्सी का दरवाज़ा खोला और कांता को अन्दर दाख़िल करके दरवाज़ा बन्द कर दिया। उसी समय कान्ता की हैरत-भरी आवाज़ सुनाई दी, जो चीख से मिलती-जुलती थी–"ख़ुशिया, तुम?"

"हाँ, मैं...लेकिन तुम्हें रुपये मिल गए हैं न?" ख़ुशिया की मोटी आवाज़ बुलंद हुई, "देखो ड्राइवर...जुहू ले चलो।"

ड्राइवर ने सेल्फ दबाया। इंजन फड़फड़ाने लगा। इस बीच कांता ने जो कहा, सुनाई न दे सका। टैक्सी एक धचके के साथ आगे बढ़ी और ख़ुशिया के दोस्त को सड़क के बीच चकित-विस्मित छोड़ उस नीम-रोशन गली में ग़ायब हो गई।

इसके बाद फिर किसी ने ख़ुशिया को मोटरों की दुकान के उस पत्थर के चबूतरे पर नहीं देखा।

काली सलवार

दिल्ली आने से पहले वह अंबाला छावनी में थी, जहाँ कई गोरे उसके ग्राहक थे। इन गोरों से मिलने-जुलने के कारण वह अंग्रेज़ी के दस-पंद्रह वाक्य सीख गई थी। इनको वह आम बातचीत में इस्तेमाल नहीं करती थी, लेकिन जब वह दिल्ली में आई और उसका कारोबार न चला तो एक दिन उसने अपनी पड़ोसन तमंचा जान से कहा–"दिस लैफ...वेरी बैड।" यानी यह जिंदगी बहुत बुरी है, जबकि खाने को ही नहीं मिलता।

अंबाला छावनी में उसका धंधा बहुत अच्छी तरह चलता था। छावनी के गोरे शराब पीकर उसके पास आ जाते थे। वह तीन-चार घंटों ही में आठ-दस गोरों को निपटाकर बीस-तीस रुपये पैदा कर लिया करती थी। ये गोरे उसके हमवतनों के मुक़ाबले में बहुत अच्छे थे। इसमें कोई शक नहीं कि वे ऐसी भाषा बोलते, जिसका मतलब सुल्ताना की समझ में नहीं आता था, मगर उसकी भाषा से यह अनभिज्ञता उसके हक़ में बहुत अच्छी साबित होती थी। अगर वह उससे कुछ रियायत चाहते, तो वह सिर हिलाकर कह दिया करती थी–"साहब, हमारी समझ में तुम्हारी बात नहीं आती।" और अगर वे उससे ज़रूरत से ज़्यादा छेड़छाड़ करते तो वह उनको अपनी जुबान में गालियों देना शुरू कर देती थी। वे हैरत से उसके मुँह की तरफ देखते, तो वह उनसे कहती, "साहब तुम एकदम उल्लू का पट्ठा है, हरामज़ादा है–समझा?" यह कहते वक़्त वह अपने लहजे में सख़्ती पैदा न करती बल्कि बड़े प्यार के साथ उनसे बातें करती। वे गोरे हँस देते और हँसते वक़्त वे सुल्ताना को बिलकुल उल्लू के पट्ठे दिखाई देते।

मगर यहाँ दिल्ली में वह जब से आई थी, एक भी गोरा उसके घर नहीं आया था। तीन महीने उसको हिंदुस्तान के इस शहर में रहते हो गये थे, जहाँ उसने सुना था कि बड़े लाट साहब रहते हैं, जो गर्मियों में शिमला चले जाते हैं, मगर सिर्फ़ छ: आदमी उसके पास आये थे, सिर्फ़ छ:, यानी महीने में दो और इन छ: ग्राहकों से उसने ख़ुदा झूठ न बुलवाये तो साढ़े अठारह रुपये वसूल किये थे। तीन रुपये से ज़्यादा पर कोई मानता ही नहीं था। सुल्ताना ने इनमें से पाँच आदमियों को अपना रेट दस रुपये बताया था, मगर ताज्जुब की

बात है, इन में से प्रत्येक ने यही कहा—"भई, हम तीन रुपये से एक कौड़ी ज्यादा नहीं देंगे।" न जाने क्या बात थी कि इनमें से हर एक ने उसे सिर्फ़ तीन रुपये के क़ाबिल समझा। चुनांचे जब छठा आया तो उसने ख़ुद उससे कहा—"देखो, मैं तीन रुपये एक टेम के लूँगी। इससे एक अधेला तुम कम कहो तो में न लूँगी। अब तुम्हारी मर्जी हो तो रहो, वरना जाओ।" छठे आदमी ने यह सुनकर तकरार न की और उसके यहाँ ठहर गया। जब दूसरे कमरे में वह दरवाज़े बंद करके अपना कोट उतारने लगा तो सुल्ताना ने कहा—"लाइये एक रुपया दूध का।" उसने एक रुपया तो न दिया, लेकिन नये बादशाह की चमकती हुई अठन्नी जेब-में से निकालकर उसको दे दी और सुल्ताना ने भी चुपके से ले ली कि चलो, जो आया, ग़नीमत है।

साढ़े अठारह रुपये तीन महीनों में...बीस रुपये माहवार तो इस कोठे का किराया था, जिसको मकान-मालिक अंग्रेज़ी भाषा में फ्लैट कहता था। इस फ्लैट में ऐसा पाख़ाना था, जिसमें ज़ंजीर खींचने से सारी गंदगी पानी के ज़ोर से एकदम नल में नीचे ग़ायब हो जाती थी और बड़ा शोर होता था। शुरू-शुरू में तो उस शोर ने उसे बहुत डराया था। पहले दिन जब वह शौच जाने के लिए उस पाख़ाने में गई तो उसकी कमर में बहुत तेज़ दर्द हो रहा था। फ़ारिग़ होने के बाद जब वह उठने लगी तो उसने लटकी हुई ज़ंजीर का सहारा ले लिया। उस ज़ंजीर को देखकर उसने ख़याल किया, चूँकि यह खास लोगों की रिहायश के लिए तैयार किए गए हैं, यह ज़ंजीर इसलिए लगाई गई है कि उठते वक़्त तकलीफ़ न हो और सहारा मिल जाया करे। मगर ज्यूँ ही उसने ज़ंजीर को पकड़कर उठना चाहा, ऊपर खट-खट-सी हुई और फिर एकदम पानी इस शोर के साथ बाहर निकला कि डर के मारे उसके मुँह से चीख निकल गई।

ख़ुदाबख़्श कमरे में अपना फोटोग्राफी का सामान दुरुस्त कर रहा था और साफ बोतलों में हाइड्रोक़ूनीन डाल रहा था उसने सुल्ताना से पूछा—"क्या हुआ? यह चीख़ तुम्हारी थी?"

सुल्ताना का दिल धड़क रहा था। उसने कहा—"यह मुआ पाख़ाना है या क्या है। बीच में यह रेलगाड़ियों की तरह ज़ंजीर क्या लटका रखी है। मेरी कमर में दर्द था। मैंने कहा—चलो इसका सहारा ले लूँगी, पर इस मुई ज़ंजीर को छेड़ना था कि वह धमाका हुआ कि मैं तुमसे क्या कहूँ।"

इस पर ख़ुदाबख़्श बहुत हँसा था और उसने सुल्ताना को उस पाख़ाने की बाबत सब कुछ बता दिया था कि यह नये फैशन का है, जिसमें ज़ंजीर हिलाने से सब गंदगी नीचे ज़मीन में धँस जाती है।

ख़ुदाबख़्श और सुल्ताना का आपस में कैसे संबंध हुआ, यह एक लंबी कहानी है। ख़ुदाबख़्श रावलपिंडी का था। एंट्रेंस पास करने के बाद उसने लारी चलाना सीखा। चुनांचे चार वर्ष तक वह रावलपिंडी और काश्मीर के बीच लारी चलाने का काम करता था। इसके बाद काश्मीर में उसकी दोस्ती एक औरत से हो गई। उसको भगाकर वह लाहौर ले आया। लाहौर में चूँकि उसको कोई काम न मिला, इसलिए उसने औरत को पेशे पर बिठा दिया। दो-तीन वर्ष तक यह सिलसिला जारी रहा और फिर वह औरत किसी और के साथ भाग गई। ख़ुदाबख़्श को मालूम हुआ कि वह अंबाला में है। वह उसकी तलाश में अंबाला आया, जहाँ उसको सुल्ताना मिल गई। सुल्ताना ने उसको पसंद किया। चुनांचे दोनों का संबंध हो गया।

ख़ुदाबख़्श के आने से एकदम सुल्ताना का कारोबार चमक उठा। औरत चूँकि अंधविश्वासी थी, इसलिए उसने समझा कि ख़ुदाबख़्श बड़ा भाग्यवान है, जिसके आने से इतनी तरक़्क़ी हो गई। चुनांचे इस विश्वास ने ख़ुदाबख़्श का महत्त्व उसकी दृष्टि में और बढ़ा दिया।

ख़ुदाबख़्श आदमी मेहनती था। सारा दिन हाथ पर हाथ धर कर बैठना पसंद नहीं करता था। चुनांचे उसने फोटोग्राफर से दोस्ती पैदा की, जो रेलवे स्टेशन के बाहर मिनट कैमरे से फोटो खींचा करता था। उससे उसने फोटो खींचना सीख लिया। फिर सुल्ताना से साठ रुपये लेकर कैमरा भी ख़रीद लिया। आहिस्ता-आहिस्ता एक पर्दा बनवाया। दो कुर्सियाँ ख़रीदीं और फोटो धोने का सब सामान लेकर उसने अलग अपना काम शुरू कर दिया।

काम चल निकला। चुनांचे उसने थोड़ी देर के बाद अपना अड्डा अंबाला छावनी में क़ायम कर दिया। यहाँ वह गोरों के फोटो खींचता रहता। एक महीने के अंदर-अंदर उसकी छावनी के बहुत-से गोरों से जान-पहचान हो गई। चुनांचे वह सुल्ताना को वहीं ले गया। यहाँ छावनी में ख़ुदाबख़्श के जरिये से कई गोरे सुल्ताना के पक्के ग्राहक बन गये और उसकी आमदनी पहले से दुगुनी हो गई।

सुल्ताना ने कानों के लिए बुंदे ख़रीदे। साढ़े पाँच तोले की आठ कंगनियाँ भी बनवा लीं। दस-पंद्रह अच्छी-अच्छी साड़ियाँ भी जमा कार लीं।

घर में फर्नीचर वग़ैरा भी आ गया। निष्कर्ष यह कि अंबाला छावनी में वह बड़ी ख़ुशहाल थी। मगर एकाएकी न जाने ख़ुदाबख़्श के दिल में क्या समाई कि उसने दिल्ली जाने की ठान ली। सुल्ताना इनकार कैसे करती, जबकि ख़ुदाबख़्श को अपने लिए बहुत मुबारक ख़याल करती थी। उसने ख़ुशी-ख़ुशी दिल्ली जाना क़ुबूल कर लिया। उसने सोचा कि इतने बड़े शहर में, जहाँ लाट साहब रहते हैं, उसका धंधा और भी अच्छा चलेगा। अपनी सहेलियों से वह दिल्ली की तारीफ़ें सुन चुकी थी। फिर वहाँ हज़रत निज़ामुद्दीन औलिया की दरगाह भी थी, जिसमें उसे बेहद श्रद्धा थी। चुनांचे जल्दी-जल्दी घर का भारी सामान बेच-बाचकर वह ख़ुदाबख़्श के साथ दिल्ली आ गई। यहाँ पहुँचकर ख़ुदाबख़्श ने बीस रुपये माहवार पर एक छोटा-सा फ्लैट ने लिया, जिसमें वे दोनों रहने लगे।

एक ही क़िस्म के नये मकानों की लम्बी-सी क़तार सड़क के साथ-साथ चली गई थी। म्यूनिसिपल कमेटी ने शहर का एक भाग खास वेश्याओं के लिए नियत कर दिया था कि वे शहर में जगह-जगह अड्डे न बनायें। नीचे दुकानें थी और ऊपर दो मंजिला रिहाइशी फ्लैट। चूँकि सब इमारतें एक ही डिज़ाइन की थीं, इसलिए शुरू-शुरू में सुल्ताना को अपना फ्लैट तलाश करने में बहुत कठिनाई होती थी, पर जब नीचे लांड्री वाले ने अपना बोर्ड घर की पेशानी पर लगा दिया तो उसको एक पक्की निशानी मिल गई 'यहाँ मैले कपड़ों की धुलाई की जाती है।' यह बोर्ड पढ़ते ही वह अपना फ्लैट तलाश कर लिया करती थी। इस तरह उसने बहुत-सी निशानियाँ क़ायम कर ली थीं। मसलन बड़े-बड़े अक्षरों में जहाँ 'कोयले की दुकान' लिखा था, वहाँ उसकी सहेली हीराबाई रहती थी, जो कभी रेडियोघर में गाने जाया करती थी। जहाँ 'यात्रियों के खाने का आला इंतज़ाम है' लिखा था, वहाँ उसकी दूसरी सहेली मुख़्तार रहती थी। निवाड़ के कारख़ाने के ऊपर अनवरी रहती थी, जो उस कारख़ाने के सेठ के पास नौकर थी। चूँकि सेठ साहब को रात के वक़्त अपने कारख़ाने की देखभाल करनी होती थी, इसलिए वह अनवरी के पास ही रहते थे।

दुकान खोलते ही ग्राहक थोड़े ही आते हैं। चुनांचे जब एक महीने तक सुल्ताना बेकार रही तो उसने यही सोचकर अपने दिल को तसल्ली दी, पर जब दो महीने गुज़र गए और कोई आदमी उसके कोठे पर नहीं आया तो उसे बहुत चिंता हुई। उसने ख़ुदाबख़्श से कहा—"क्या बात है ख़ुदाबख़्श, दो महीने आज पूरे हो गए हैं हमें यहाँ आए हुए, किसी ने इधर का रुख नहीं किया। मानती हूँ,

आजकल बाज़ार बहुत मंदा है, पर इतना मंदा भी तो नहीं कि महीने-भर में कोई शक्ल देखने ही न आए।" ख़ुदाबख़्श को भी यह बात बहुत अर्से से खटक रही थी, मगर वह ख़ामोश था। पर जब सुल्ताना ने ख़ुद छेड़ी तो उसने कहा, "मैं कई दिनों से इसके बारे में सोच रहा हूँ। एक बात समझ में आती है, वह यह कि जंग की वजह से लोग-बाग़ दूसरे धंधों में पड़कर इधर का रास्ता भूल गए हैं—या फिर यह हो सकता है कि...।" वह इसके आगे कुछ कहने ही वाला था कि सीढ़ियों पर किसी के चढ़ने की आवाज़ आई। ख़ुदाबख़्श और सुल्ताना दोनों ने इस आवाज़ की तरफ ध्यान दिया। थोड़ी देर के बाद दस्तक हुई। ख़ुदाबख़्श ने लपककर दरवाज़ा खोला। एक आदमी अंदर दाख़िल हुआ। यह पहला ग्राहक था, जिससे तीन रुपये में सौदा तय हुआ। इसके बाद पाँच और आए, यानी तीन महीने में छ:, जिनसे सुल्ताना ने सिर्फ़ साढ़े अठारह रुपये वसूल किए।

बीस रुपये माहवार तो फ्लैट के किराये में चले जाते थे। पानी का टैक्स और बिजली का बिल अलग था। इसके अलावा घर में दूसरे खर्चे थे—खाना-पीना, कपड़े-लत्ते, दवा-दारू और आमदनी कुछ भी नहीं थी। साढ़े अठारह रुपये तीन महीनों में आएँ तो उसे आमदनी तो नहीं कह सकते। सुल्ताना परेशान हो गई। साढ़े पाँच तोले की आठ कंगनियाँ, जो उसने अंबाले में बनवाई थीं, आहिस्ता-आहिस्ता बिक गईं। आख़िरी कंगनी की जब बारी आई तो उसने ख़ुदाबख़्श से कहा—"तुम मेरी सुनो और चलो अंबाले में। यहाँ क्या धरा है? भई होगा यहाँ लाट साहब, पर हमें तो यह शहर रास नहीं आया। तुम्हारा काम भी वहाँ खूब चलता था। चलो, वहाँ चलते हैं। जो नुकसान हुआ, उसको अपना सिर-सदका समझो। इस कंगनी को बेचकर आओ। मैं असबाब वग़ैरा बाँधकर तैयार रखती हूँ। आज रात की गाड़ी से यहाँ से चल देंगे।"

ख़ुदाबख़्श ने कंगनी सुल्ताना के हाथ से ली और कहा—"नहीं जानेमन, अंबाला अब नहीं जायेंगे। यहीं दिल्ली में रहकर कमायेंगे। तुम्हारी चूड़ियाँ सब की सब यहीं वापस आयेंगी। अल्लाह पर भरोसा रखो। वह बड़ा कारसाज़ है। यहाँ भी वह कोई-न-कोई अस्बाब बना ही देगा।"

सुल्ताना चुप हो रही। चुनांचे आख़िरी कंगनी भी हाथ से उतर गई। बुच्चे हाथ लेकर उसको बहुत दु:ख होता था, पर क्या करती? पेट भी तो आख़िर किसी हीले से भरना था।

जब पाँच महीने गुज़र गए और आमदनी खर्च के मुक़ाबले, चौथाई से भी कुछ कम रही तो सुल्ताना की परेशानी और ज्यादा बढ़ गई। ख़ुदाबख़्श भी

अब सारा दिन घर से ग़ायब रहने लगा था। सुल्ताना को इसका भी दुःख था। इसमें कोई शक नहीं कि पड़ोस में उसकी दो-तीन मिलनेवालियाँ मौजूद थीं, जिनके साथ वह अपना वक़्त काट सकती थी। हर रोज़ उनके यहाँ जाना और घंटों बैठे रहना उसको बहुत बुरा लगता था। चुनांचे आहिस्ता-आहिस्ता उसने इन सहेलियों से मिलना-जुलना बिलकुल छोड़ दिया। सारा दिन वह अपने सुनसान मकान में बैठी रहती। कभी छालियाँ काटती रहती, कभी अपने पुराने फटे हुए कपड़ों को सीती रहती और कभी बाहर बाल्कनी में आकर जंगले के साथ खड़ी हो जाती और सामने रेलवे शेड में खड़े और चलते इंजनों की तरफ घंटों बेमतलब देखती रहती।

सड़क की दूसरी तरफ मालगोदाम था, जो इस कोने से उस कोने तक फैला हुआ था। दाहिने हाथ को लोहे की छत के नीचे बड़ी-बड़ी गाँठें पड़ी रहती थीं और हर किस्म के माल-असबाब के ढेर लगे रहते थे। बायें हाथ को खुला मैदान था, जिसमें रेल की असंख्य पटरियाँ बिछी हुई थीं। धूप में लोहे की ये पटरियाँ चमकतीं तो सुल्ताना अपने हाथों की तरफ देखती, जिन पर नीली-नीली रॅगें बिलकुल उन पटरियों की तरह उभरी रहती थी। इस लंबे और खुले मैदान में हर वक़्त इंजन और गाड़ियाँ चलती रहती थीं। कभी इधर, कभी उधर। इन इंजनों और गाड़ियों की छुक-छुक और फ़क़-फ़क़ गूँजती रहती थी। सुबह-सवेरे उठकर जब वह बाल्कनी में आती तो एक अजीब दृश्य नज़र आता। धुँधलके में इंजनों के मुँह से गाढ़ा-गाढ़ा धुआँ निकलता था और गदले आसमान की ओर भारी आदमियों की तरह उठता दिखाई देता था। भाप के बड़े-बड़े बादल भी एक शोर के साथ पटरियों से उठते थे और आँख झपकते ही देर में हवा के अंदर घुल-मिल जाते थे। फिर कभी-कभी जब गाड़ी के किसी डिब्बे को, जिसे इंजन ने धक्का देकर छोड़ दिया हो, अकेले पटरियों पर चलता देखती तो उसे अपना ख़याल आता। वह सोचती कि उसे भी किसी ने ज़िंदगी की पटरी पर धक्का देकर छोड़ दिया है और वह ख़ुद-ब-ख़ुद जा रही है। दूसरे लोग काँटे बदल रहे हैं और वह चली जा रही है—न जाने कहाँ–फिर एक दिन ऐसा आएगा, जब इस धक्के का जोर आहिस्ता-आहिस्ता ख़त्म हो जाएगा और वह कहीं रुक जाएगी–किसी ऐसे मुक़ाम पर, जो उसका देखा-भाला न होगा।

यूँ तो वह बेमतलब घंटों रेल की इन टेढ़ी-मेढ़ी पटरियों और ठहरे और चलते हुए इंजनों की तरफ देखती रहती थी, पर तरह-तरह के ख़याल उसके

दिमाग़ में आते रहते थे। अंबाला छावनी में जब वह रहती थी तो स्टेशन के पास ही उसका मकान था। मगर वहाँ उसने कभी इन चीजों को ऐसी नज़रों से नहीं देखा था। अब तो कभी-कभी उसके दिमाग़ में यह भी ख़याल आता कि यह जो सामने रेल की पटरियों का जाल-सा बिछा है और जगह-जगह से भाप और धुआँ उठ रहा है, बहुत-सी गाड़ियाँ है, जिनको चंद मोटे-मोटे इंजन इधर-उधर धकेलते रहते हैं। सुल्ताना को कभी-कभी ये इंजन सेठ मालूम होते थे, जो कभी-कभी अंबाला में उसके यहाँ आया करते थे। फिर कभी-कभी जब वह किसी इंजन को गाड़ियों की कतार के पास से गुजरता हुआ देखती तो उसे महसूस होता कि कोई आदमी चकले के किसी बाजार में से ऊपर कोठों की तरफ देखता जा रहा है।

सुल्ताना समझती थी कि ऐसी बातें सोचना दिमाग़ की ख़राबी का कारण है। चुनांचे जब इस किस्म के ख़याल उसको आने लगे तो उसने बाल्कनी में जाना छोड़ दिया। ख़ुदाबख़्श से उसने अनेक बार कहा–“देखो, मेरे हाल पर रहम करो। यहाँ घर में रहा करो। मैं सारा दिन यहाँ बीमारों की तरह पड़ी रहती हूँ।” मगर उसने हर बार सुल्ताना से यह कहकर उसकी तसल्ली कर दी–“जानेमन, मैं बाहर कुछ कमाने की फ़िक्र कर रहा हूँ। अल्लाह ने चाहा तो चंद दिनों में ही बेड़ा पार हो जाएगा।”

पूरे पाँच महीने हो गए थे, मगर अभी तक न सुल्ताना का बेड़ा पार हुआ था, न ख़ुदाबख़्श का। मुहर्रम का महीना सिर पर आ रहा था, मगर सुल्ताना के पास काले कपड़े बनवाने के लिए कुछ भी नहीं था। मुख़्तार ने लेडी हैमिल्टन की एक नये ढंग की कमीज़ बनवाई थी, जिसकी आस्तीनें काली जार्जेट की थीं। इसके साथ मैच करने के लिए उसके पास काली साटन की सलवार थी, जो काजल की तरह चमकती थी। अनवरी ने रेशमी जार्जेट की एक बड़ी उम्दा साड़ी ख़रीदी थी। उसने सुल्ताना से कहा था, वह इसी साड़ी के नीचे सफेद बोसकी का पेटीकोट पहनेगी क्योंकि यह नया फैशन है। इस साड़ी के साथ पहनने को अनवरी ने काली मख़मल का एक जूता लाई थी, जो बड़ा नाजुक था। सुल्ताना ने जब ये तमाम चीजें देखीं तो उसको इस अहसास ने बहुत दुख दिया कि वह मुहर्रम मनाने के लिए ऐसा लिबास ख़रीदने की हैसियत नहीं रखती।

अनवरी और मुख़्तार के पास यह लिबास देखकर जब वह घर आई तो उसका दिल बहुत गमगीन था। उसे ऐसा मालूम होता था कि फोड़ा-सा उसके

अंदर पैदा हो गया है। घर बिलकुल खाली था। खुदाबख़्श वैसे ही हमेशा की तरह बाहर था। देर तक वह दरी पर गाव-तकिया सिर के नीचे रखकर लेटी रही, पर जब उसकी गर्दन ऊँचाई के कारण अकड़-सी गई तो उठकर बाहर बाल्कनी में चली गई ताकि गमगीन ख़यालात को अपने दिमाग़ से निकाल दे।

सामने पटरियों पर गाड़ियों के डिब्बे खड़े थे, पर इंजन कोई भी न था। शाम का वक़्त था। छिड़काव हो चुका था। इसलिए गर्द-व-गुबार दब गया था। बाज़ार में ऐसे आदमी चलने शुरू हो गए थे, जो ताक-झाँक करने के बाद चुपचाप घरों का रुख करते हैं। ऐसे ही एक आदमी ने गर्दन ऊँची करके सुल्ताना की तरफ देखा। सुल्ताना मुस्करा दी और उसको भूल गई क्योंकि अब सामने पटरियों पर एक इंजन प्रकट हो गया था। सुल्ताना ने गौर से उसकी तरफ देखना शुरू किया और आहिस्ता-आहिस्ता यह ख़याल उसके दिमाग़ में आया कि इंजन ने भी काला लिबास पहन रखा है। यह अजीबोगरीब ख़याल दिमाग़ में से निकालने की ख़ातिर जब उसने सड़क की ओर देखा तो उसे वही आदमी बैलगाड़ी के पास खड़ा नज़र आया जिसने उसकी तरफ ललचाई नज़रों से देखा था। सुल्ताना ने उसे हाथ से इशारा किया। उस आदमी ने इधर-उधर देखकर एक लतीफ़ इशारे से पूछा—किधर से आऊँ? सुल्ताना ने उसे रास्ता बता दिया। वह आदमी थोड़ी देर खड़ा रहा, मगर फिर बड़ी फुर्ती से ऊपर चला आया।

सुल्ताना ने उसे दरी पर बैठाया। जब वह बैठ गया तो उसने बातचीत शुरू करने के लिए कहा—"आप ऊपर आते डर रहे थे।" वह आदमी यह सुनकर मुस्कराया—"तुम्हें कैसे मालूम हुआ? डरने की बात ही क्या थी?" इस पर सुल्ताना ने कहा—"यह मैंने इसलिए कहा कि आप देर तक वहीं खड़े रहे और फिर कुछ सोचकर इधर आए।" वह यह सुनकर फिर मुस्कराया—"तुम्हें ग़लतफ़हमी हुई है। मैं तुम्हारे ऊपर वाले फ्लैट की तरफ देख रहा था। वहाँ कोई औरत खड़ी एक मर्द को ठेंगा दिखा रही थी। मुझे यह मंजर पसंद आया, फिर बाल्कनी में सब्ज़ बल्ब रोशन हुआ तो मैं कुछ देर के लिए ठहर गया। सब्ज़ रोशनी मुझे पसंद है। आँखों को बहुत अच्छी लगती है।" यह कहकर उसने कमरे का जायज़ा लेना शुरू कर दिया। फिर वह उठ खड़ा हुआ। सुल्ताना ने पूछा, "आप जा रहे हैं?" आदमी ने जवाब दिया—"नहीं...मैं तुम्हारे इस मकान को देखना चाहता हूँ—चलो, मुझे तमाम कमरे दिखाओ।"

सुल्ताना ने उसको तीनों कमरे एक-एक करके दिखा दिए। उस आदमी ने बिलकुल ख़ामोशी से उन कमरों का मुआयना किया। जब वे फिर उसी कमरे में आ गए, जहाँ पहले बैठे थे, तो उस आदमी ने कहा—"मेरा नाम शंकर है।"

सुल्ताना ने पहली बार गौर से शंकर की तरफ देखा। वह औसत कद, मामूली शक्ल-व-सूरत का आदमी था, मगर उसकी आँखें असामान्य रूप से साफ-शफ़्फ़ाफ़ थीं। कभी-कभी उनमें एक अजीब क़िस्म की चमक भी पैदा होती थी। गठीला और कसरती बदन था। कनपटियों पर उसके बाल सफेद हो रहे थे। ख़ाकस्तरी रंग की गर्म पतलून पहने था। सफेद कमीज़ थी जिसका कालर गर्दन पर से ऊपर को उठा हुआ था।

शंकर कुछ इस तरह दरी पर बैठा था कि मालूम होता था कि शंकर की बजाय सुल्ताना ग्राहक है। इस अहसास ने सुल्ताना को थोड़ा परेशान कर दिया। चुनांचे उसने शंकर से कहा—"फरमाइए?"

शंकर बैठा था। यह सुनकर लेट गया—"मैं क्या फ़रमाऊँ, कुछ तुम ही फ़रमाओ। तुम ही ने तो मुझे बुलाया है।" जब सुल्ताना कुछ न बोली तो वह उठ बैठा—"मैं समझा। लो, अब मुझसे सुनो। जो कुछ तुमने समझा, गलत है। मैं उन लोगों में से नहीं हूँ जो कुछ देकर जाते हैं। डॉक्टरों की तरह मेरी भी फ़ीस है। मुझे जब बुलाया जाए तो फ़ीस देनी ही पड़ती है।"

सुल्ताना यह सुनकर चकरा गई, मगर इसके बावजूद उसे बेअख़्तियार हँसी आ गई—"आप काम क्या करते हैं?"

शंकर ने जवाब दिया—"यही जो तुम करती हो।"

"क्या?"

"तुम क्या करती हो?"

"मैं...मैं...कुछ नहीं करती।"

"मैं भी कुछ नहीं करता।"

सुल्ताना ने भन्नाकर कहा—"यह तो कोई बात न हुई—आप कुछ न कुछ तो ज़रूर करते होंगे।" शंकर ने बड़े इत्मीनान से जवाब दिया—"तुम भी कुछ न कुछ ज़रूर करती होगी।"

"झक मारती हूँ।"

"मैं भी झक मारता हूँ।"

"तो आओ दोनों झक मारें।"

“मैं हाज़िर हूँ, मगर झक मारने के दाम मैं कभी नहीं दिया करता।”

“होश की दवा करो–यह लंगरखाना नहीं।”

“और मैं भी वालंटियर नहीं।”

सुल्ताना यहाँ रुक गई। उसने पूछा–“ये वालंटियर कौन होते हैं?”

शंकर ने जवाब दिया–“उल्लू के पट्ठे।”

“मैं भी उल्लू की पट्ठी नहीं।”

“मगर वह आदमी ख़ुदाबख़्श, जो तुम्हारे साथ रहता है, ज़रूर उल्लू का पट्ठा है।”

“क्यों?”

“इसलिए कि वह कई दिनों से एक ऐसे ख़ुदा रसीदा फ़क़ीर के पास अपनी क़िस्मत खुलवाने की ख़ातिर जा रहा है, जिसकी क़िस्मत जंग लगे ताले की तरह बंद है।” यह कहकर शंकर हँसा।

इस पर सुल्ताना ने कहा–“तुम हिंदू हो, इसलिए हमारे इन बुजुर्गों का मजाक उड़ाते हो।”

शंकर मुस्कराया–“ऐसी जगहों पर हिंदु-मुस्लिम सवाल पैदा नहीं हुआ करते। पंडित, मालवीय और मिस्टर जिन्ना अगर यहाँ आएँ तो वे भी शरीफ़ आदमी बन जाएँ।”

“जाने तुम क्या ऊटपटाँग बातें करते हो–बोलो, रहोगे?”

“इसी शर्त पर, जो मैं पहले बता चुका हूँ।”

सुल्ताना उठ खड़ी हुई–“तो जाओ, रास्ता पकड़ो।”

शंकर आराम से उठा। पतलून की जेबों में उस ने अपने दोनों हाथ ठूँसे और जाते हुए कहा–“मैं कभी-कभार इस बाज़ार से गुज़रा करता हूँ। जब भी तुम्हें ज़रूरत हो, बुला लेना। मैं बहुत काम का आदमी हूँ।”

शंकर चला गया और सुल्ताना काले लिबास को भूलकर देर तक उसके विषय में सोचती रही। इस आदमी की बातों ने उसके दु:ख को बहुत हलका कर दिया था। अगर वह अंबाला में आया होता, जहाँ कि वह ख़ुशहाल थी, तो उसने किसी और ही रंग में इस आदमी को देखा होता और बहुत संभव है कि उसे धक्के देकर बाहर निकाल दिया होता, मगर यहाँ चूँकि वह बहुत उदास रहती थी, इसलिए शंकर की बातें उसे पसंद आईं।

शाम को जब ख़ुदाबख़्श आया तो सुल्ताना ने उससे पूछा—"तुम आज सारा दिन किधर ग़ायब रहे?"

ख़ुदाबख़्श थककर चूर-चूर हो रहा था, कहने लगा—"पुराने किले के पास से आ रहा हूँ। वहाँ एक बुज़ुर्ग कुछ दिनों से ठहरे हुए हैं। उन्हीं के पास हर रोज़ जाता हूँ कि हमारे दिन फिर जाएँ।"

"कुछ उन्होंने तुमसे कहा?"

"नहीं, अभी वह मेहरबान नहीं हुए—पर सुल्ताना, मैं जो उनकी ख़िदमत कर रहा हूँ वह अकारथ कभी नहीं जाएगी। अल्लाह का फ़ज़ल अगर शामिल हाल रहा तो ज़रूर बारे-न्यारे हो जाएँगे।"

सुल्ताना के दिमाग़ में मुहर्रम मनाने का ख़याल समाया हुआ था। ख़ुदाबख़्श से रोनी आवाज़ में कहने लगी—"सारा-सारा दिन बाहर ग़ायब रहते हो, मुहर्रम सिर पर आ गया है। कुछ तुमने इसकी भी फ़िक्र की कि मुझे काले कपड़े चाहिए। घर में फूटी कौड़ी भी नहीं। कंगनियाँ थीं, सो वे एक-एक करके बिक गईं। अब तुम ही बताओ, क्या होगा? यूँ फ़क़ीरों के पीछे कब तक मारे-मारे फिरा करोगे? मुझे तो ऐसा दिखाई देता है कि यहाँ दिल्ली में ख़ुदा ने भी हमसे मुँह मोड़ लिया है। मेरी सुनो तो अपना काम शुरू कर दो। कुछ तो सहारा हो ही जाएगा।"

ख़ुदाबख़्श दरी पर लेट गया और कहने लगा—"पर यह काम शुरू करने के लिए भी तो थोड़ा-बहुत सरमाया चाहिए—ख़ुदा के लिए अब ऐसी दुःख-भरी बातें न करो। मुझसे अब बरदाश्त नहीं हो सकती। मैंने सचमुच अंबाला छोड़ने में सख़्त गलती की। पर जो करता है, अल्ला ही करता है, और हमारी बेहतरी ही के लिए करता है। क्या पता है कि कुछ देर और तकलीफ़ बरदाश्त करने के बाद हम..."

सुल्ताना ने बात काटकर कहा, "तुम ख़ुदा के लिए कुछ करो। चोरी करो या डाका मारो, पर मुझे एक सलवार का कपड़ा ज़रूर ला दो। मेरे पास सफेद बोसकी की कमीज़ पड़ी है। उसको मैं काला करवा लूँगी। सफेद नैनों का एक दुपट्टा भी मेरे पास मौजूद है—वही जो तुमने मुझे दीवाली पर लाकर दिया था। यह भी कमीज़ के साथ ही काला रँगवा लिया जाएगा। सिर्फ़ सलवार की कसर है सो वह तुम किसी न किसी तरह पैदा कर दो—देखो, तुम्हें मेरी जान की क़सम, किसी न किसी तरह ज़रूर ला दो—मेरी भत्ती खाओ, अगर न लाओ।"

खुदाबख़्श उठ बैठा–"अब तुम ख़्वाहमख़्वाह ज़ोर दिए चली जा रही हो, मैं कहाँ से लाऊँगा–अफ़्रीम खाने के लिए तो मेरे पास पैसे नहीं।"

"कुछ भी करो, मगर मुझे साढ़े चार गज़ काली साटन ला दो।"

"दुआ करो कि अल्लाह आज रात ही दो-तीन आदमी भेज दो।"

"लेकिन तुम कुछ नहीं करोगे–तुम अगर चाहो तो ज़रूर इतने पैसे पैदा कर सकते हो। जंग से पहले यह साटन बारह-चौदह आने गज़ मिल जाती थी। अब सवा रुपये गज़ के हिसाब से मिलती है। साढ़े चार गज़ों पर कितने रुपये खर्च हो जाएँगे?"

"अब तुम कहती हो तो मैं हीला करूँगा।" यह कहकर खुदाबख़्श उठा, "लो, अब इन बातों को भूले जाओ, मैं होटल से खाना ले आऊँ।"

होटल से खाना आया। दोनों ने मिलकर ज़हरमार किया और सो गए। सुबह हुई। खुदाबख़्श पुराने किले वाले फ़क़ीर के पास चला गया और सुल्ताना अकेली रह गई। कुछ देर लेटी रही, कुछ देर सोती रही। इधर-उधर कमरों में टहलती रही। दोपहर का खाना खाने के बाद उसने अपना सफेद नैनों का दुपट्टा और सफेद बोसकी की कमीज़ निकाली और नीचे लांड्री वाले को रँगने के लिए दे आई। कपड़े धोने के अलावा वहीं रँगने का भी काम होता था।

यह काम करने के बाद उसने वापस आकर फिल्मों की किताबें पढ़ीं, जिनमें उसकी देखी हुई फिल्मों की कहानी और गीत छपे हुए थे। ये किताबें पढ़ते-पढ़ते वह सो गई। जब उठी तो चार बज चुके थे, क्योंकि धूप आँगन में मोरी के पास पहुँच चुकी थी। नहा-धोकर फ़ारिग़ हुई तो गर्म चादर ओढ़कर बालकनी में आ खड़ी हुई। तक़रीबन एक घंटा सुल्ताना बालकनी में खड़ी रही। अब शाम हो गई थी। बत्तियाँ रोशन हो रही थीं। नीचे सड़क पर रौनक के आसार नज़र आने लगे थे। सर्दी में थोड़ी-सी शिद्दत हो गई थी, मगर सुल्ताना को यह नागवार मालूम न हुई। वह सड़क पर आते-जाते ताँगों और मोटरों की तरफ एक अर्से से देख रही थी। अचानक उसे शंकर नज़र आया। मकान के नीचे पहुँचकर उसने गर्दन ऊँची की और सुल्ताना की तरफ देखकर मुस्करा दिया। सुल्ताना ने गैर-इरादी तौर पर हाथ का इशारा किया और उसे ऊपर बुला लिया।

जब शंकर ऊपर आ गया तो सुल्ताना बहुत परेशान हुई कि उससे क्या कहे। दरअसल उसने ऐसे ही बिना सोचे-समझे उसे इशारा कर दिया था। शंकर

अत्यंत संतुष्ट था, जैसे उसका अपना घर है। चुनांचे बड़ी अनौपचारिकता से पहले दिन की तरह वह गाव-तकिया सिर के नीचे रखकर लेट गया। जब सुल्ताना ने देर तक उससे कोई बात न की तो उसने कहा, "तुम मुझे सौ दफ़ा बुला सकती हो और सौ दफ़ा ही कह सकती हो कि चले जाओ–मैं ऐसी बातों पर कभी नाराज़ नहीं हुआ करता।"

सुल्ताना अन्यमनस्क हो गई। कहने लगी–"नहीं, बैठो। तुम्हें जाने को कौन कहता है?"

शंकर इस पर मुस्करा दिया–"तो मेरी शर्तें तुम्हें मंज़ूर है?"

"कैसी शर्तें?" सुल्ताना ने हँसकर कहा–"क्या निकाह कर रहे हो मुझसे?"

"निकाह और शादी कैसी? न तुम उम्र-भर किसी से निकाह करोगी, न मैं। ये रस्में हम लोगों के लिए नहीं–छोड़ दो इन फिज़ूलियात को, कोई काम की बात करो।"

"बोलो, क्या बात करूँ?"

"तुम औरत हो–कोई ऐसी बात शुरू करो, जिससे दो घड़ी दिल बहल जाए। इस दुनिया में सिर्फ़ दुकानदारी नहीं, कुछ और भी है।"

सुल्ताना मानसिक तौर पर अब शंकर को कुबूल कर चुकी थी। कहने लगी–"साफ-साफ कहो, तुम मुझसे क्या चाहते हो?"

"जो दूसरे चाहते हैं?" शंकर उठकर बैठ गया।

"तुममें और दूसरो में फिर फ़र्क़ ही क्या रहा?"

"तुममें और मुझसे कोई फ़र्क़ नहीं। उनमें और मुझसे ज़मीन-आसमान का फ़र्क़ है। ऐसी बहुत-सी बातें होती है, जो पूछनी नहीं चाहिए।"

सुल्ताना ने थोड़ी देर तक शंकर की इस बात को समझने की कोशिश की। फिर कहा–"मैं समझ गई हूँ।"

"तो कहो, क्या इरादा है?"

"तुम जीते, मैं हारी। पर मैं कहती हूँ, आज तक किसी ने ऐसी बात कुबूल न की होगी।"

"तुम गलत कहती हो–इस मुहल्ले में तुम्हें ऐसी सादा लौह औरतें भी मिल जाएँगी, जो कभी यकीन नहीं करेंगी कि औरत ऐसी ज़िल्लत कुबूल

कर सकती है, जो तुम बगैर किसी अहसास के क़ुबूल करती रही हो। लेकिन इनके न यक़ीन करने के बावजूद तुम हज़ारों की तादाद में मौजूद हो—तुम्हारा नाम सुल्ताना है न?"

"सुल्ताना ही है।"

शंकर उठ खड़ा हुआ और हँसने लगा—"मेरा नाम शंकर है ये नाम भी अजब ऊटपटाँग होते हैं। चलो, आओ अंदर चलें।"

शंकर और सुल्ताना दरी वाले कमरे में वापस आए तो दोनों हँस रहे थे। न जाने किस बात पर। जब शंकर जाने लगा तो सुल्ताना ने कहा—"शंकर, मेरी एक बात मानोगे?"

शंकर ने जवाब में कहा—"पहले बात बताओ?"

"सुल्ताना कुछ झेंप-सी गई, "तुम कहोगे कि मैं दाम वसूल करना चाहती हूँ, मगर...।"

"कहो, कहो—रुक क्यों गई हो?"

सुल्ताना ने हिम्मत से काम लेकर कहा, "बात यह है कि मुहर्रम आ रहा है और मेरे पास इतने पैसे नहीं कि काली सलवार बनवा सकूँ—यहाँ के सारे बखेड़े तो तुम मुझसे सुन ही चुके हो। कमीज़ और दुपट्टा मेरे पास मौजूद है जो मैंने आज रंगवाने के लिए दे दिया है।"

शंकर ने यह सुनकर कहा, "तुम चाहती हो कि मैं तुम्हें कुछ रुपये दे दूँ जिससे तुम यह काली सलवार बनवा सको?"

सुल्ताना ने फ़ौरन ही कहा, "नहीं, मेरा मतलब यह है कि अगर हो सके तो तुम मुझे एक काली सलवार बनवा दो।"

शंकर मुस्कराया, "मेरी जेब में तो इत्तफ़ाक़ ही से कुछ होता है। बहरहाल मैं कोशिश करूँगा। मुहर्रम की पहली तारीख को तुम्हें यह सलवार मिल जायेगी। लो बस, अब खुश हो गयीं?" सुल्ताना के बुन्दों की तरफ देखकर शंकर ने पूछा, "क्या ये बुंदे तुम मुझे दे सकती हो?"

सुल्ताना ने हँसकर कहा, "तुम इनका क्या करोगे? चाँदी के मामूली बुंदे हैं। ज़्यादा से ज़्यादा पाँच रुपये के होंगे।"

इस पर शंकर ने कहा, "मैंने तुमसे बुंदे माँगे हैं। इनकी क़ीमत नहीं पूछी। बोलो, देती हो?"

"ले लो।" यह कहकर सुल्ताना ने बुंदे उतारकर शंकर को दे दिए। उसको बाद में अफ़सोस हुआ, मगर शंकर जा चुका था।

सुल्ताना को कतई यक़ीन नहीं था कि शंकर अपना वायदा पूरा करेगा, मगर आठ रोज़ के बाद मुहर्रम की पहली तारीख़ को सुबह नौ बजे दरवाज़े पर दस्तक हुई। सुल्ताना ने दरवाज़ा खोला तो शंकर खड़ा था। अख़बार में लिपटी हुई चीज़ उसने सुल्ताना को दी और कहा—"साटन की काली सलवार है। देख लेना, शायद लंबी हो, अब मैं चलता हूँ।"

शंकर सलवार देकर चला गया और कोई बात उसने सुल्ताना से न की। उसकी पतलून में शिकनें पड़ी हुई थीं। बाल बिखरे हुए थे। ऐसा महसूस होता था कि अभी-अभी सोकर उठा है और सीधा इधर ही चला आया है।

सुल्ताना ने काग़ज़ खोला—साटन की काली सलवार थी। ऐसी ही, जैसी वह अनवरी के पास देखकर आई थी। सुल्ताना बहुत ख़ुश हुई। बुंदों और इस सौदे का जो अफ़सोस उसे हुआ था, इस सलवार ने और शंकर के वायदा निभाने ने उसे दूर कर दिया।

दोपहर को वह नीचे लांड्री वाले से अपनी रँगी हुई कमीज़ और दुपट्टा लेकर आई। तीनों काले कपड़े जब उसने पहन लिये तो दरवाज़े पर दस्तक हुई। सुल्ताना ने दरवाज़ा खोला तो अनवरी अंदर दाख़िल हुई। उसने सुल्ताना के तीनों कपड़ों की तरफ देखा और कहा, "कमीज़ और दुपट्टा तो रंगा हुआ मालूम होता है, पर यह सलवार नई है—कब बनवाई?"

सुल्ताना ने जवाब दिया—"आज ही दर्जी लाया है।" यह कहते हुए उसकी नज़रें अनवरी के कानों पर पड़ीं—"ये बुंदे तुमने कहाँ से लिये हैं?"

अनवरी ने जवाब दिया, "आज ही मँगवाये हैं।"

इसके बाद दोनों को थोड़ी देर तक ख़ामोश रहना पड़ा।

❑